Marina Caba Rall

ESPERANZA

Quartbuch

Marina Caba Rall

ESPERANZA

Roman

Verlag Klaus Wagenbach Berlin

»Wohin ich komme, ist nicht so wichtig ...«, sagte Alice.
»Dann ist es auch gleich, wie du gehst«, meinte die Katze.
»... solange ich nur irgendwohin komme«, fügte Alice erklärend hinzu.
»Irgendwohin kommst du sicher«, sagte die Katze,
»wenn du nur lange genug weiterläufst.«

Lewis Caroll, *Alice im Wunderland*

»Diese Räumlichkeiten wirken, als hätten sie nicht das Geringste mit dem Haus zu tun, in dem sie sich zufällig befinden, und wenn Clarissa eintritt und die schwere, knarrende Tür mit den vier Schlössern (zwei davon kaputt) hinter sich zuzieht, kommt sie sich jedesmal vor, als hätte sie einen Zeitsprung getan oder, genauer, als wäre sie durch Alices Spiegel gegangen; als befänden sich das Foyer, das Treppenhaus und der Flur da draußen in einer völlig anderen Welt, einer anderen Dimension.«

Michael Cunningham, *Die Stunden*

»Die Uhrzeiger waren im gegenwärtigen Augenblick stehengeblieben. Es war das Jetzt. Wir selbst.«

Virginia Woolf, *Zwischen den Akten*

Esperanza

Esperanza schloss die Augen, wünschte sich, sie wäre noch in Berlin, hätte diese Reise nie angetreten. Die Sonne drückte sich durch die getönte Scheibe, legte sich schwer auf ihren Kopf, machte sie hilflos. Sie wollte anhalten, sofort, aber der Bus fuhr weiter. Benommen zog sie den Vorhang halb zu, gerade so weit, dass sie sich vor der Sonne verstecken konnte. Der Stoff fühlte sich rau an, auf der verbogenen Vorhangschiene quietschten die schmutzigweißen Plastikrädchen. Wie oft hatte sie die Sonne in Berlin vermisst. Das ist doch keine Sonne, da hat jemand bloß eine altersschwache Glühbirne eingeschraubt, schimpfte sie jeden Winter aufs Neue. Und jetzt? Was wollte sie hier? Schlafen, nur noch schlafen… An ihre Ohren drang ein leises, unangenehmes Schaben. Wieder dieses Schaben. Esperanza schaute aus dem Fenster, starrte zwischen Vorhang und Fensterrand auf die vorbeifliegenden Elektromasten. Der Stoff rieb, schaukelnd im Rhythmus der Fahrbewegungen, an ihrem Sitz. Sie bekam eine Gänsehaut. Ihr Blick verfolgte die Überlandleitungen, raste an ihnen entlang und blieb an den Masten hängen, bis ihr schwindelig wurde. Hinter den Leitungen lag die Landschaft, karg und trocken. Die Farben der Erde wechselten zwischen kräftigen rotbraunen, gelbsandigen und schwarzbraunen Ockertönen und zeichneten in schnellem Wechsel großzügige Bilder.

Ein weißer Vorhang im Wind, der Flur ist schattig und kühl, das Fenster steht offen, und der Vorhang, sonnenbeschienen, flattert. Es ist beruhigend, wie der Vorhang raschelt. Sie mag auch, wie das Licht sich ändert, je nachdem, ob der Vorhang hineingedrückt oder hinausgesogen wird. Wenn es im Hochsommer so heiß war, aber ein Lüftchen wehte, dass man atmen konnte, das war schön. Der Vorhang wehte in den Flur, stand waagerecht, sodass das Fenster eine gleißende Öffnung wurde, sie blendete und vergessen ließ, was sie am anderen Ende des Flures erwartete. Dann schwang sich der Vorhang noch einmal hinauf, als ob er sich verabschieden wollte, senkte sich wieder und hing schließlich matt am Fensterrahmen. Das Sonnenlicht war wie ausgeknipst, der Flur wieder schwarz, und die junge Frau schaute auf das runde Tablett mit den Mokkatassen, wusste wieder, wo sie war. Ihre Hand wurde unruhig, die nachtschwarze Kaffeeoberfläche in den feinen Tassen zitterte, es bildeten sich Wellen, die die winzigen Zuckerkristalle gegen die Tassenwände schleuderten.

Der Reisebus fuhr in eine scharfe Kurve, die Sonne fiel nun genau auf Esperanza, sie blinzelte. Vorsichtig schaute sie neben sich. Ihre Tochter schlief immer noch, die wilden Strähnen fielen ihr ins Gesicht, der Mund stand leicht offen, das T-Shirt war ein wenig verrutscht. Esperanzas Blick fiel auf Karlas Schultertätowierung, ein halber Flügel und ein Vogelkopf mit einem hässlichen Schnabel, der Rest war verdeckt. Esperanza hatte nicht grundsätzlich etwas gegen Tattoos, auf eine verwirrende Weise fand sie sie sogar aufregend, aber die Tätowierung ihrer Tochter war abscheulich. Zwar hatte sie verstanden, was Karla damit wollte, auch mit den Flügeln und dem aggressiven Schnabel, aber es war verlogen, es passte nicht zu der sonst so empfindlichen Art ihrer Tochter. Warum nur war sie ihr hinterhergefahren? Das machte alles noch schwerer. Esperanza hatte nun keine Möglichkeit mehr umzukehren. Wäre Karla nicht dabei, vielleicht würde sie jetzt noch alles abbrechen. Einfach aussteigen, umkehren und wieder nach Hause fahren, nach Berlin, zu Carlotto …

Wie triumphierend ihre Tochter gelächelt hatte, als sie im Flugzeug auftauchte und sich auf einen Sitz in ihrer Nähe fallen ließ. Unverschämt herausfordernd hatte Karla sie über den Gang hinweg begrüßt. Hallo, Mama. Und dann, als Esperanza, nachdem sie sich wieder gefangen hatte, fragte, was das solle und ob sie verrückt sei, hatte Karla trocken reagiert. Och, ich hab gedacht, ich könnte auch mal Urlaub gebrauchen… Esperanza hatte zunächst auf die perfekt geschminkte Stewardess gestarrt, die gerade dabei war, mit affektiert gespreizten Fingern auf die Notausgänge hinzuweisen, dann auf ihre entschlossene Tochter und hatte gefaucht. Karla, du steigst sofort wieder aus und gehst nach Hause, ich will nicht, dass du mitkommst! Karla war ruhig geblieben. Nein, das mache ich ganz bestimmt nicht. Der nüchternen Entschlossenheit ihrer Tochter ausgeliefert, sah Esperanza zu, wie sie sich anschnallte und in den Sicherheitshinweisen blätterte. Etwas gelassener sagte sie, Karla, das ist kein Spaß. Karla parierte. Das denke ich mir, aber seit wann macht Reisen Spaß? Esperanza schluckte. Karla, diese Reise geht nur mich etwas an, also bitte, steig aus, ich muss da alleine hin. Ihre Tochter blieb äußerlich ruhig, aber Esperanza merkte ihr die Wut an, als sie leise und drohend sagte, oh nein, da täuschst du dich aber heftig, dieser ganze bescheuerte Scheiß hat eben nicht nur mit dir zu tun! Das ist ja das Problem… Dann war das Flugzeug gestartet, die Motoren hatten geröhrt, Karla hatte sich trotzig zurückgelehnt und lange geschwiegen.

Esperanza erschrak. Der Busfahrer hatte angefangen, an den Radioknöpfen herumzudrücken, und musste nun fluchend das Steuer nach links reißen, um nicht im Straßengraben zu landen. Ein Aufschrei ging durch den Reisebus, in den vorderen Sitzen beschimpften die Fahrgäste lautstark den Fahrer. Dieser hob beschwichtigend die Hand, keine Panik, alles unter Kontrolle, regt euch nicht auf, dann drehte er, nun offensichtlich zufrieden mit dem neuen Sender, die Musik auf Discolautstärke, doch die neuen Beschwerden, diesmal von denjenigen, die direkt unter den Lautsprechern saßen, verunsicherten ihn. Er peilte die Lage über den Rückspiegel, gab brummend nach und pegelte die Musik auf eine immer noch erhebliche, aber nicht mehr schmerzhafte Lautstärke herunter. Esperanza fragte sich, was passiert wäre, hätte der Busfahrer einen Moment später, ein klein wenig ungeschickter reagiert. Sie zwang sich, diesen Gedanken zu unterbrechen, und schaute auf Karla. Sie freute sich darüber, dass ihre Tochter immer noch schlief, dass sie ahnungslos war. Wie schön waren Kinder, wenn sie schliefen, man konnte sie betrachten, ungestört, man konnte über sie wachen, die schwarzen Gedanken vor ihnen verbergen. Die Zeit blieb stehen. Karla, ihr Mädchen, das noch vor Kurzem ihre kleine Karla gewesen war, fuhr jetzt, dreiunddreißig Jahre alt, trotzig mit nach Spanien, in das Dorf, das Esperanza versucht hatte aus ihrem Leben zu streichen. Esperanza schaute aus dem Fenster auf die trockenen Felder. Sie wurde unruhig, ihr Magen drückte. Sie wusste, dass es nicht mehr weit war, wollte vorbereitet sein. Sobald sie etwas erkannte, würde sie wegschauen, es war noch zu früh, um hinzusehen. Karla schlug die Augen auf, schreckte hoch und schaute verwirrt um sich. Esperanza starrte angestrengt aus dem Busfenster und versuchte, so zu tun, als ob sie Karlas Aufwachen nicht bemerkt hätte. Verschlafen fragte Karla, Mama, willst du nicht was essen? Oder trinken? Esperanza verneinte stumm. Karla fuhr sich mit den Fingern durch die verstrubbelten Strähnen, hielt ihr einen Apfel hin und fragte besorgt. Ein bisschen Obst? Mama, du hast auf der ganzen Reise noch nichts gegessen! Esperanza verneinte erneut und schaute weiterhin aus dem Fenster auf die verdorrte Landschaft.

Karla

Wo war sie? Welcher Tag war heute? Musste sie nicht arbeiten? Nein, sie hatte doch freigenommen. Sie war durstig. Wieso bebte alles? Ach ja, der Flieger, sie hatte im Computer tatsächlich den Flug ihrer Mutter gefunden und es geschafft, noch rechtzeitig, verdammt knapp, in den Flieger zu steigen. Karla schaute um sich, nein, das war nicht mehr das Flugzeug, sie waren schon im Bus. Wie spät war es wohl? Mit trockenem Mund fragte sie ihre Mutter, ob sie nicht etwas essen wolle, doch die schüttelte nur den Kopf. Karla ärgerte sich. Die Mutter war blass, sie hatte Augenringe, so schwarze Augenringe wie die schöne, die unglaubliche Anna Magnani, als sie schon Leberkrebs hatte. Karla musste stöhnen, was für ein bescheuerter Vergleich. Aber seit alles angefangen hatte, vor sechs oder sieben Tagen, waren die Schatten unter den Augen ihrer Mutter dunkler geworden, immer dunkler, bis sie fast das ganze Gesicht beherrschten.

An Papas Geburtstag war alles noch gewesen wie immer, dachte Karla. Ich genervt, wollte nur so schnell wie möglich wieder los und Maxim treffen. Mama aufgekratzt, wollte, dass Papas Geburtstag schön wird und wir glücklich sind. Papa kam später, er hatte eine dringende Sitzung gehabt, freute sich aber sehr auf uns. Mein Bruder Miguel, seine Frau und die beiden Jungs wie immer rundum perfekt. Die Jungs so »süß«, Miguels schwäbische Schnalle so provozierend natürlich, gutgelaunt und gesprächig, dass ich sofort beschloss, mich neben Papa zu setzen und sie stumpf zu ignorieren. Und mein Bruder... Karla ärgerte sich, sie wollte jetzt nicht an ihren Bruder denken, warum auch? Sie fragte sich, wonach ihre Mutter so angestrengt Ausschau hielt. Die Weite, das Reduzierte der

Landschaft gefielen ihr, es war so viel Raum, so viel Himmel, ein paar versprengte Häuser in erdigen Tönen lagen ruhig da, und dann flogen sie plötzlich vorbei, Karla konnte in den Gesichtern der Kinder, die neben den Häusern spielten, nichts deuten. Spielten sie gerne? Sahen sie den Bus? War er ihnen egal? Warum? Warum war er ihnen egal, er fuhr doch genau jetzt an ihnen vorbei. Sie hätte das gerne Maxim gezeigt, wie die Sonne auf den Häusern Schatten warf, die in den quadratischen und rechteckigen ockerfarbenen Steinen kantige geometrische Muster bildeten. Ach, Quatsch! Warum sollte sie ihm das zeigen wollen, sie hatte ihn nicht einmal angerufen, es war alles so schnell gegangen, aber sie hätte ihn anrufen können, nachdem sie in Madrid gelandet und bevor sie in den Bus gestiegen waren, sie tat es nicht. Sie würde ihn auch jetzt nicht anrufen. Trotzdem vermisste sie ihn, vermisste ihn sehr konkret. Ihr Bauch wurde nach oben gesogen, von ganz unten zog es sich zusammen und in die Höhe und drückte in den Bauchraum hinein. Das Drücken wurde rhythmisch. Das war Karla zu konkret, sie atmete flach und starrte hinaus.

Lichter hatten auf der Wasseroberfläche getanzt, Karla hatte geweint, weil es so schön gewesen war, weil sie müde gewesen war, weil sie Maxim in diesem Augenblick gerne geliebt hätte, wirklich geliebt, mit allem Drum und Dran. Zuerst war es die Entladung gewesen. Ihr Körper hatte so heftig reagiert, dass ihr die Arme kribbelten und sie für einen erschreckenden Moment ihre Füße nicht mehr spürte. Er war noch nicht so weit gewesen, bewegte sich weiter. Als sie anfing zu weinen, einfach so, weil sie so plötzlich gekommen war, erschrak er, tröstete sie. Das ließ Karla noch mehr weinen, aber aus einem anderen Grund. Sie hätte gerne erzählt. Von ihrer Mutter, von dem, was die letzten Tage alles passiert war, dass sie plötzlich einen Halbbruder, einen verstörend schönen Halbbruder hatte, mit dem sie nur Englisch reden konnte, dass es einen

Onkel ihrer Mutter gab, von dem sie noch nie gehört hatte, der irgendwo in Spanien verscharrt worden war, seit fast sechzig Jahren dort herumlag und nun von ihrem neuen Bruder wieder herausgebuddelt werden sollte, damit man ihn richtig beerdigen konnte ... Sie wollte ihm alles erzählen, aber – wie anfangen? Da sie nicht wusste, wo der Anfang war, erzählte sie Maxim gar nichts. Sie hörte auf zu weinen, streichelte seinen Nacken so zart, so wach, dass sie für den Moment dachte, so wäre es, ihn zu lieben, so wach und ... Er nahm ihre Hand, legte sie an seine Stirn, neigte den Kopf und presste ihn gegen ihre Handfläche. Da war der Moment wieder vorbei. Es war ein Abschied, der erste von mehreren Abschieden, es wurde hell, die U-Bahnen über der Spree fuhren wieder in kürzeren Abständen. Karla schob die Unterhose hoch, zog die nackten Beine unter dem Rock an ihren Bauch, so dass sie bedeckt waren, und legte sich neben Maxim ans Spreeufer.

Am Geburtstag ihres Vaters hatte Karla von alldem nichts gewusst. Auch von dem Anruf Tante Martas an diesem Tag hatte sie erst später erfahren. Am Geburtstag war sie nur übellaunig, hatte ihrem Vater gegenüber ein schlechtes Gewissen, wusste aber, dass nichts und niemand sie davon abhalten würde, noch an diesem Abend Maxim zu treffen und ihn mitzunehmen, zu sich nach Hause. Karla spielte ihre übliche Rolle, sie alle spielten ihre üblichen Rollen. Sie war bockig, ihr Bruder liebenswürdig, ihr Vater schwankte zwischen fröhlich und jovial und erzählte Geschichten. Und Mama ... Die hatte alles im Griff – dachte Karla. Das Übliche eben, was hätten sie auch anderes machen sollen. In diesem Moment wussten sie nicht, dass sie nur einen Ausschnitt des Drehbuches kannten, dass fremde Personen an unbekannten Schauplätzen längst mit ihnen spielten. Schon immer mit ihnen gespielt hatten.

Erst als ihre Mutter am nächsten Tag in Karlas Wohnungstür stand, blass, flatterig, mit fünf Tupperdosen in den Händen, ahnte Karla, dass etwas anders war als sonst. Sie rief viel zu laut. Mama! Ist was passiert? Ihre Mutter stotterte. Nein, nein, es war nur ... Ich wollte dir Essen mitbringen, es war so viel übrig, vom Geburtstag ... Dann kam sie herein, bestand darauf, Maxim, der verdutzt in einer eilig angezogenen Unterhose dastand, die Hand zu geben. Das ist also dein Freund, den du uns nie vorstellen willst. Karla stöhnte. Mama, du brauchst mir nichts vorbeizubringen. Maxim tat, was er am besten konnte, er verschwand. Okay, ich geh dann mal unter die Dusche, ja? Karla nickte erleichtert. Es war ihr peinlich, wie er, keine Spur mehr des coolen DJs, der am Abend zuvor aufgelegt und die Leute zum Ausrasten gebracht hatte, halbnackt dastand und ihre Mutter anstarrte. Plötzlich tat Karla ihre Mutter leid, sie sah seltsam durchsichtig aus. Sie nahm ihr schnell die Tuppers ab und schob sie in ihre kleine, verkrustete Küche. Also, was ist los? Ihre Mutter antwortete merkwürdig matt. Ihr Tonfall erinnerte Karla an etwas, sie wusste nicht genau, woran, aber es gefiel ihr nicht. Ich wollte einen Sonntagsspaziergang machen, aber Papa ist so beschäftigt. Ich ... ich musste einfach raus, sagte sie. Karla fragte mechanisch, willst du was trinken, einen Kaffee? Ihre Mutter schüttelte den Kopf, korrigierte sich jedoch sofort. Ja, doch, Kaffee. Karla öffnete die Kaffeedose und stellte fest, dass sie leer war. Doch statt sich aufzuregen, zog sie entschlossen die Mutter hinter sich her. Komm, ich kann auch frische Luft gebrauchen. Und dann saßen sie im Café. Wie lange war das her, dass sie zuletzt zusammen in einem Café gesessen hatten! Die Mutter bestellte sich einen Milchkaffee, Karla einen Cappuccino und ein extra großes Frühstück. Es war 13 Uhr und aufregend, mit ihrer Mutter mittags zu frühstücken, einfach so, und Maxim alleine unter der Dusche zu wissen. Karla war aufgekratzt und wunderte sich über dieses angenehme, schadenfrohe Gefühl.

Sie schaute von ihrem Frühstücksteller auf und lächelte. Aus dem Nichts, wie ferngesteuert, kam eine Frage aus dem mütterlichen Mund direkt auf Karla zu, peng, und traf sie mitten auf der Stirn. Ist er gut zu dir, dein Freund? Karla lachte auf und vertiefte sich in ihr Salamibrötchen. Doch die Frage ließ nicht locker, sie schlug ein zweites Mal ein. Ist er gut zu dir? Karla konnte nicht lügen, es war Sonntag, sie saß mit ihrer Mutter in einem Café und mochte sie auf einmal sehr. Es geht so, wich sie aus. Da schleuderte die Mutter die nächste Frage. Liebst du ihn? Sie betrachtete Karla forschend, schraubte ihre riesigen tiefschwarzen Pupillen in ihre Augen, wühlte sich durch ihren Kopf. Das war zuviel, Karla eierte. Na ja, ich... Ich weiß nicht. Ihr wurde schwindelig. Sie steckte die Nase in die Cappuccino-Tasse, nahm schlecht gelaunt drei große Schlucke und verbrannte sich die Zunge. Scheiße! Wenn jemand sich die Zunge verbrennt, das coole T-Shirt bekleckert, sich den Kopf an der Oberdeckstange des Busses anstößt oder genau vor den Augen eines Hipsters stolpert, dann bin ich es, dachte sie wütend. Das war schon immer so, seit ihrem fünften Geburtstag war es immer schon so gewesen. Karla schaute vorsichtig wieder auf, denn ihre Mutter hatte begonnen, mit müder Stimme zu sprechen. Als ich deinen Vater kennengelernt habe, am Anfang, kurz nachdem ich in Deutschland angekommen war, da... Sie machte eine Pause. Da war dein Vater noch jung und... Sie machte noch eine Pause, dann sprach sie weiter, und ihre Stimme hörte sich heiser an. Ich habe es mir nicht anmerken lassen, aber ich war sofort verliebt... Karla beobachtete die sprechende Mutter aufmerksam, fast lauernd. Etwas passierte hier gerade, das sie nicht verstand, aber sie hatte das beklemmende Gefühl einer verschwommenen Erinnerung, die sie nicht zuordnen konnte. Ihre Mutter sprach leiser, als Karla es von ihr gewohnt war. Ein paar Tage später kam dein Vater vorbei, er kam in die Werksbaracke, die ich mir mit drei anderen Frauen teilte, Gastarbeiter nannten sie uns, aber manchmal versprachen sie sich, absichtlich oder unabsichtlich, dann hießen wir Fremdarbeiter oder Schlimmeres … Ich hatte an dem Tag versucht, Eier zu kaufen. Ich hatte solch ein Heimweh nach knusprig gebratenen, in Olivenöl schwimmenden Spiegeleiern … Aber ich wusste nicht, was Ei auf Deutsch heißt. Ich habe die Form in die Luft gezeichnet, mit beiden Händen versucht, ein Ei zu formen, aber die Verkäuferin hat mich nicht verstanden. Da habe ich angefangen, mit meinen Armen so zu machen, Karlas Mutter machte mit beiden Armen eine Flügelbewegung, und dazu habe ich »Kikiriki« gerufen! »Kikiriki!« Da hat die Verkäuferin dann endlich kapiert. Die Mutter lachte verzweifelt und setzte hinterher: Es war schrecklich! Karla wollte nicht, dass sie so verzweifelt lachte. Sie bekam Angst. Mama, was ist los? Ihre Mutter blickte sie ernst an. Karla, bist du glücklich? Karla schaute weg.

Jetzt fuhr der Bus langsamer. Die Landstraße, auf die sie abgebogen waren, war schmal. Bei Gegenverkehr musste der Fahrer vom Gas gehen und sich eng an den Straßenrand halten. Karla versuchte, die Lage einzuschätzen. Der Straßengraben war nicht tief, aber ausreichend, um einen großen Bus zum Umkippen zu bringen. Sie beäugte ihre Mutter, die so angestrengt in die Ferne schaute, als hätte sie den Auftrag, fremde Kontinente zu entdecken. Wir sind doch fast schon da, oder? Keine Antwort. Karla schnaubte ungeduldig. Ihre Mutter schaute sie erstaunt an, bejahte schließlich und drehte sich sofort wieder dem Fenster zu.

Juan

Der alte Holzboden seufzte, verhalten, kläglich, als wolle er nicht berührt werden, als schmerzte ihn jeder weitere Schritt auf den verblichenen, vom vielen Scheuern dünn gewordenen Dielen. Juan setzte behutsam den linken Fuß auf eine andere Diele. Sie schwieg. Juan betrachtete sie dankbar, er wollte jetzt keine Seufzer hören, keine alten Geschichten, kein angesammeltes Leid. Darauf bedacht, dass sein rechter Fuß genau in der Mitte der nächsten Diele aufkam und auf gar keinen Fall die Fuge zwischen beiden Holzlatten berührte, schob Juan den Fuß vor sich in die Luft, dirigierte ihn exakt so, dass er mittig über der Diele schwebte, und setzte ihn dann erleichtert ab. Die Diele knarrte vorwurfsvoll. Juans Erleichterung verpuffte augenblicklich. Er fühlte sich völlig verloren, mit dem linken Fuß auf einer stummen und dem rechten auf einer weinerlichen Diele. Der lange Flur lag noch zur Hälfte vor ihm. Er wagte nicht, von den Dielen aufzublicken, die Füße zu bewegen. Er stand da, rührte sich nicht, wollte sich nie mehr rühren.

Seine Mutter war nicht tot, das hatte er endlich begriffen. Er hatte sie vor einigen Tagen mit seinen eigenen Augen gesehen und genau gespeichert, wie sie aussah, jetzt, alt geworden, wie sie vor ihm stand, den Hausschlüssel in der Hand, durch ihn hindurchblickte und dann in den Hauseingang verschwand. Er war wie betäubt gewesen... Sein Gedächtnis war durcheinander geraten, die in seinem Gehirn eingegrabenen Spuren, festgefroren in hochkomplexen Eiweißmolekülen, konnten mit dem neuen Wissen nichts anfangen. Noch nicht. Er wusste nur zu gut, hatte es schließlich jahrelang seinen erstaunt dreinschauenden oder schläfrigen Studenten einzubläuen versucht, dass auch diese festen Strukturen sich verändern konnten, sich änderten, wenn die Spuren des Gedächtnisses neu überschrieben wurden. Er hatte immer daran geglaubt, aber *wie*, und bei dieser Frage fluchte er laut, sollte das gehen? Er war aufgewachsen ohne Mutter, sie war schon immer tot gewesen. Seit seiner Geburt. Und jetzt lebte sie auf einmal doch. Was wollte er von ihr?

Es juckte ihn zwischen den Zehen des rechten Fußes. Das kam nicht ungelegen, lenkte seine Aufmerksamkeit auf das kleine, überschaubare Jucken. Wenn er seinen Drang, sich zu kratzen, unterdrückte, würde dieses Jucken ein wenig schmerzhaft werden, gerade so, dass er sich damit beschäftigen müsste, aber nicht schmerzhaft genug, als dass er gezwungen wäre, sich zu bewegen. In der Hoffnung, diesen Zustand in die Länge zu ziehen, hob er beide Arme und machte geräuschlose Wellenbewegungen, dabei spreizte er vorsichtig die Finger. Wenn er den Arm hob, floss die Luft angenehm herunter, durch die Finger hindurch. Ließ er den Arm wieder sinken, schob sie sich zwischen den Fingeransätzen hoch und kitzelte wohltuend.

Sie hatte so schwungvoll die Tür aufgerissen, und er hatte sie nur angestarrt. Nie im Leben wäre er darauf gekommen, dass seine Mutter eine Familie haben könnte, einen Mann, Kinder … In seiner Vorstellung hatte er sie so unglücklich, einsam und lebenshungrig gesehen, wie es sein Vater immer gewesen war. Er hatte keine Gelegenheit gehabt, sich ein anderes Bild zu machen, und so übernahm er das Bild, das sein Vater von ihr hatte: eine lebhafte Einundzwanzigjährige mit traurigem Lächeln, schwarzen neugierigen Augen, die den Betrachter forschend ansahen. Das Foto hatte sein Vater all die Jahre aufbewahrt. Sie war die einzige Frau, mit der ich jemals hätte leben können, sagte er immer. Das Foto hatte Juan mit in

Berlin, es sollte ihm helfen, sie zu finden, er wusste ja nicht … Und da machte sie die Tür auf, deutlich älter als einundzwanzig, aber so jung, dass Juan für einen Moment dachte, sie ist es, natürlich, sie war ja tot gewesen, sie hat die Zeit übersprungen. Sie begann, schon bevor die Tür ganz offen war, *Happy Birthday to youuuu* zu trompeten, hätte ihn fast umarmt. Er wusste sofort, sie meint nicht mich, sie kennt mich ja nicht. Dennoch, es konnte doch nicht … Er stand zum ersten Mal vor dem lebendig gewordenen Foto seiner einundzwanzigjährigen Mutter, und sie sang, kein bisschen lieblich, sondern rauchig und tief, *Happy Birthday* für ihn. Er wollte schrumpfen, klein werden, von vorne anfangen, es müsste doch möglich sein, wenn Zeit relativ ist, musste es doch möglich sein, dass er von vorne anfangen durfte. Seine Mutter war nicht bei seiner Geburt gestorben, sie lebte, ihre Kleidung verwirrte ihn, sie sah anders aus als auf dem Foto, auch die Haare waren falsch, heller, dünner, aber er wollte wiedergeboren werden, sie bei sich wissen, sie nicht fortlassen. Hätte sie ihn geboren, als er schon erwachsen war, hätte er sie nie fortgehen lassen. Sie hielt inne, lachte verlegen, eben, sie hatte nicht ihn gemeint. Sie war nicht seine Mutter. Er war zornig. Das abgebrochene Lied hatte, ohne sein Zutun, seine Tränenkanäle gefüllt, und die Energie, die es ihn nun kostete, diese Flüssigkeit zu entsorgen, ohne dass sie hinausfloss, machte ihn rasend. Sie wurde wieder ernst und starrte ihn erschrocken an. Er starrte noch erschrockener zurück. Dann sagte sie etwas, doch er verstand kein Wort. Es war Deutsch, natürlich, die Tochter seiner Mutter sprach Deutsch, was sonst. Sein Gesicht fing an zu zucken, er hatte sich nicht mehr unter Kontrolle. Er eilte die Treppe hinunter. Die plötzliche Bewegung und das Aufprallen seiner Füße auf den Stufen setzten seine Denktätigkeit stoßweise wieder in Gang. Seine Mutter hatte eine Tochter. Diese Tochter wollte jemandem zum Geburtstag gratulieren, sie erwarteten Besuch, vielleicht gar eine Familienfeier. Seine Mutter hatte eine Familie, mit der sie feierte. Sie hatte eine Wohnung mit einer Küche, einem Bad, Zimmer, in denen ihre Tochter, ihre Kinder? aufgewachsen waren, ihre Geburtstage gefeiert hatten. Das war schlimmer als alles, was er sich seit dem Tod seines Vaters vor vier Monaten ausgemalt hatte. Seitdem er erfahren hatte, dass seine Mutter nicht tot, dass sie nicht bei seiner Geburt gestorben war, dass sie immer gelebt hatte, ein Leben ohne ihn. Seit vier Monaten wusste er das. Und seit vier Monaten war er Eigentümer eines riesigen, vergammelten Gutshauses in einem verfickten spanischen Dorf, ja, *fucking*, das sagte er noch einmal, es klang angemessen verwegen. Normalerweise sprach er mit sich selbst Spanisch, auch in London, und mit anderen Englisch, auch außerhalb Londons. Träume waren etwas anderes, sie hatten anscheinend eine genaue Vorstellung von Landesgrenzen, in *Great Britain* träumte er Englisch, seitdem er vor zwei Monaten nach Spanien gefahren war, träumte er auf Spanisch, in den Nächten, die er in Berlin verbracht hatte, hatte er abwechselnd Englisch und Spanisch geträumt, einmal auch beides, das verwirrte ihn besonders. Das *fucking* Gutshaus in dem *fucking* spanischen Dorf hatte seinem *fucking* Großvater gehört, den er nie kennengelernt hatte. Aus ihm noch nicht ganz erklärlichen Gründen bewohnte er es jetzt seit zwei Monaten mit seiner Tochter. Seitdem hatte er wieder und wieder die grausig-schönen Gedichte seines Vaters gelesen, hatte sich poetische, dramatische Geschichten über seine Mutter zusammengereimt, und nun das. Seine Mutter hatte eine Tochter. Sie hatte kein Leben ohne ihn geführt, sie hatte ein Leben mit anderen geführt.

Papa? Rose stand im Flur. Was machst du da? Im Gegenlicht war ihr Gesicht nicht zu erkennen, nur ein ovaler Umriss, eingerahmt von ungekämmten Wellen, die eigentlich dunkelblond, fast braun waren, jetzt jedoch durch die weiße Lichtkante blass wirkten. Dem Klang ihrer Stimme entnahm er, dass sie ihn belustigt ansah. Nichts, ich wollte mir gerade einen Kaffee kochen, sagte er. Gerade rechtzeitig hatte er aus der oft eingeübten, daher eingegrabenen Spur »zuversichtlich und beiläufig« den richtigen Tonfall für diesen Satz herausgefischt. Er ließ so unauffällig wie möglich seine Arme sinken, versuchte, locker zu wirken, ohne die Füße zu bewegen. Bei der kleinsten Unaufmerksamkeit hätten sie auf eine Fuge treten können, das wäre das Ende gewesen. Seine Tochter tat so, als ob sie ihrem Vater glaube. Es fiel ihr nicht schwer, sie war es gewöhnt, dass er für manche Dinge länger brauchte, weil er besondere Wege ging oder bestimmten Gegenständen nach planvollen, ausgeklügelten Systemen aus dem Wege ging. Fahren wir nachher ins Dorf? Juan nickte. Sie lächelte. *Great*, zur Kletterwand? Juan nickte erneut. Ja, mein Schatz. Ich muss kurz etwas erledigen, und dann bleiben wir so lange bei der Kletterwand, wie du willst. Juan bereute seinen Satz sofort, denn das konnte lange dauern. Aber das Gefühl, verloren zu sein, ausgeliefert den Fugen und Dielen, war gewichen. Er wusste jetzt, was zu tun war: erstens Kaffee kochen, für seine Tochter Kakao, zweitens mit ihr ins Dorf fahren, drittens im Verein vorbeischauen, den morgigen Tag besprechen, viertens mit seiner Tochter zum Spielplatz mit der Kletterwand fahren, dort bis zum Einbruch der Dämmerung bleiben, fünftens wieder zurückfahren, sechstens Abendessen kochen, nein, besser noch, fünftens in dem kleinen Restaurant neben der Kirche, das die besten sauer eingelegten *Boquerones* des Dorfes hatte, essen gehen und dann, sechstens, nach Hause fahren, Zähne putzen, Rose ins Bett bringen, schlafen, siebtens ... Über siebtens wollte er nicht nachdenken, noch nicht, er kostete das Gefühl aus, die Dinge in die Hand genommen zu haben. Die Dinge tendierten dazu, immer schneller zu werden und sich immer mehr voneinander zu entfernen, es war schwierig, sie zusammenzuhalten, geschweige denn, ihnen einen Sinn zu geben. Komm, sagte er liebevoll zu seiner Tochter. Vorsichtig und bemüht, seinen Bewegungen ein flüssiges, organisches, ganz und gar ungeplantes Aussehen zu geben, setzte er einen Fuß vor den anderen. Ohne auf eine einzige Fuge zu treten, erreichte er das Ende des Flures. Seine Tochter folgte ihm erwartungsvoll.

Esperanza

Karlas Frage überraschte sie. Esperanza konnte den Blick nicht von der Landschaft abwenden. Ja, sie waren fast da, woher wusste ihre Tochter das? Karla wartete auf eine Antwort. Esperanza wandte sich ihr zu und sagte in einem Ton, der ihr selbst fremd vorkam: Ja. Nur ja, sie sagte nicht, dass sie Angst hatte, dass sie sich am liebsten in Carlottos Armen verstecken würde, dass sie seit dem Anruf ihrer Schwester Marta Erinnerungen hatte, die ihr auflauerten, sie anfielen und zusammenpressten, sodass ihr Magen drückte. Esperanza schaute schnell wieder hinaus, sie wollte nicht überrascht werden... Da sah sie die drei Steineichen, die eng beieinanderstanden, daneben einen kaum wahrnehmbaren bewachsenen Hügel. Esperanza bedeckte das Gesicht mit den Händen und begann zu zittern. Karla fragte aufgeschreckt: Was ist? Mama! Was ist los? Doch Esperanza hielt sich die Hände vor das Gesicht und antwortete nicht. Es war noch zu früh, dafür war es doch zu früh, sie wollte nur das Säckchen abgeben, damit Onkel Ramón endlich ein Begräbnis erhielt, ein richtiges, würdiges Begräbnis, wie es sich ihre Großmutter immer gewünscht hatte, sie wollte das Säckchen mit seiner Babylocke abgeben und dann nach Hause fahren, sie wusste nicht einmal, ob sie die Kraft haben würde, die DNA-Analyse abzuwarten. Abgeben und zurück nach Berlin, nach Hause, zu Carlotto. Sie wollte nichts sehen, sich an nichts erinnern!

Ein paar Spaten werfen Erde auf einen Haufen. Drei Steineichen ragen einsam in die nächtliche Landschaft. Der kleine Junge liegt auf ihr, er ist leichter als sie, obwohl er zwei oder drei Jahre älter ist. Es ist Sommer, aber diese Nacht ist eisig. Die kleine Esperanza weiß nicht, ob sie zittert oder er oder sie beide. Seine Hände auf ihrem Mund sind eiskalt. Sie hatte sie noch die ganze Nacht gespürt, zehn kleine kalte Finger, die ihr das Leben retteten. Sie war gerannt und gerannt, voller Wut. Das Licht – mattes Abendlicht und vereinzelte Schatten – hatte sich in ihrem Gesicht gebrochen und Figuren darauf gezeichnet, während sie immer weitergerannt war, immer noch die Stimmen ihrer Eltern im Ohr. Der Onkel hatte versucht, Esperanzas Eltern zu überzeugen, das Kind solle zur Schule gehen. Und der Vater hatte gebrummt. Sie muss zu Hause und auf dem Feld mithelfen, und außerdem, bei einem Mädchen ... Der kleinen Esperanza blieb die Luft weg. Doch ihr Onkel, ihr geliebter Onkel mit den honigbraunen Augen und der wulstigen Narbe am Hals, der, wenn er zu Besuch war, ihr nachts Lieder sang mit einer rauen, müden Stimme, dieser Onkel, der sich schon seit Jahren in den Bergen versteckt hielt und immer seltener zu Besuch kam, und wenn, durfte Esperanza nichts fragen, und manchmal musste sie ihn warnen, und dann sprang er aus dem Fenster, lautlos wie die Katzen der alten Nachbarin, ihr geliebter Onkel Ramón wurde jetzt laut gegen den älteren Bruder, Esperanzas Vater. Dieses Mädchen ist besonders! Es könnte lernen, vielleicht sogar eine Ausbildung machen, hier rauskommen ... Esperanzas Mutter antwortete traurig. Aber Ramón, es ist unmöglich, wir wissen jetzt schon nicht, wie wir die Kinder durchbringen sollen. Der Onkel rief verzweifelt, ihr müsst an die Zukunft denken, Franco kann nicht ewig dauern ... Ihr Vater erwiderte knapp und heftig. Das sagst du nun schon seit vierzehn Jahren! Damit war die Diskussion beendet. Onkel Ramón kletterte wütend aus dem hinteren Fenster und verschwand in der Abenddämmerung. Da war Esperanza aufgesprungen und hinausgerannt auf die blaugrauen Felder. Sie zerkratzte sich das Gesicht und die Arme, als sie sich durch eine wilde Brombeerhecke zwängte, rannte weiter, immer weiter, bis sie einen Hügel erreichte, von dem aus sie das Dorf nicht mehr sehen konnte. Sie erschrak, machte kleinlaut kehrt und lief wieder zurück. Es wurde ein langer Weg. Erschöpft und zerschunden kam sie an einer kleinen Baumgruppe vorbei, bei der ein Junge saß, kaum älter als sie, der der hereinbrechenden Dunkelheit zum Trotz las. Als er sie sah, fuhr er zusammen, sammelte schnell seine Bücher ein und rannte ängstlich fort. Beim Wegrennen fiel ihm ein Buch aus der Tasche. Sie hob es auf und lief ihm hinterher. Sie konnte gut rennen, damals waren ihre Beine noch heil, die Verletzung kam erst einige Jahre später. Sie holte schnell auf. Bei drei einsamen Steineichen, die dicht beieinander standen, hielt er plötzlich inne und versteckte sich in den Büschen, die zwischen zwei mächtigen Granitsteinen in der Nähe wuchsen. Inzwischen war der Himmel schwarz geworden. Der Junge spähte durch die Büsche. Zwei Autos fuhren auf den holprigen Feldwegen, näherten sich den Steineichen. Die Lichtkegel tasteten sich durch die Bäume hindurch, die im Schein der Scheinwerfer lebendig wurden. Die Schatten ihrer knorrigen Stämme und gewundenen Äste wurden riesig, fielen in sich zusammen, tanzten miteinander. Esperanza fror. Lautlos suchte sie die Nähe des Jungen. Die Lichtkegel hielten an, die zwei Autoschatten spuckten überraschend viele Menschen aus. Esperanza duckte sich. Ein paar Gestalten waren undeutlich in der Dunkelheit zu erkennen. Drei Männer wurden unter die blauschwarzen, nun zur Ruhe gekommenen Schatten der Baumgruppe geführt. Sie streckten die Arme in die Höhe, ihre offenen Handflächen leuchteten. Fünf weitere Männer standen mit gezückten Jagdgewehren und Pistolen um sie herum. Esperanza legte sich leise neben dem Jungen auf den Boden und spähte ebenfalls, er sah sie nur kurz an, sie hielt seinem Blick stand, das beruhigte ihn. Sie wussten beide, dass sie jetzt keinen Fehler machen durften. Die Männer mit den Waffen bewegten sich auf die anderen zu. Einer der drei Männer mit den erhobenen Armen drehte sich um, zu ihr, als könne er sie in der Dunkelheit sehen. Sie sah in seine Augen, wollte aufschreien und auf ihn zurennen. Doch der Junge riss sie zurück, drückte sie heftig auf den Boden, legte sich auf sie, mit einer Kraft, die man bei seinem zarten Körperbau nicht für möglich gehalten hätte, und hielt ihr den Mund zu. Statt eines Schreis kam aus ihrem Mund ein Laut wie von einem verwundeten Tier. Schnell warf der Junge – wo hat er das geübt? schoss ihr durch den Kopf, während sie auf ihren Onkel starrte, der noch immer die Arme erhoben hatte, ihnen aber wieder den Rücken zukehrte – mit der freien Hand zwei Steine in ein paar entfernte Büsche. Zwei der Bewaffneten rannten dorthin, suchten den Busch ab, beruhigten sich wieder. Einer der drei Gefangenen versuchte, die Situation zu nutzen, und rannte weg. Der Onkel schrie. Lauf, Federico, lauf! Doch Federico kam nicht weit. Es knallte mehrmals, ein Luchs sprang auf und eilte in der Dunkelheit davon, dann ein dumpfer Aufprall. Zwei der Bewaffneten holten den leblosen Federico, zogen ihn an den Beinen hinter sich her, der trockene Boden knirschte, als sie seinen Körper darüberschleiften, kleine Steinchen kullerten zur Seite. Die anderen beiden standen regungslos da. Langsam, wie abgesprochen, senkten sie die Arme, stimmten leise, mit belegter Stimme, das Lied an.

Dieses Lied, das der Onkel, seitdem er in die Berge gegangen war, nie wieder gesungen hatte. Das letzte Mal, als er gekommen war, um Brot, Blutwürste und Oliven mitzunehmen für sich und die anderen, hatte er gelacht, als Esperanza sagte, sie hätte Angst vor der Dunkelheit. Ach, meine Kleine, vor der Dunkelheit musst du keine Angst haben, nur vor Menschen mit schwarzen Herzen. Esperanza hatte gefragt, woran sie denn Menschen mit schwarzem Herzen erkennen könne, das Herz würde man doch nicht sehen. Onkel Ramón war plötzlich verschlossen, als ob in ihm eine Tür zugeschlagen worden sei. Er hatte ihr ein wenig grob übers Haar gestrichen und gesagt: Das stimmt, meine Königin, sehen kann man das schwarze Herz nicht, aber hören… Esperanza war natürlich nicht darauf hereingefallen, sie war ja nicht mehr so klein wie ihr Bruder, der geglaubt hatte, dass die Orange, die sie an Weihnachten bekamen, ein persönliches Geschenk der Heiligen Drei Könige aus dem fernen Morgenland war… Ihr kleiner frecher Bruder, der seine Eltern gefragt hatte, warum der Sohn der schönen Belén, von dem jeder im Dorf wusste, dass er der Bastard des Apothekers war, zu Weihnachten einen ganzen Korb mit Orangen, Feigen, Nüssen und sogar mit Beerenlikör bekam und sie nur eine Orange. Ihr kleiner Bruder, der für diese Frage eine gepfefferte Ohrfeige kassiert hatte und der im Sommer darauf, als die Hälfte der Gerste in der glühenden Hitze braun wurde, an einem roten Durchfall erkrankte, immer durchscheinender und stiller wurde und schließlich in den Armen der erstarrten Mutter für immer einschlief und dabei, erstaunt darüber, dass er schon gehen musste, vergaß, die Augen zuzumachen. Esperanza versuchte, dieses Bild schnell wieder zu verscheuchen, und schaute ihren Onkel ungläubig an. Die Farbe hören? Das geht doch gar nicht. Onkel Ramón hatte Esperanza an seine Brust gedrückt, an die Stelle, an der sein Herz in ruhigen Wellen schlug, und hatte sie gefragt: Und? Welche Farbe hat mein Herz? Esperanza hatte sehr aufmerksam den Wellen zugehört. Blau, ein schönes Blau, sagte sie und setzte gleich hinterher: Und meins? Der Onkel hatte behutsam sein Ohr an das Herz seiner Nichte gehalten und konzentriert gelauscht. Grün, hatte der Onkel schließlich gesagt, Frühlingsgrün. Vor Anbruch des Tages war er gegangen, seitdem wussten sie nichts von ihm. Bis zu diesem Abend, da er plötzlich bei ihnen in der Küche stand und auf ihre Eltern einredete, den Vater sogar anbrüllte, weil sie Esperanza nicht zur Schule schickten. Sie hatte nicht einmal mit ihm reden, ihn nicht umarmen können. Sie hatte nur auf ihrem Kinderbett gesessen und durch die angelehnte Küchentür mit angehört, wie er für sie kämpfte.

Und jetzt, im Schatten der Steineichen, das Gesicht bläulich vom Mond beschienen, waren seine Hosenbeine nass, seine Blase hatte sich entleert, seine Hände flatterten, als wollten sie sich vom Körper lösen, seine Stimme war brüchig, aber er sang. Dieses Lied. Esperanza wollte zu ihrem Onkel, sie hätte ihn so gerne gefragt, was sie tun sollte, wenn sie ein schwarzes Herz hörte. Das war eine wichtige Frage, eine große Frage. Sie versuchte, sich zu befreien, doch der kleine Junge ließ sie nicht los. Er lag immer noch auf ihr, zitterte, oder war sie es? Sie waren ein einziges Zittern, das sich mit aller Kraft gegen den Boden presste, verbunden durch zehn kalte Finger, die Esperanzas Mund zudrückten. Plötzlich fuhr sie zusammen, ein Schuss, dann noch einer.

Esperanza hörte Karla vorsichtig fragen. Mama, sind wir schon da? Doch sie reagierte nicht. Sie hielt sich immer noch die Augen mit den Händen zu, durch die Finger hindurch sah sie das Gesicht ihrer Tochter.

Karla

Karla musterte das Gesicht ihrer Mutter. Wie ähnlich sie ihr war, das Foto, das Juan ihr zeigte, war ihr unheimlich. Er hatte vor Karlas Tür gestanden, ihr das Foto hingehalten und auf Englisch auf sie eingeredet. Wie ähnlich war sie ihr und wie wenig kannte sie sie. Und dennoch, nein, genau deswegen hatte sie unbedingt ihrer Mutter nachreisen wollen, war unbändig wütend gewesen, als sie den Zettel entdeckte, der auf dem Bett ihrer Eltern lag:

Liebster Carlotto, meine liebe Karla, ich kann nicht anders, ich muss nach Spanien, wahrscheinlich hätte ich es schon viel früher machen müssen. Bitte sagt auch Miguel, Katrin und meinen süßen Jungs, dass ich bald wieder da bin. Macht euch bitte keine Sorgen. Ich küsse Euch alle. Espe

Karla hatte vor lauter Wut Kopfschmerzen bekommen, aber sie war ihrer Mutter nachgerannt und hatte gerade noch rechtzeitig den Flieger erreicht. Sie wusste nicht, was sie wütender gemacht hatte, die Sorge darüber, dass ihrer Mutter etwas passieren könnte, wobei sie dieses »etwas« nicht zu Ende dachte, es pochte lediglich im Hintergrund ihrer Kopfschmerzen und verlangsamte ihr Denken, oder aber die beißende Eifersucht auf die »süßen Jungs« ihres vorbildlichen Bruders. Miguel machte immer alles richtig, auch wenn er meistens einfach gar nichts machte.

Am Geburtstag ihres Vaters war Karla als Erste da gewesen, sie wollte ihrer Mutter bei den Vorbereitungen helfen. Miguel kam gar nicht erst auf die Idee mitanzupacken, er rückte mit seinen süßen Jungs und seiner blonden Schwäbin an, setzte sich selbstzufrieden hin, dozierte über guten Wein und günstige Bausparverträge und stellte seinen Status so wenig in Frage wie die Königshäuser ihre Existenzberechtigung. Karla hingegen hatte die Mutter schon beim Hereinkommen eine Kochschürze hingehalten und gesagt: Hier, du kannst mir mit dem Fisch helfen. Karla hatte sich die furchtbare Schürze mit den lila Karos und dem unmöglichen Blumenmuster umgebunden und angefangen, den Fisch in der Pfanne mit viel Knoblauch zu braten. Kaum war die Flamme an, legte ihre Mutter mit dem Verhör los und wollte wissen, was mit ihrem Freund sei, warum sie ihn wieder nicht mitgebracht habe. Karla wich aus. Ach, der habe gerade so viel zu tun ... Sie würde ihn auch kaum sehen ... Noch am selben Abend wollte Karla sich mit ihm treffen, aber wie sollte sie ihrer Mutter erklären, dass Maxim nicht ihr Freund war, jedenfalls nicht so, dass sie ihn ihren Eltern hätte vorstellen können. Ihre Mutter lief zwischen Küche und Wohnzimmer hin und her, deckte den Tisch und forderte dann beiläufig, weiter mit Tellern und Besteck hantierend, na, also gut, aber beim nächsten Mal bringst du ihn mit ... Karla stöhnte. Jaa, Mama, mal sehen ... Daraufhin machte ihre Mutter eine ihrer charakteristischen spanischen Gesten, fuhr mit Daumen und Zeigefinger über ihren Mund, als ob sie die Lippen mit einem Reißverschluss verschließen würde. Ich bin auch ganz ruhig, ich schaue ihn nur an, ich werde gar nichts sagen ... Karla hatte tatsächlich gelacht. Das wird dir aber schwerfallen! Und dann gefragt. Wo bleiben die denn alle? Ich kann heute nicht so lange bleiben, ich geh noch auf 'ne Party. Da hatte ihre Mutter wütend die Salatschüssel auf den Küchentisch geknallt und scharf geschossen. Machst du eigentlich auch mal was anderes außer Party? Karla drehte sich trotzig um. Mama, fang nicht wieder damit an ... Na, ich mein ja nur, weißt du, dein Bruder hat auch immer Partys gefeiert, aber trotzdem ... Karla stöhnte gereizt. Oh Mann, geht das schon wieder los, ja klar, Miguel macht alles richtig, ein richtiges Goldkind! Doch die Mutter hatte sich nicht beirren lassen… trotzdem hat er gearbeitet und… Ich jobbe auch, unterbrach Karla sie eisig. Als ihre Mutter ihr vorwurfsvoll entgegenschmetterte, wann sie denn gedenke, ihr Studium endlich abzuschließen, blökte Karla zurück. Das ist meine Sache, wie ich das mit meinem Studium regle, okay? Die Mutter schaute durch sie hindurch. Triffst du da auf dieser Party deinen Freund? Worauf Karla sehr kurz angebunden ein schwebendes Nein in den Raum stellte. Wie? Wieso musst du dann so unbedingt dahin? Gerade heute. Kannst du nicht einmal mit uns feiern? Karla hatte sich dann wütend die Schürze abgebunden und sie in die Ecke gepfeffert. In diesem Moment hatte es geklingelt, und Karla war erleichtert zur Tür gerannt, hatte sie schwungvoll aufgerissen und, in dem Glauben, ihr Vater stünde da, ein strahlendes Gesicht aufgesetzt und übermütig angefangen *»Happy Birthday to youuuu…«* zu singen. Um ein Haar wäre sie einem fremden Mann um den Hals gefallen. Vor ihr stand ein südländisch aussehender Typ mit finsteren Augen, die sie verdattert anschauten. Karla unterbrach ihr Ständchen jäh und murmelte eine Entschuldigung, dann musste sie lachen, weil der Mann sie so merkwürdig musterte. Ihr wurde es unheimlich, und sie fragte trocken, ob er zu ihren Eltern wolle. Der Fremde hatte nur gestottert, und Karla war zusammengezuckt, weil er sich an die Brust fasste, dann die Hand in die Innentasche seiner Jacke steckte und sofort innehielt, als ihre Mutter aus der Küche rief, wer ist denn da? Ist es schon Papa? Karla hatte zurückgerufen, nee, jemand, der…, hatte sich wieder dem Mann zugewandt und war erschrocken. Sein Gesicht hatte plötzlich seltsam geflackert, sie war zurückgewichen, der Mann hatte sich umgedreht und war wortlos die Treppe hinuntergeeilt. Befremdet war Karla wieder in die Küche gegangen. Wer war das? Hatte ihre Mutter beiläufig gefragt. Keine Ahnung, irgend so'n Gruftie, der bei anderen Leuten die Garderobenschränke inspizieren muss, hatte Karla geantwortet. Ihre Mutter hatte sie missbilligend angeschaut, musste aber doch schmunzeln, während sie die knusprigen, in viel Olivenöl gebratenen Spiegeleier von der Pfanne ablöste.

Zwei Tage später stand derselbe Mann, der Gruftie, plötzlich vor Karlas Tür, hielt ihr das Foto ihrer Mutter hin und redete auf Englisch auf sie ein. Und sie knallte ihm einfach die Tür vor der Nase zu. Hör mal, Perverse kann ich heute wirklich nicht gebrauchen! Er blieb ruhig, klingelte wieder und streckte ihr das Foto vorsichtig entgegen. I want to talk to you, please. It's very important. Karla kam sich enttarnt vor, sie war in einem Spionagefilm, und ihre falsche Identität war gerade aufgeflogen. Auf dem alten Schwarzweißfoto war sie selbst in einer merkwürdigen 60er-Jahre-Kostümierung abgebildet. Aber er sagte dann, das sei ihre Mutter und... Karla wurde pampig. Hör mal, wenn das jetzt versteckte Kamera wird, da bin ich die Falsche. Ich hab' überhaupt keinen Humor, null. No jokes, thank you! Erst als sie wieder hinsah und bemerkte, wie seine Augen flatterig wurden, machte sie den Türspalt etwas größer. May I? Please... sagte er höflich. Später, nachdem sie ihn schließlich doch hereingelassen hatte, zeigte er ihr Schmalfilme, die er auf DVD hatte kopieren lassen. Karla wurde es noch unheimlicher, als ob sie sich selbst observieren müsste. Eine junge Frau schaut sich prüfend im Spiegel an, dreht sich dann um, überrascht, lächelt entzückend in die Kamera. Sie reißt die Kamera an sich und filmt einen jungen Mann, der lachend abwehrt. Man sieht sie mit einem Buch unter einem Baum sitzen, sie liest stockend und mit dem Finger die Zeilen nachfahrend. Dann eine Abfahrt mit dem Zug, die junge Frau steigt ein, einen verschnürten Koffer in der Hand, ein gepunktetes Kopftuch auf den Haaren, der Zug fährt ab, die Kamera bleibt stehen. Danach sieht man einen Gutshof. In langsamen Schritten bewegt sich die Kamera auf ein düsteres Eingangsportal zu und hält direkt davor an, nur am leichten Atmen der Handkamera kann man erkennen, dass es kein Foto ist. Als

Juan, nunmehr Karlas Halbbruder, sagte, er habe immer gedacht, bis vor vier Monaten, seine – ihre – Mutter sei bei seiner Geburt gestorben, gerieten seine Gesichtszüge durcheinander, kurz, dann sortierte er sie wieder und sah noch schöner aus als zuvor. Karla hatte betreten weggeschaut, die Fernbedienung in die Hand genommen und die alten Super-8-Filme, auf die jemand die Jugend ihrer Mutter gebannt hatte, noch einmal ablaufen lassen.

Juan

Ich habe eine erstaunliche Tochter, dachte Juan, während er Rose beim Kakaotrinken betrachtete. Sie bewegte sich durch dieses spanische Dorf, als hätte sie schon immer hier gelebt, das Haus hatte sie sich vom ersten Tag an als ihr Haus, ihr Territorium angeeignet. Das Zimmer, das Juan ihr zugedacht hatte, eine kleine Kammer direkt neben seinem, war hell und karg möbliert, ein Bett mit einem goldgelben, orientalisch anmutenden Überwurf, ein Holzschrank im kastilischen Stil, ein altes Waschbecken mit Waschkrug, eine Kommode. Er hatte das Zimmer ausgewählt, das am wenigsten Geschichten zu erzählen schien, seine Tochter sollte nachts kein Alpdrücken bekommen. Mit wenigen Handgriffen, ein rotes Tuch über die Nachttischlampe, zwei Stofftiere auf dem glänzenden Überwurf, schief ausgeschnittene Fotos aus der Wochenbeilage von *El País* an der Wand über der Kommode, hier und dort, wohlverteilt, Buntstifte, Hefte, Socken, zerknüllte Bonbonpapiere, Haarspangen ... hatte sie dieses Zimmer in ein belebtes, ganz und gar der Gegenwart zugewandtes Kinderzimmer verwandelt. Es tat ihm wohl, mit welcher Selbstverständlichkeit sie durch die Räume lief, durch die Gassen rannte, mit welcher Vertrautheit sie Kinder grüßte, die sie erst am Vortag auf dem Dorfplatz kennengelernt hatte, und mit welcher Ernsthaftigkeit sie ihre Lieblingscremetorten einkaufte, in tadellosem Spanisch mit einem Hauch von britischem Akzent, der im Laufe des Sommers immer mehr abgeschliffen worden war. Aber es machte ihn auch neidisch, wie intensiv seine Tochter ihre Mutter, ihre Londoner Freundinnen, ihre Schule vermissen und gleichzeitig den Sommer, die Dorfkinder, die neuen Eindrücke genießen konnte. Ihm fiel es schwer, in der Gegenwart zu bleiben. Bei der Arbeit im

Verein, wenn er DNA-Proben untersuchte oder bei den Ausgrabungen mithalf, verlagerten sich die Zeitebenen so, dass er nicht wusste, ob das, was er tat, und das, woran er sich erinnerte, hintereinander oder gleichzeitig, vorher oder nachher geschah. Vorher oder nachher bezogen worauf? Zeit ohne Anhaltspunkte ist für Menschen nicht messbar, von wo aus, von welchem Nullpunkt aus, soll ich nun mein Leben leben? Juan hielt die Tasse mit beiden Händen fest, als sei sie kostbar: Sie war warm, sie dampfte, sie roch nach frisch geröstetem Kaffee. Diese Tasse war für ihn im Augenblick das, was dem Gefühl der Gegenwart am Nächsten kam. Ramón würde also ein Begräbnis bekommen, das fast sechzig Jahre zu spät kam, die Zeit hatte stillgestanden, und Juan begann zu ahnen, was das bedeutete, für ihn, für seine Mutter, für seine Tochter, für seinen Vater, für wen noch? Vielleicht hatte die Zeit nicht nur für sie stillgestanden, vielleicht auch für die anderen, die Mörder, die sich im Recht wähnten oder zumindest sicher fühlten, wer weiß. Es muss hart sein und mühsam, jahrzehntelang so zu tun, als ob alles weitergeht, während gleichzeitig für andere die Zeit angehalten ist. Es ist aufreibend, so zu tun, als ob die Dinge im Gleichgewicht seien, wenn sie es doch nicht sind. Sie predigten Aug um Aug, Zahn um Zahn, und dann wollten sie selbst davon ausgenommen werden. Wer sagt, wann das letzte Auge fällig ist, wer bestimmt, wem der letzte Zahn ausgeschlagen werden muss?

Fahren wir jetzt endlich ins Dorf? Seine Tochter hatte den ausgetrunkenen Becher in die Spüle gestellt und war nun ungeduldig. Juan nickte und stand auf, nicht ohne vorher überprüft zu haben, dass er seinen linken Fuß gefahrlos aufsetzen konnte, genau mittig, in sicherer Entfernung zu allen vier Fugen der großen quadratischen Küchenfliese. Wie er sie liebte, seine Tochter, wie er sie brauchte, es tat ihm weh.

Esperanza

Esperanza hatte die Augen geschlossen. Sie wollte ankommen, sich an ihre Schwester klammern. Ankommen, ausruhen, schlafen... Sie schlug die Augen auf. Auch Karla war jetzt unruhig, rutschte auf dem Bussitz hin und her, streckte sich, knetete ihren Nacken. Esperanza sah in der Ferne die ersten sandfarbenen Häuser des Dorfes und die hohe Kirchturmspitze, die zwischen den dicken Drähten der Hochspannungsmasten in den blauen Himmel ragte. Die Häuser kamen näher, wurden größer, die Kirchturmspitze verschwand wieder, wurde vom Dorf verschluckt, dann bog der Bus in die erste Straße ein, und Esperanza betrachtete die zweistöckigen schmalen Häuser mit ihren kleinen Fenstern, den heruntergelassenen Rollläden, den Holztüren, vor denen manchmal noch ein alter bunter Wollvorhang zu sehen war, wie sie früher vor jeder Haustür gehangen hatten, zum Schutz vor der bitteren Kälte im Winter, der sengenden Sonne im Sommer und vor bösen Blicken aus schwarzen Herzen. Das Dorf war früher schon nicht klein gewesen, jetzt schien es ihr sogar fast kleinstädtisch. Natürlich, auch hier hatte es eine Zeit gegeben, die alles vor sich hergetrieben hatte, die Menschen waren älter geworden, die Häuser waren verlassen oder renoviert, es gab Bankenreklame, Wahlplakate, Stromleitungen, PVC-Fenster, Fernsehantennen, Handymasten. Unsere Erinnerungen bleiben stehen, dachte Esperanza, wie eingerahmte Bilder, aber das Leben, das bleibt nicht stehen. Esperanza wusste nicht, ob sie das tröstlich oder erschreckend finden sollte. Ihr Mund war trocken. Als sie hart schluckte, spürte sie im Magen einen lang anhaltenden, sehr spitzen, sehr dünnen Schmerz. Jetzt blitzte der Kirchturm zwischen den Häusern auf und verschwand wieder. Immer dann, wenn der Busfahrer, der auf seinem Weg zum Hauptplatz, wo sich, genau vis-à-vis der überdimensionierten Kirche, die zentrale Haltestelle befand, wiederholt Haken durch die engen Gassen schlagen musste, ächzend das Lenkrad herumriss und sich – fast die Eckhäuser berührend – in eine Kurve schmiegte, sah Esperanza den Kirchturm wieder auftauchen. Die Bushaltestelle. Die Endstation ihrer Reise. Das, wovor Esperanza sich seit ihrem überstürzten Aufbruch aus Berlin fürchtete. Sie würden aussteigen, ihre Koffer aus dem Busbauch herausziehen, sie würden dastehen und nach Marta Ausschau halten.

Marta wäre bestimmt schon seit einer halben Stunde auf dem Platz, würde nervös auf sie gewartet, sich Sorgen gemacht haben, die Straßen werden immer unsicherer und die übermüdeten Busfahrer, die immer schlechter bezahlt werden und keine ausreichenden Ruhezeiten einhalten, natürlich, normalerweise passiert nichts, aber wer weiß das schon, und dann passiert es doch, ausgerechnet wenn die kleine Schwester aus Berlin kommt. Mit der Nichte, die man nur dreimal im Leben gesehen hat, das letzte Mal, als sie gerade Abitur machte, während Esperanza im Krankenhaus lag und alle Angst hatten, es sei etwas Ernstes, aber dann war es doch nur der Blinddarm. Und Marta, die nie in ihrem Leben ins Ausland verreist war, kam nach Berlin, bekochte und bemutterte Karla drei Wochen lang so gut es ging, obwohl Karla in ihrem holprigen Spanisch betonte, sie sei achtzehn und könne nun wirklich auf sich selbst aufpassen, und war so stolz, als Karla das Abitur schaffte und nach den drei Wochen das Essen ihrer Tante liebte. Marta also würde auf der anderen Seite des Busses warten, sie zunächst nicht sehen, dann würde sie hektisch den Bus umrunden, würde, während Esperanza und Karla noch benommen und müde an ihren Koffern zerrten, auf sie zustürmen, sie umarmen … Und dann? Was käme dann?

Esperanza hatte sich diese Ankunft ohne Karla vorgestellt, es war nicht vorgesehen gewesen, dass ihre Schwester auch Karla umarmte, dass Esperanza mit ihrer Tochter bei Marta, in ihrem Elternhaus, wohnen würde, dass sie nicht nur mit ihren Erinnerungen kämpfen musste, sondern auch mit Karlas Blicken. Wie würde Karla das Dorf sehen? Esperanza war nie mit ihrer Familie nach Spanien gefahren. Selbst nach Francos Tod waren sie nur auf Mallorca gewesen, und vor ein paar Jahren, als sie sechzig wurde, hatte ihr Carlotto eine Reise auf die Kanarischen Inseln geschenkt. Der Urlaub wurde sehr schön, sie fühlte sich fast wie in den Flitterwochen; wären sie fünfzehn Jahre jünger gewesen, es hätte ein drittes, ein Nachzüglerkind gegeben. Aber das spanische Festland hatte sie, seitdem sie mit ihrem verschnürten Koffer und ihrem gepunkteten Kopftuch in einen Zug nach Deutschland gestiegen war, nicht wieder betreten. Zumindest bis ihre Mutter am Ende ihres Lebens schwer erkrankte, aber das war für Esperanza etwas ganz anderes gewesen.

Sie betrachtete Karla. Ihre Tochter bemerkte es und kramte angestrengt in ihrer ausgebeulten Riesenhandtasche. Wie sie so ernsthaft, mürrisch und konzentriert kramt, so hat sie als Kleinkind im Sandkasten gebuddelt, dachte Esperanza, sie hat ihre Schippe mit beiden Händen gepackt und ausdauernd ein Loch gebuddelt und einen Berg geschaufelt, aus dem Berg wurde ein Vulkan, aus dem Vulkan ein Berg, aus dem Berg wieder eine Höhle, aus der Höhle ein Grab, in das Karla voller Wut zwei Grashüpfer hineinlegte, die sie zuvor mit Abscheu und Faszination in Stücke gehauen hatte …

Ein paar übergroße Spaten werfen Erde auf drei Leichen, bis das Loch zugeschüttet ist. Die beiden Kinder liegen immer noch flach auf dem Boden und wagen nicht, sich zu rühren. Fröstelnd warten sie, bis die schwarzen Schatten in die Autos steigen und abfahren. Als die Lichtkegel in der Dunkelheit verschwinden, springt das Mädchen auf, ohne ein Wort mit dem Jungen zu wechseln, und rennt durch die finstere Nacht auf das Dorf zu. Ohne es zu bemerken, hält es das Buch, das der Junge verloren hatte, in der Hand und stolpert mit erdverschmierter Kleidung auf ihr Elternhaus zu, immer noch die Geräusche der Spaten dröhnend im Ohr. Ein schwaches unregelmäßiges Licht schien vom Innern des Hauses auf die ungepflasterte Straße. Das Mädchen hatte den Kopf geschüttelt, die Luft angehalten, aber die Geräusche waren geblieben, übermächtig geworden, als es das Fenster aufgedrückt hatte und hineingeschlüpft war. Kurz darauf war ein gellender Frauenschrei zu hören. Ein weiteres Licht wurde angezündet. Das Mädchen schaute verschreckt auf die schreiende Großmutter, das Buch immer noch an sich gepresst, die ganze Kleidung voller Dreck. Die Mutter versuchte, ihre Schwiegermutter zu beruhigen. Ein weiteres Licht wurde angezündet, der Vater kam hinzu und fragte erbost: Was ist hier los? Die Mutter schaute zu ihm auf. Esperanza sagt, dass ... sie ... Die Mutter schluckte, sie wusste nicht, wie sie es sagen sollte. Der Vater wurde ungeduldig und unwirsch. Was denn? Was ist passiert? Die Mutter flüsterte. Miguel, sie haben deinen Bruder Ramón erschossen. Esperanza sagt, sie haben ihn erschossen und ... da draußen, bei den drei Steineichen, verscharrt. Die Großmutter schrie auf, wiegte sich heftig hin und her. Nun begann auch die Mutter zu weinen. Der Vater ging drohend auf das Mädchen zu. Stimmt das, was du sagst? Er hob die Hand. Stimmt das? Antworte! Das Mädchen nickte starr vor Schreck. Die Mutter beschwichtigte den Vater. Hör auf, Miguel! Guck sie dir doch an, sie sagt die Wahrheit. Nun begriff auch er. Er umarmte seine Mutter und weinte. Die Großmutter schluchzte so sehr, dass sie nach Luft schnappte. Ich habe es immer gesagt, ich habe ihm gesagt, er soll sich hier nicht sehen lassen! Er soll nicht herkommen! Sie waren doch immer noch hinter ihm her! Voller Entsetzen schlich das Mädchen in das winzige Zimmer, das es mit seiner Schwester teilte. Die gellenden Schreie der Großmutter folgten ihm. Die Mutter, die durch die offene Tür sah, wie sich ihre Tochter erst verstört auf ihr Bett setzte, immer noch das Buch an sich gedrückt, und sich dann unter dem Kopfkissen vergrub, kam ihr besorgt nach und fragte: Hast du etwas? Bist du verletzt? Das Mädchen schob das Kissen ein Stück von seinem Gesicht weg und schaute die Mutter verständnislos an. Die Mutter trat ans Bett. Haben sie dich gesehen? Das Mädchen verneinte stumm. Die Mutter stieß ein gepresstes Gottseidank aus und sackte erleichtert zusammen. Ihre Schultern rundeten sich und bildeten ein schützendes Dach über das kleine Mädchen, als sie sich über das Bett beugte und es in die Arme nahm.

Das kleine Mädchen, das war ich, dachte Esperanza und schaute auf die Häuserwand vor sich, die den Bus fast zu verschlingen drohte, bevor er gerade noch rechtzeitig eine scharfe Linkskurve nahm. Am nächsten Tag musste sie den kleinen Jungen wiedersehen. Sie wusste ja nicht einmal, wie er hieß. Sie wollte ihm das Buch zurückgeben und ging zu dieser Baumgruppe, dahin, wo er am Vortag gesessen hatte, bevor er vor ihr weggerannt war und bevor ... Und tatsächlich, er saß da und las. Esperanza streckte ihm das Buch entgegen, das er verloren hatte. Der Junge schaute auf und schüttelte den Kopf. Für dich, sagte er. Danke, erwiderte sie. Dann zeigte sie auf den Titel und fragte: Was steht da? Der kleine Junge schaute sie erstaunt an, dann verstand er. Er las vor. *Alice im Wunderland* von Lewis Caroll, mein Lieblingsbuch, von einem Engländer. Sie nickte und stand unschlüssig herum. Der Junge schaute sie an. Gestern, war das jemand ... jemand von deiner Familie, der ...? Esperanza nickte. Mein Onkel. War das ein Roter? fragte er. Esperanza antwortete sehr stolz. Ja, Anarchist. Dann bereute sie sofort, es gesagt zu haben, der Junge hatte ihr das Leben gerettet, aber er sah anders aus als sie. Er trug richtige Schuhe, Lederschuhe vom Schuhmacher, dazu helle Baumwollsocken. Zwar hatte er eine kurze Kinderhose an, die so gar nicht zu dem frisch gewaschenen, gestärkten und elegant geschnittenen Sommerhemd passen wollte, aber die Hose war aus gutem Stoff und mit einem kleinen Wappen an der rechten Tasche bestickt. Esperanza fixierte ihn lauernd. Der Junge reagierte mit gelassener Neugier. Aha, und du? Esperanza zuckte vorsichtig mit den Schultern. Meine Mutter hätte das nicht zugelassen, das mit deinem Onkel, sagte er mit fester Stimme. Dieser Satz verblüffte sie. Sie verstand zwar den Zusammenhang nicht, den sollte sie erst später begreifen, aber sie verstand, was der Junge mit diesem Satz bezweckte. Er hatte ihre Angst gespürt, sofort bemerkt, dass sie sich verplappert hatte, und ihr die Angst nehmen wollen. Er hatte sich auf ihre Seite geschlagen. Sie lächelte ihn an und fragte nach seinem Namen.

Alfonso. Alfonso … Esperanza spürte dem Namen nach, während der Bus auf die Plaza fuhr, am Rathaus vorbei eine halbe Runde drehte und die Bushaltestelle ansteuerte. Wo bist du jetzt wohl? Kannst du da, wo du jetzt bist, lesen? Was wirst du tun, wenn du dort nicht lesen darfst? Wirst du fluchen? Dich fügen? Einen anderen Ort suchen? Was macht man im Himmel auf einer einsamen Wolke, wenn man kein Buch dabeihat? Esperanza wandte sich ihrer Tochter zu und fragte sie, welches Buch sie mitnehmen würde, wenn sie für sehr lange Zeit auf eine einsame Insel müsste. Karla schaute sie befremdet an. Keine Ahnung, sagte sie schließlich. Und dann stellte sie aufgeschreckt die Gegenfrage. Wie lange willst du denn hierbleiben? Esperanza antwortete müde. Ich frage nicht deswegen. Der Bus hielt an.

Karla

Karla schaute aus dem Fenster, es war wie ein fleckiger Teppich aus Farben, Gesichtern, Fassaden. Nichts verband sie mit diesem Ort. Sie fröstelte trotz der sengenden Sonne, die jenseits der getönten Busscheiben ihre Strahlen auf die Straßen abfeuerte. Wo nun der Beginn dieser ganzen Geschichte war, warum sie mit ihrer Mutter in einem vollklimatisierten Bus steckte, der soeben durch ein fremdes Dorf fuhr, wusste Karla immer noch nicht.

Eine Ahnung davon hatte sie gespürt, als Juan gesagt hatte: Als Kind dachte ich immer, ich wäre ein furchtbares Monster, meine Mutter war ja meinetwegen gestorben. Karla wusste gar nicht mehr, ob er es auf Spanisch oder auf Englisch sagte, aber sie erinnerte sich, dass er danach nicht mehr weitersprechen konnte. Karla hatte betreten weggeschaut und sich eine Zigarette angezündet. Um nichts erwidern zu müssen, hatte sie auf den Bildschirm gestarrt, auf dem wieder die alten Schmalfilm-Bilder auftauchten: ihre Mutter als junge Frau. Ihr schüchternes Lächeln. Diese verblüffende Ähnlichkeit mit Karla, der junge Mann, dem sie die Kamera entreißt – Karla wusste nun, dass es Juans Vater war –, der Baum, unter dem die junge Frau sitzt. Der Zug, der Gutshof…

Lauter Geschichten, die keinen Anfang hatten. Karla floh vor den Bildern, entnahm einer Metalldose ein kleines zusammengepresstes grünbraunes *piece* und beschloss, dass es ihr gleichgültig war, was ihr Halbbruder denken würde. Juan versuchte, normal weiterzusprechen. Sie redeten lange, tranken, rauchten. Ja, auch Juan führte, nach kurzem Zögern, den Joint dankbar, so schien es Karla, an die Lippen, sog den

Rauch tief ein, hustete, zog dennoch weiter. Karla betrachtete ihn verwirrt. Sie hatte noch nie mit einem Mann so viel geraucht, getrunken und geredet, ohne irgendwann nackt, schwitzend und schnaufend auf dem giftgrünen flauschigen Flohmarktteppich zwischen ihren Installationen zu landen. War er wirklich ihr Halbbruder? Plötzlich hatte sie sich gefragt, ob Halbgeschwister sich eigentlich nackt, schwitzend und schnaufend auf einem Teppich wälzen dürften. Wahrscheinlich sollten sie keine Kinder zeugen, aber wälzen, die eine fremde Hälfte mit der anderen fremden Hälfte, die Schenkel durcheinanderbringen – ein sehr junger, sehr gut bestückter Grieche, der während seines Erasmusstipendiums in Berlin öfters auf ihrem giftgrünen flauschigen Teppich gelandet war, hatte ihr diesen Ausdruck beigebracht –, also ihre Schenkel ein bisschen durcheinanderbringen, das dürften Halbgeschwister sicher, das wäre doch kein Verbrechen, oder? Sie gruselte sich. Wie konnte sie darüber nachdenken, ob sie mit ihrem Halbbruder vögeln sollte oder nicht, während er ... Da Juan im Gegensatz zu ihr nur drei- oder viermal gezogen und sie den ganzen zweiten Joint alleine aufgeraucht hatte, zwang sie sich, ihre befremdlichen Überlegungen zu unterbinden. Sie fixierte sein Nasenbein mit höchster Konzentration, während er weiter über sehr ernste Dinge sprach. Wie durch strahlenden Nebel drangen Wörter zu ihr. Verscharrt ... Franco ... Exhumierung ... Sie sprachen abwechselnd Englisch und Spanisch. Sie betrachtete das Foto ihrer Mutter, das immer noch zwischen ihnen auf dem Boden lag. Das Wort Exhumierung hatte er auf Spanisch gesagt, *exhumación*. Weil sie ihn nicht verstand, in diesem Falle nicht aufgrund ihrer miserablen Spanischkenntnisse, sondern weil sie schlicht nicht wusste, was *exhumación* oder *exhumation* genau bedeutete, zog Karla den chinesischen Morgenmantel mit den filigranen blauroten Blüten aus knitterfreiem Polyesterstoff, den sie in dem 1-Euro-Shop auf der Karl-Marx-Straße erstanden hatte, enger um sich und schaute Juan fragend an. Juan verhaspelte sich. Ich soll seine Reste exhumieren, also, sie ausgraben und … Damit er würdig beerdigt werden kann. Weil … Also, er wurde ermordet und liegt irgendwo in einem Straßengraben … Karla wiederholte mechanisch. In einem Straßengraben? Juan zögerte. Na ja, so in etwa. Ein paar Franquisten haben ihn und zwei weitere Männer erschossen und sie irgendwo außerhalb des Dorfes verscharrt. Juan grinste schief und versuchte, einen leichteren Ton anzuschlagen. Ist nicht gerade ein lustiges Thema, aber es ist meine verdammte Aufgabe jetzt … Er sagte auffällig oft fucking. »Fucking mission«, »fucking guys«, »fucking stuff«. Das fiel Karla auf, weil er ansonsten ein geschliffenes, fast literarisches Englisch sprach, das sie nur mit Mühe verstand. Auf einen Schlag begriff Karla. Juans Vater musste der Anfang der Geschichte sein. Aber was hatte Juans Vater mit dem Onkel ihrer Mutter zu tun? Als ob Juan ihre Gedanken hätte lesen können, kramte er in seiner Jackentasche und zog ein Foto heraus, auf dem mehrere junge Männer mit schlichter Kleidung und seltsamen Waffen zu sehen waren, die auf einer Waldlichtung saßen. Einer davon schwenkte scherzend einen Brotlaib in der Luft. Juan zeigte auf ihn. Das ist Onkel Ramón. Das heißt, eigentlich sagte er: Este es el tío Ramón. Aber dann sprachen sie doch auf Englisch weiter, weil es für Karla mühsam war, Spanisch zu sprechen. Sie starrte gebannt von Juan auf das Foto und wieder zurück und sagte, du siehst aus wie er. Juan nickte kommentarlos. Er hörte das wohl nicht zum ersten Mal. Karla schaute ihn fragend und hilfesuchend an. Juan wunderte sich. Er war dein Großonkel, der Bruder deines Großvaters, hat dir deine Mutter nie seine Geschichte erzählt? Nein, hatte sie nicht, natürlich nicht. Ihre Mutter erzählte nicht nur keine Anfänge, sie erzählte generell keinerlei Geschichten, dabei redete sie viel, wenn der Tag lang war, aber eben nie von ihrer Jugend.

Karla schaute aus dem Busfenster. Die meisten Fahrgäste standen schon im Gang und zogen ihre Taschen aus den Ablagen, obwohl der Motor noch lief und der Busfahrer die Türen noch nicht aufgemacht hatte. Auch ihre Mutter war aufgestanden, beäugte das Gewusel im Bus und knibbelte unruhig an ihren Fingernägeln. Karlas Blick blieb am Kabelgewirr hängen, das sich von Dach zu Dach schlängelte. Der Kontrast zwischen dem grellen Licht und den scharfen Schatten zwischen den Häusern erinnerte sie an Juans Blick, als sie mit ihm in ihrer Berliner Bude gesessen, nach dem passenden Ausdruck gesucht hatte und Juan sie dabei aufmerksam beobachtet hatte, als wollte er wirklich verstehen, wie sie sich als Kind gefühlt haben mochte.

Sein Blick hatte sie nervös gemacht, sie stand vom Boden auf, holte sich noch ein Bier und sagte dann zögernd: Ich fühlte mich immer wie *Alice im Wunderland*, als ob ich auf der anderen Seite des Spiegels wäre. Juan reagierte wie elektrisiert, sprang auf, nahm sich ebenfalls ein Bier und korrigierte sie vorwurfsvoll. *Alice im Wunderland*? Du meinst *Alice hinter den Spiegeln*. Sie schaute ihn sehr direkt an, fast flehend. Egal, verstehst du, was ich meine? Juan verstand. Karla hatte genickt. Und weitergetrunken, obwohl sie genau wusste, dass sie nicht mehr trinken sollte. Gegen ihren Willen platzte sie mit einer Frage heraus. Warum hat dein Vater behauptet, deine Mutter sei tot? Juan hatte bitter gelächelt und mit den Schultern gezuckt. Und diesen Satz gesagt. Dass er als Kind immer dachte, er sei ein Monster, weil seine Mutter bei der Geburt gestorben sei. Doch dann hatte er seinen Vater vor vier Monaten beerdigt und erfahren, dass ihn keine Schuld traf, denn seine Mutter lebte, in Berlin.

Juan

Juan saß auf einer Bank am Rande des Platzes und schaute seiner Tochter beim Rennen, Schaukeln und Klettern zu. Er war entspannt, weit und breit gab es auf dem Spielplatz keine Fugen. Der Rand, auf dem die Bänke angebracht waren, war herrlich zubetoniert, und die Schaukeln, die Kletterwand, die Stangenlabyrinthe, auf denen die Kinder wie wildgewordene Lemuren turnten, standen auf sandigem Lehmboden. Wenn Kindergruppen hin und her rannten oder ein Ball aus der Fußballecke ausbrach und heftig aufkam, wurde Staub aufgewirbelt. Der Tag war heiß gewesen, drückend heiß, aber jetzt konnte man wieder atmen und sich draußen aufhalten. Juan freute sich auf das Abendessen in dem kleinen Restaurant neben der Kirche, auf ein ordentliches Glas Rotwein, auf die Augen seiner Tochter, wenn sie sich mit Heißhunger über die Fleischbällchen und Pommes hermachen würde. Die Besprechung im Verein hatte tatsächlich nur kurz gedauert. Rose hatte nicht lange warten müssen, denn für das Massengrab in Cáceres gab es immer noch keine Gelder, sodass die Exhumierung der Reste von über 500 Männern und 34 Frauen, die zwischen 1936 und 1943 an die Wand gestellt wurden, anschließend achtlos neben- und übereinandergeschichtet und mit Kalk und Erde zugeschüttet worden waren, aufgeschoben werden musste. Juan konnte sich also zunächst ausschließlich um seinen Großonkel Ramón kümmern. Sein Vater hatte im Testament eine relativ genaue Beschreibung hinterlassen, wo Ramón und die beiden anderen Männer verscharrt worden waren. Der Hain nördlich des Dorfes nahe der Kapelle, die der heiligen Madonna des Lichtes geweiht war, war immer noch ein markanter Ort, und Juan fiel es nicht schwer, die ungefähre Stelle ausfindig zu machen. Die drei großen Steineichen standen genau so, kaum größer als auf dem Foto, das sein Vater dem Testament beigefügt hatte. Bald würden sie mit der Eingrenzung des Geländes beginnen. Vier Freiwillige, ein Archäologiestudent, eine Politikstudentin, ein junger Leichenbestatter aus dem Dorf und eine sechzehnjährige Praktikantin, die Juan viel zu jung für einen solchen Job fand, die aber wild entschlossen war zu helfen, würden ihn unterstützen. Außerdem verfügten sie über einen Schaufelbagger samt einem erfahrenen Schaufelbaggerfahrer, beide gesponsert von einem zu Wohlstand gekommenen Bauunternehmer, der sein in den Boomjahren angehäuftes Vermögen aus Steuergründen und, wer weiß, vielleicht auch aufgrund persönlicher Geschichten, »loswerden« wollte. Juan wusste, dass es Tage dauern konnte, bis sie die richtige Stelle fanden. Er hoffte inständig, dass sie es vor Ende der Sommerferien schafften, denn Rose musste zu Beginn des neuen Schuljahres wieder in London sein, eine noch längere Beurlaubung würde die Schulleitung wohl kaum bewilligen, schon die acht Wochen vor den Ferien hatte Juan erst nach zwei längeren Gesprächen mit dem Klassenlehrer und einem Termin beim Schulleiter erwirken können, und das nur, weil er beteuert hatte, seine Tochter würde nach dem Spanienaufenthalt sicherlich fließend Spanisch sprechen, und er würde mit ihr jeden Tag Mathematik pauken, ihre Schwachstelle. Was die Sprache betraf, so hatte er recht behalten, aber die Mathematikhefte hatten sie seit ihrer Ankunft nicht einmal aufgeschlagen. Dafür, tröstete sich Juan, hatte Rose so vieles Neues gelernt, das wichtiger war als Schulmathematik. Gleichzeitig war ihm das unheimlich. Und er fragte sich, ob er ihr nicht zu viel zumutete. Seine Tochter verschlang Geschichtsbücher, als ob es Detektivgeschichten wären, und löcherte ihn dann mit Fragen. Oft wollte sie Details aus dem spanischen Bürgerkrieg oder dem Zweiten Weltkrieg wissen, die Juan immer wieder neu erklären sollte, etwa dass ein Teil der Francotruppen dank Hitlers Hilfe von

Marokko aus zum spanischen Festland übersetzen und der Putsch somit erfolgreich starten konnte oder dass Churchills berühmte Rede *We shall fight on the beaches,* die er am 4. Juni 1940 vor dem britischen Unterhaus hielt, womöglich schlagkräftiger gewesen war als ein ganzes Kontingent an Flugabwehrraketensystemen. Und je mehr Rose nachfragte und las, desto mehr wunderte sie sich über gleichaltrige Kinder, die sich kein bisschen dafür interessierten, ob es in der Nähe Massengräber gab oder was vor sechzig Jahren in ihrem Dorf passiert war. Sie hatte mit ihren zwölf Jahren einen aufmerksamen Blick und eine erstaunliche Urteilskraft, die Juan manchmal erschreckte. Das hatte sie von ihrer Mutter, diesen analytischen, zuweilen allzu trockenen Verstand, der Juan am Anfang fasziniert, gegen Ende der Ehe jedoch abgestoßen hatte und den Roses Mutter zunehmend wie einen Schutzschild vor sich hergetragen hatte, je mehr sich Juan in seinen Rillenbesessenheitszuständen eingerichtet hatte. Rose besaß jedoch, neben dem Verstand ihrer Mutter, auch ein Gespür für Absonderlichkeiten. Sie konnte gleichzeitig ungnädige Urteile fällen und doch voller Empathie handeln. Und, das liebte Juan an seiner Tochter besonders, wie sehr war sie dabei im Hier und Jetzt verankert! Sie war erst zwölf Jahre auf dieser Erde und hatte sie sich angeeignet, als hätte man die Welt für sie maßgeschneidert, während er, je älter er wurde, umso mehr mit dieser dicht bevölkerten, einsam im Universum kreisenden Riesenkugel fremdelte. Rose konnte sich altklug über Erwachsenenkram empören und dann wieder versunken im Einklang mit der Schaukel auf- und abfliegen, den lachenden Blick auf den grellblauen Himmel gerichtet. Wie viel gelassener als Karla sie doch war! Wie viel reifer als diese Berliner Halbschwester, die er plötzlich bekommen hatte, die in einer anderen Welt zu leben schien und ihm trotz ihrer dreiunddreißig Jahre wie ein Kind vorgekommen war.

Nachdem der kurze Film über ihre Mutter zu Ende war, hatte Karla haltsuchend ihre Finger um die Zigarette gepresst. Juan hatte nicht gewusst, was er sagen sollte. Was sagt man einer jungen Frau, die soeben erfahren hat, dass ihre Mutter ein Vorleben hatte. So ein irreführendes Wort, dachte er, als er auf ihre Fingerspitzen starrte, die sich um die Zigarette krampften, um nicht zu zittern, Vorleben. Karla zog an ihrer Zigarette. Mit einer Grimasse, die der Situation die Schwere nehmen sollte, auf Juan jedoch hilflos wirkte, sagte sie etwas auf Deutsch, das er nicht verstand. Als er nachfragte, wischte sie das Gesagte mit einer Handbewegung weg und schaute ihn herausfordernd an. Juan rechtfertigte sich: Mein Vater, Alfonso, hat nie etwas über meine Mutter erzählt, er sagte nur hin und wieder: Sie war die einzige Frau in meinem Leben, mit der ich hätte zusammenleben können. Juan lachte bitter. Er wusste, dass seine inneren Abwehrtruppen kurz davorstanden zusammenzubrechen, das durfte unter gar keinen Umständen geschehen. Angestrengt starrte er auf die giftgrünen Teppichbüschel, auf denen sie saßen, und versuchte, gleichmäßig zu atmen. Sehr konzentriert lauschte er seiner eigenen Stimme. Sie kam ihm merkwürdig hölzern vor, als ob er durch einen morschen Baumstamm sprechen würde. Karla nahm verwirrt die DVD-Fernbedienung in die Hand und schaute sich erneut die Super-8-Filme an. Ihr bunter Morgenrock verrutschte und legte den blaustichigen Kopf und die ausladenden Schwingen eines Raubvogels frei. Juan fand die Flügel der Tätowierung beruhigend, sie gaben Karla einen gewissen Schutz, den er ihr gönnte. Eine Weile sagten sie nichts, danach drehte Karla wortlos einen Joint, zog daran und reichte ihm die glühende Tüte weiter. Juan hatte schon lange keinen Joint mehr geraucht, er hatte bei Roses Geburt aufgehört zu rauchen und seitdem auch wenig Gelegenheiten erlebt, bei denen ihm ein Joint hätte angeboten werden können. Im letzten Krankheitsjahr seines Vaters hatte er sich allerdings wieder damit beschäftigen müssen, wo man guten Stoff beschaffen konnte, und hatte, nach eingehender Recherche, den sympathisch lächelnden Togoern und Sudanesen, die im Park um die Ecke auffällig lässig herumlungerten und ihm mit der Zeit und den großzügigeren Trinkgeldern immer reineres Haschisch besorgt hatten, jede Woche 700 Milligramm abgekauft, die es seinem Vater erlaubten, die Appetitlosigkeit zu überlisten und die viehischen Schmerzen der letzten Lebensmonate halbwegs zu ertragen. Er selbst hatte sich gehütet, das Zeug zu probieren. Er hätte es nicht ertragen, sich zu entspannen, noch mehr Rillen zwischen den Bodenfliesen zu bemerken, noch mehr an seine Exfrau zu denken, sich noch mehr vor seinen Studenten zu gruseln. Aber in Berlin, in der Wohnung seiner Halbschwester bedeckte der Teppich die Rillen der Holzdielen, und der Weg zum Ausgang, das hatte er gleich beim Hereinkommen erleichtert festgestellt, war mit Teppichresten, Papierstapeln, Zeitschriften, Dosen, Tüllkleidern und Stoffresten so vollgestellt gewesen, dass er sich – hätte er übereilt aufbrechen müssen – einen Fluchtweg aus Papier und Teppichstücken hätte bauen können. Außerdem war Karla wie ein bockiges Kind, das hatte es ihm einfach gemacht. Er gestand ihr, dass er seit über zehn Jahren nichts mehr geraucht hatte. Sie grinste ihn belustigt an, es war der richtige Moment, um mit seiner Halbschwester einen Joint zu teilen. Der Rauch kratzte in seiner Lunge, er hatte husten müssen, erneut gezogen, das Kratzen war angenehm gewesen, wie eine raue Katzenzunge, die die Lunge durchkitzelt. Alles wurde runder und weicher, die Arme zogen nicht mehr am Nacken, die Füße wurden leichter. Er hatte Karla angelächelt. Er wollte nicht high werden, er wollte nur mit seiner Halbschwester eine Friedenspfeife rauchen und sich möglichst sicher fühlen. Er fing an zu erzählen. Er erzählte viel, von sich, von London, von seinem Vater und dessen letztem Willen. Juan nahm noch einen Zug und lachte. Ich bin nun Hausbesitzer in einem spanischen Dorf, das ich vor zwei Monaten zum ersten Mal gesehen habe. Mein Vater schrieb über das Haus und, na ja, über vieles andere. Mein Vater war voll von Gedichten, merkwürdigen Träumen und Traurigkeit. Juan hatte bemerkt, dass Karla abwesend wirkte, ihm wurde klar, dass sie kein Wort verstand von dem, was er versuchte auszudrücken. Sie nestelte an ihren Fingernägeln. Juan streckte die Beine aus. Er wusste nicht recht, wie er Karla, die offensichtlich keine Ahnung von spanischer Geschichte hatte, das alles erklären sollte. Er holte ein weiteres Foto aus der Tasche und zeigte darauf, dabei atmete er den Rauch aus, gab Karla den Joint zurück und sagte, Ramón sei der Onkel ihrer Mutter, also der Bruder von Karlas Großvater. Juans Vater habe sich im Testament gewünscht, dass er die Überreste von diesem Onkel finde und ihn begrabe. Karla schaute ihn finster an, suchte das englische Wort. Er war der Onkel meiner Mutter? Mein ... Großvateronkel? Juan hatte lachen müssen. Ja, er kämpfte für die spanische Republik. Nach Francos Sieg ging er mit anderen in die Berge. Er glaubte fest daran, dass die Alliierten nach dem Zweiten Weltkrieg auch Spanien befreien würden. Hat dir deine Mutter nie seine Geschichte erzählt? Karla schüttelte wütend den Kopf. Sie hat nie etwas von Spanien erzählt ... Juan versuchte, sie zu ermutigen. Ja? Sie suchte nach Worten, reihte konfuse Sätze aneinander, die Juan nicht begriff, bis sie etwas sagte, das ihn aus der Bahn warf. In einem Wust aus Buchstaben hörte er Aliceimwunderland heraus, er horchte auf, als sie anschließend sagte: Wie wenn ich auf der anderen Seite des Spiegels wäre. Als dieser Satz in Juans Gehirn ankam, wo mit rasenden Impulsen, minus, plus, minus, minus, plus, plus, minus die Botschaft übersetzt worden war, bereute er augenblicklich, etwas geraucht zu haben, er hatte sich nicht mehr in der Gewalt, und das Gefühl packte ihn, in ein tiefes, zeitloses Loch zu fallen. Er sprang auf, holte sich ein Bier in der Hoffnung, diese banale Geste würde ihm wieder Bodenhaftung geben. Er ließ den Kronkorken springen, trank den kalten Schaum und spürte, wie er, von seiner Kehle aus, die Speiseröhre hinunterstürzte. Es half, er würde nicht wegrennen müssen. Er leerte schließlich in einem tiefen Schluck fast die Hälfte der Flasche und sagte: Du meinst *Alice hinter den Spiegeln*? Karla schaute ihn so geradeheraus an, wie sie es nach zwei Joints noch vermochte, und ließ ein kehliges, nachdenkliches Mhmmm hören, wie eine schnurrende Katze. Dann ging sie übergangslos zum Fauchen über und fragte, warum sein Vater ihm gesagt habe, ihre Mutter sei tot. Juan antwortete wahrheitsgetreu, er habe keine Ahnung. Er hatte in jenem Moment wahrhaftig nicht gewusst, wen er mehr hasste, seine Mutter dafür, dass sie ihn verlassen, oder seinen Vater dafür, dass er ihn belogen hatte. Er spürte den Drang, Karla zu packen und zu schütteln, ihr die wässrigen, trübe grinsenden Augen aus ihrem fauchenden Körper zu schütteln, aber stattdessen sprach er langsam weiter. Ich habe mein Leben lang gedacht, ich sei schuld an ihrem Tod. Und dann stirbt mein Vater, und ich erfahre, dass meine Mutter lebt. Karla wurde ganz still, öffnete noch eine weitere Flasche Bier. Juan nahm sie ihr sanft aus der Hand, sie hatte schon genug getrunken. Karla fügte sich.

Nachdem Juan Karlas Wohnung verlassen hatte, suchte er vergeblich die U-Bahn-Station und beschloss dann, so lange weiterzulaufen, bis er auf einen U-Bahn-Eingang treffen würde, irgendeinen. Irgendwohin würde er ja kommen, wenn er nur lange genug weiterging. Und irgendwohin würde ihn diese U-Bahn bringen, die er dann finden würde. Er lief durch die laue belebte Nacht, betrachtete die Jungen und Junggebliebenen, die die Bars, Cafés, Imbisse und Restaurants besetzten, als gelte es, dem Weltuntergang entgegenzufeiern. Es lachte, lärmte, brüllte, küsste, trank, torkelte … Eine Gruppe aufgekratzter Spanierinnen fragte Juan, ob er wisse, wo das

Berghain sei. Er hatte ihnen auf Englisch geantwortet, höflich und wahrheitsgemäß, er sei nur auf Durchreise hier und kenne sich leider nicht aus, und war weitergegangen.

Jemand rief nach ihm. John, hey, John! Juan drehte sich erschrocken um. Nein, er war nicht in London, er war auch nicht in Berlin, er war noch immer auf dem Dorfplatz. Erschrocken suchte er nach Rose, die vergnügt mit anderen Teenagern kletterte. Er hatte die Zeit vergessen, aber alles war gut, die Sonne erleuchtete noch im Untergehen den Himmel, er hatte nicht die Abendessenszeit verpasst. Beruhigt drehte er sich wieder der jungen Frau zu, die seinen Namen gerufen hatte und nun lächelnd auf ihn zukam. Es war die Politikstudentin, die ihm bei der Exhumierung helfen würde. Eine lebhafte junge Frau, die den olivenfarbenen Teint einer Nordafrikanerin hatte, dazu die schwärzesten Augen, die er je gesehen hatte, und eine Madrider Schnauze, die so pointiert und maschinenpistolenschnell Sätze aneinanderreihen konnte, dass es Juan beim ersten Treffen ganz schummrig geworden war. Juan überlegte, wie sie hieß, María, Marta, Marion, Ma... Die junge Frau kam näher und fragte amüsiert. Na, John, observierst du die Dorfjugend? Juan zögerte, dann entschied er sich für einen Frontalangriff. Ja, vor allem meine Tochter, damit sie keine Dummheiten macht. Die junge Frau musterte ihn interessiert. Du hast eine Tochter? Juan nickte und zeigte mit dem Kinn auf Rose. Die Politikstudentin sagte. Wow. Juan nickte erneut.

Esperanza

Esperanza klemmte ihre Handtasche unter den Arm und ging ein paar Schritte auf dem Busgang zurück, reckte den Hals. Sie war sicher, Marta gerade eben noch gesehen zu haben, aber nun war ihre Schwester verschwunden. Esperanzas Blick huschte nach links und nach rechts, sie versuchte, um die Ecke zu spähen. Vergeblich. Marta war weg. Hatte sie sich getäuscht, war es doch nicht ihre Schwester gewesen? Esperanza fühlte sich verloren, was sollte sie tun, wenn ihre Schwester nicht kam? Sie hätte nicht die Kraft, allein mit Karla den Weg zu ihrem Elternhaus einzuschlagen, vor der Tür zu stehen, hineinzugehen …

Was wäre, wenn ihre Schwester sie nicht an der Hand nähme, wie früher, als sie abends von den Feldern nach Hause liefen? Wenn es dunkel wurde, unterwegs, und Marta spürte, dass ihre kleine Schwester Angst bekam, hatte sie immer ihre Hand genommen und angefangen, über belanglosen Dorftratsch zu reden, was diese oder jene Nachbarin gesagt oder nicht gesagt hatte, wie dieser oder jener Dorfbursche aussah, wie dieses oder jenes Dorfmädchen tanzte, ob diese oder jene Obstsorte gut oder schlecht gedieh. Martas fröhliche Stimme plapperte dann munter in die Dunkelheit hinein, und Esperanza wusste, dass das, was ein unbeteiligter Zuhörer für unbekümmertes, albernes Mädchengeschwätz halten musste, in Wahrheit der durch und durch heldenhafte Kampf der großen Schwester gegen ihre Todesängste war. Dafür blieb sie ihr unaussprechlich dankbar. Wenn Marta nicht käme und sie an der Hand nähme, dann hätte sie nicht die Kraft, das zu tun, wofür sie die lange Reise auf sich genommen hatte.

Alles hatte an Carlottos Geburtstag begonnen, oder vielmehr war alles an Carlottos Geburtstag an die Oberfläche gekommen. Die versammelte Familie saß um den Tisch, und Esperanza ahnte noch nicht, was der Anruf ihrer Schwester für verheerende Verwüstungen in ihrem Innern auslösen würde. Der Orkan hatte sich bereits in Bewegung gesetzt, sie aber noch nicht erreicht. Alle waren da. Karl-Otto – ihr Carlotto –, Karla, Miguel mit seiner Karin und den beiden Jungs, Paul und Anton. Alle waren ausgelassen über die Mengen von Tapas hergefallen. Sie hatte vorher stundenlang in der Küche gestanden, hatte Kroketten frittiert, bis sie goldknusprig glänzten, Sardellen in Knoblauch eingelegt, Fisch mit roten Paprikastreifen gebraten, Champignons und Gemüse gedünstet und nach Farben zusammenkomponiert. Carlotto hatte sich genüsslich ein in Olivenöl gebratenes Spiegelei mit knusprigen Eiweißrändern, die das Eigelb wie umhäkelte Spitze umsäumten, in den Mund geschoben, die Augen geschlossen und geschwärmt: Mhmmm, köstlich! Frau Katzbach, du machst immer noch die besten Spiegeleier des Planeten. Esperanza hatte gelächelt. Ihr Mann hatte mit reichlich Rotwein nachgespült und seinen Enkeln zugezwinkert. Wisst ihr eigentlich, dass eure Oma und ich uns verliebt haben, weil ich sie aus einem Feuerinferno retten musste? Da hatte Esperanza richtig gelacht, laut und kaskadenartig, und Paul und Anton hatten große Augen bekommen. Wirklich? Carlotto hatte weiter seine Spiegeleier gekaut und begeistert erzählt. Eure Oma war bildhübsch, ich fand sie richtig toll und so geheimnisvoll, ich wusste aber noch nicht, wie sie mich fand. Er hatte die Tischgesellschaft angestrahlt, schelmisch und ein wenig zu forsch, wie ein unbekümmerter Lausbub. Da bin ich dann kurzerhand zu ihrer Baracke marschiert. Die Enkel hatten verwundert nachgefragt. Was denn für eine Baracke? Na, so 'ne Werksbaracke, anfangs, als eure Oma nach Deutschland kam, also, als ich sie kennenlernte, da war sie mit anderen Frauen in einen

Container gepfercht. Esperanza nickte bestätigend. Miguel schenkte ihr und seiner Frau Wein nach. Esperanza bemerkte, dass Karla sich übergangen fühlte und ihm herausfordernd ihr Glas hinstreckte, woraufhin Miguel es lustlos füllte. Doch das alles bemerkte Karl-Otto nicht. Er war ganz und gar in seiner Erinnerung aufgegangen. Er wollte also in diese Baracke marschieren und Esperanza überraschen, da sah er, dass aus dem Fenster riesige Rauchwolken herauskamen, so richtig stinkende, dicke Rauchschwaden. Er also rein, schneller als die Feuerwehr, die Oma sofort aus der Baracke gezogen und sie mit einer fachmännischen Mund-zu-Mund-Beatmung gerettet, tja, und so waren sie sich nähergekommen ... Esperanza war nicht entgangen, dass Karin ihr anzügliches Lächeln gerade noch rechtzeitig gezähmt und grinsend gesagt hatte, aha, wie der Vater, so der Sohn, worauf Miguel ihr geschmeichelt den Arm um die Schulter gelegt hatte. Alle mussten lachen. Nur Karla verdrehte die Augen und warf ihrem Bruder einen genervten Blick zu. Esperanza fühlte sich verpflichtet, Karla zu schützen, und rief: Dabei war überhaupt nichts, ich hatte nur Eier gebraten! Doch Karl-Otto posaunte in voller Fahrt. Was heißt hier Eier gebraten? In die Luft gejagt! Mit Olivenöl! Eure Oma war am Kocher, und die Stichflammen gingen – huuuiiii – links und rechts hoch. Das war lebensgefährlich! Heutzutage wäre sie sofort als Terrorverdächtige festgenommen worden. Esperanza lachte, sie liebte es, wenn Carlotto ihr gefährliche Eigenschaften andichtete. Paul und Anton schauten fasziniert hin und her, wie bei einem spannenden Ping-Pong-Match. Esperanzas Blick blieb an ihrer Tochter hängen und registrierte den trotzigen Zug um ihren Mund. Das machte sie wütend. Warum konnte sie nicht einmal mitlachen? Wieso musste Karla immer und immer zeigen, dass sie anders war, dass sie fröhliche Familienfeste banal und lästig fand? Esperanza sagte plötzlich in eine kleine Stille hinein: Das Schlimmste war, die Eier zu kaufen. Sie wusste nicht, wieso sie das gesagt hatte, warum sie sich auf einmal selbst sah, ganz klein, aus der Ferne, eine junge Frau, die ins unbekannte Berlin gekommen war, um mit aller Kraft das Glück zu suchen, die Eier kaufen wollte und nicht wusste wie… Carlotto schaute sie verwundert an, aber Karla platzte mit einem gehässigen: Wollen wir nicht mal auf Papa anstoßen? in die schüchterne Verwunderung ihres Vaters hinein. Esperanzas Bild verschwand augenblicklich, sie machte den Mund wieder zu und schaute in die Runde. Miguel wies seine Schwester zurecht. Karla, lass Mama doch mal erzählen! Karla fuhr ihren Bruder an. Ach ja? Mama erzählt was? Seit wann das denn? Miguel wurde heftig. Was soll das? Wie bist du denn drauf? Worauf Esperanza sofort besänftigte. Ach, lass nur… Diese Pause nutzte Anton sofort, um eine Frage loszuwerden. Oma, wieso bist du denn aus Spanien weg und nach Berlin gekommen? Esperanza hörte eine große, brausende Stille, wischte die Brotkrumen vom Tisch und atmete schwer aus. Das ist schon so lange her… Sie zögerte, ihre Augen schlossen sich einen Moment, dann formte sie ein Lächeln, die Stille legte sich wieder, und sie schenkte ihrem Enkel Sprite nach, während sie schnell die Gedankenrichtung änderte. Weil ich so einen neugierigen Enkel haben wollte wie dich! So, und jetzt gibt es Torte. Esperanza stand resolut vom Tisch auf und verschwand in der Küche, um die Geburtstagstorte zu holen. Karla schaute Miguel schadenfroh an. Sag ich doch, schien sie triumphierend zu sagen. Miguel entzog sich und fing an, den Tisch abzuräumen. Karl-Otto und Karin halfen ihm, selbstverständlich und ohne zu ahnen, dass Miguel das nur tat, um den Blicken seiner Schwester zu entkommen. Aber Esperanza entging es nicht. Während sie sich mit der Torte dem Esszimmertisch näherte und dabei achtgab, dass die brennenden Kerzen nicht ausgingen, beobachtete sie, wie Karla eine Zigarette am offenen Fenster rauchte, das Aufräumen ignorierte und ihren Bruder eisig musterte. Paul und Anton jubelten. Torte!

Torte! Esperanza setzte schwungvoll, ein wenig zu heftig, die Torte in der Mitte des Tisches ab, und als Carlotto die Kerzen ausblies, nachdem alle in ein deutsches und ein spanisches Geburtstagsständchen eingefallen waren, küsste Esperanza lachend ihren Mann.

Sie küsste Carlotto gerne. Nach so vielen Jahren küsste sie immer noch gerne seine Lippen, die zwar oft rissig, aber nie hart oder verschlossen waren. Esperanza schaute verwundert auf ihre eigene Spiegelung im Busfenster. Ihre Haare waren immer noch dunkel, nur hier und da schmuggelten sich weiße Strähnen ins Schwarz, und ihre Augen waren groß und wach, aber sie hatte viele feine Falten, etliche um die Augen, die tiefer wurden, wenn sie lachte, zahlreiche, die ihre Stirn kräuselten, wenn sie die Augenbrauen hob, und einige, die ihre Wangen kreuzten wie Meridianlinien alter Landkarten. Esperanza bahnte sich einen Weg zur vorderen Bustür und seufzte, sie konnte es immer noch nicht glauben, dass sie von nun an eine Rentnerin sein sollte. Sie hatte ihr Leben lang gearbeitet. Immer. So lange ihr Gedächtnis zurückreichte, hatte sie gearbeitet.

Als Kind hatte sie auf dem Feld mitgeholfen, zusammen mit ihrer Schwester. Nach der viel zu kurzen Schulzeit hatte sie sich, wie ihre Eltern, als Tagelöhnerin verdingt. Sie machte alles, egal, wie hart die Arbeit war, sie besaß kräftige Arme und Beine und einen geraden Rücken, nahm auch Arbeiten an, die normalerweise die Kerle machten, wie Sensen oder Pflügen. Aber am schönsten war immer die Olivenernte gewesen. Sie war eine wahre Meisterin darin, die Oliven mit einer langen Holzstange herunterzuschlagen, sie liebte es, wie die harten Blätter zischten und rauschten, wenn sie darauf eindrosch, und wie die Oliven auf dem Boden aufschlugen. Beim Aufsammeln stopfte sie jeden Tag eine Handvoll Oliven in ihre Tasche und brachte sie nach Hause, wo ihre Mutter sie nach und nach mit viel Knoblauch, wildem Thymian, trockenen Lorbeerblättern und manchmal sogar mit etwas Orangenschale einlegte, sodass sie am Ende der Erntezeit einen vollen Tonbottich mit nach Herbsterde duftenden Oliven hatten, der, dank der sorgfältigen Einteilung ihrer Mutter, bis zum Ostermontag reichte. An dem Tag wurde im Dorf das Fest der Patronin, der heiligen Jungfrau María de la Luz gefeiert, alle Pferde wurden festlich geschmückt und galoppierten durch die Gassen, und selbst Esperanzas Mutter, obwohl sie eigentlich nicht gläubig war, entzündete in der kleinen Kapelle neben dem Steineichenhain eine Kerze für die Jungfrau des Lichts, lächelte die anmutige Statue an und flüsterte ihr zu. Du warst auch Mutter, ob unbefleckt oder nicht, und hast am eigenen Leib erlebt, was das bedeutet. Esperanza hatte als Kind nie verstanden, warum ihre Mutter das sagte. Erst später hatte sie sich daran erinnert, hatte dieses Bild heraufbeschworen, sich mit diesem Bild ihrer lächelnden, flüsternden Mutter zu schützen versucht. Das war, nachdem sie den Unfall mit der Sense gehabt hatte und ihr Bein nie mehr richtig wurde, sodass sie sich bis zum heutigen Tag leicht hinkend fortbewegte. Erst nach dem Unfall hatte sie die schwere, aber geliebte Feldarbeit aufgeben und eine andere annehmen müssen, und erst dann hatte sie die Erinnerung an das flackernde Kerzenlicht, an die verschränkten Hände ihrer Mutter, das geneigte Haupt der Jungfrau Maria wie einen Talisman gehütet.

Das Sonnenlicht blendet. Die junge Frau spielt nervös mit ihrem Goldmedaillon. Sie ist gerade einundzwanzig Jahre alt geworden. In ihrem besten Kleid und neuen Schuhen steht sie neben zwei weiteren Mädchen auf dem Herrenhof. Der Gutsherr, begleitet von seiner Haushälterin, mustert alle drei. Er geht einmal an ihnen vorbei und wieder zurück, dann bleibt er vor ihr stehen. Was ist mit der hier? Kann sie was? Die Haushälterin antwortet beflissen. Sie hinkt leicht, aber sie ist sehr sauber, geschickt, kann zupacken und ... Die Haushälterin senkt die Stimme. Der Vater ist vor Kurzem gestorben, sie muss der Mutter helfen. Der Herr unterbricht mit einer harschen Handbewegung, er mustert sie. Die junge Frau schaut zu Boden. Der Mann fasst sie am Kinn, hebt ihr Gesicht nach oben und lächelt sie an. Die junge Frau schaut an ihm vorbei. Aus einer entfernten Ecke heraus beobachtet sie Alfonso. Er ist inzwischen ein gutaussehender *Señorito* geworden, doch sein melancholischer Blick ist noch derselbe. Ihre Blicke treffen sich. Der Gutsherr zieht Esperanza näher an sich heran und zischt ihr leise, fast sanft ins Ohr. Für streunende Hunde habe ich immer genug Kugeln. Wenn du mir gehorchst, wird dir keiner ein Haar krümmen. Aber wenn nicht ...

Auch das war ich, dachte Esperanza und fröstelte. Sie brach den letzten Gedanken ab, doch noch während sie aus dem Bus stieg und ihr die heiße, bewegungslose Luft entgegenschlug, drängten sich ihr neue Bilder auf. Das Arbeiten war ihr nie schwergefallen. Als sie nach Deutschland kam, war für sie alles sehr schwierig gewesen, die Einsamkeit, die Kälte und vor allem die Abfälligkeiten der Kollegen, die sie für dumm hielten, weil sie die Sprache nicht konnte. Die Arbeit jedoch war ihr leicht von der Hand gegangen. Sie hatte nur noch acht Stunden am Tag arbeiten müssen und das ganze Wochenende freigehabt. Manchmal hatte sie sich gewünscht, auch am Wochenende arbeiten zu dürfen, um die Einsamkeit besser zu ertragen. Sie war jung, sie war gesund, zwar hinkte sie, aber das beeinträchtigte sie kaum, und sie hatte kräftige Hände, die es gewohnt waren, nie untätig zu sein. Nein, die Arbeit in der Fabrik hatte ihr keine Mühe gemacht, einmal wurde sie sogar von Kollegen angegiftet, sie solle nicht so schnell machen, sonst kämen die da oben womöglich auf die Idee, für alle die Stückzahl heraufzusetzen. Verletzt und den Tränen nahe ging sie zu Renate, zu der sie, seit ihrer ersten Begegnung bei der ärztlichen Untersuchung in Madrid, Vertrauen gefasst hatte. Renate war die gute Seele ihrer Abteilung, die Sekretärin, die bei Bedarf auch für die Spanier und Italiener dolmetschte, weil sie etwas Spanisch und ein paar Brocken Italienisch beherrschte. Esperanza vertraute sich ihr an, erzählte vom schroffen Verhalten der Kollegen, fing an zu schluchzen, fasste sich wieder und entschuldigte sich verlegen für ihren Ausbruch. Renate sah sie ruhig an, sagte, sie könne sich vorstellen, wie schwer das alles für sie sein müsse, als Frau alleine und so weit weg von der Heimat. Daraufhin musste Esperanza erst recht weinen. Renate tröstete sie und schlug vor, Rücksicht auf die älteren Kollegen zu nehmen, langsamer zu arbeiten und dafür mehr von Berlin kennenzulernen. Gleich am darauffolgenden Wochenende gingen sie zusammen aus. Der Abend wurde ein Fest und Esperanza und Renate Herzensfreundinnen. Das werde ich ihr nie vergessen, was wäre aus meinem Leben ohne sie geworden, dachte Esperanza und suchte mit den Augen die Wartenden ab, die an der Haltestelle auf dem Dorfplatz standen. Und ohne meine Schwester, wie hätte ich es ohne meine Schwester geschafft, hier aus dem Dorf herauszukommen? Auch diesen Gedanken brach sie ab. Ihr Bauch drückte, sie legte eine Hand darauf und dachte schuldbewusst, und ohne Karl-Otto? Wie hätte ich Deutschland ohne Carlotto überlebt? Genau denselben Gedanken, erinnerte sich Esperanza und spürte, wie ihr Bauch wieder leichter wurde, hatte sie bei seiner Geburtstagsfeier gehabt, als sie ihn nach dem Geburtstagsständchen küsste und alle lachten.

Sie strahlte, fühlte sich gut, jung und leicht. Miguel entkorkte eine Sektflasche und schenkte allen ein. Karla umarmte ihren Vater und wirkte endlich gelöster. Alle hatten lautstark angestoßen. Und mitten in dem Trubel klingelte das Telefon. Esperanza ging unwillig hin und meldete sich knapp mit Katzbach-Jiménez. Eine sehr vertraute Stimme im sanften

Spanisch der Extremadura ertönte. Hallo, Espe, ich bin's, deine Schwester. Esperanza strahlte über das ganze Gesicht in den Hörer hinein. Marta, wie schön! Wie geht es dir? Sie überhörte ihr lauerndes gut, und dir? Und antwortete freudig, gut, sehr gut! Wir stoßen gerade an! Willst du mit Carlotto sprechen? Marta wehrte ab. Nein, nein, nein. Sag ihm herzlichen Glückwunsch von mir, und viele Grüße an alle. Und, na ja, ich ... ich muss mit dir reden. Esperanza wurde ernst, fragte besorgt, ob etwas passiert sei. Marta antwortete stockend. Ja, also, ich meine nein, es ist nur ... Dein Sohn ... also, der ... Esperanza war sehr erleichtert, dass ihrer Schwester nichts fehlte, und fragte fröhlich: Willst du mit deinem Neffen reden? Der sitzt hier mit Karin und den Jungs und ... Sie machte ihrer Familie ein Zeichen, nicht so laut zu sein, aber die beachteten sie gar nicht. Marta unterbrach sie. Nein, ich meine, das Kind, das Baby, das du damals ... Während im Hintergrund die Familie weiterhin ausgelassen Geburtstag feierte und Carlotto übermütig das bunte Einpackpapier seiner Geschenke aufriss, wurde Esperanza schlecht. Die Zeit war mit einem dumpfen und hinterhältigen Schlag angehalten worden. Sie war umgeben von grauem Dunst und sah ihre Familie wie in einem Stummfilm weiterfeiern. Marta wurde ungeduldig. Espe, er will dich kennenlernen. Er hat vor Kurzem herausgefunden, dass du ... Esperanza wurde zu einem einzigen Neinklumpen, während Marta ihren ganzen Mut zusammennahm und es aussprach. Er will nur ... Er will seine Mutter kennenlernen. Da hatte Esperanza mit einer Stimme, die nicht ihre zu sein schien, in den Telefonhörer gebrüllt, sie wolle ihn aber nicht sehen und nicht kennenlernen. Sie hatte aufgelegt, als ob sie sich die Finger verbrannt hätte, und starrte immer noch auf das Telefon, als Carlotto verwundert näher kam. Esperanza gab sich einen Ruck und erklärte leise und freundlich, das sei der Abteilungsleiter gewesen, wegen ihrer Verrentung. Dann hatte sie sich abwesend wieder an den Tisch gesetzt.

Was danach kam, konnte Esperanza nicht mehr so genau sagen. Sie hatte wohl das schmutzige Geschirr in die Küche gebracht. Karla folgte ihr, stellte ebenfalls ein paar Teller ab und verabschiedete sich mit zwei Küssen. Esperanza erwiderte die Küsse ihrer Tochter und lächelte zerstreut. Als Karl-Otto hinzukam und Karla aufzog, reagierte Esperanza nicht. Sie starrte ihn an, als ob sie ihn nicht erkennen würde. Ihr Mann missverstand den Blick, schlug einen versöhnlichen, leicht ironischen Ton an und fragte Karla, ob sie sie wohl noch vor Weihnachten sehen würden. Esperanza registrierte schemenhaft, wie Karla grinste und ihren Vater liebevoll im Gehen knuffte. Dass Karla dann die Wohnung verlassen haben musste, begriff Esperanza erst, als sie am Fenster stand und ihrer Tochter nachschaute, wie sie die Straße entlangging, immer kleiner wurde, schließlich um die Ecke bog und verschwand. Ihr Mann stand hinter ihr, sie wusste nicht, wie er dahin gekommen war. Sie kehrte ihm den Rücken zu und machte keine Anstalten, sich umzudrehen. Paul und Anton waren in die Küche gestürmt, über Karl-Otto hergefallen und dann lachend weggerannt. Esperanza hatte gesehen, wie er sie durch den Flur gejagt hatte, war wortlos in der Küche zurückgeblieben und hatte angefangen, wie traumwandlerisch aufzuräumen. Das Geschirr und die Essensreste wirkten riesig und eklig. Während im Hintergrund ihr Mann und die Jungs tobten und kreischten, hatte Esperanza mit einer Hand in die Tortenreste auf den Tellern gegriffen und plötzlich seltsame Bilder vor Augen gehabt. Zwei Hände, die mit blutigen Federn beschmiert sind, drehen einer Taube den Hals um. Die Taube schlägt mit den Flügeln. Alfonso blickt sie fragend an. Die Hände werden an einer Küchenschürze abgewischt. Sie war gerade dabei, mit einer Hand die klebrigen Tortenreste in den überquellenden Mülleimer zu stopfen, als ihre Enkelkinder wieder in die Küche gestürmt kamen. Sie zuckte zusammen. Die flügelschlagende Taube und Alfonsos Blick waren verblasst, um umso deutlicher in der Nacht wiederzukommen.

Esperanza konnte ihre Schwester noch immer nirgends entdecken. Inzwischen war Karla um den Bus herum zur Gepäckklappe gegangen. Ratlos folgte sie ihr. Karla wuchtete Esperanzas Koffer, dann ihre eigene riesige, unförmige und vollgestopfte Reisetasche heraus. Esperanza zog den ausfahrbaren Koffergriff nach oben, stellte ihn auf ihre Größe ein, umklammerte ihn mit ihrer kräftigen Hand und stand regungslos da.

Nach Carlottos Geburtstagsfeier hatte sie sich leer gefühlt. Paul und Anton, die bei ihnen übernachteten, schliefen schon, die Wohnung war dunkel und ruhig. Esperanza war ins Badezimmer gegangen, um ihr Gesicht einzucremen, das würde ihr guttun, dachte sie. Sie hatte in den Badezimmerspiegel geschaut und mit kreisenden, langsamen Bewegungen die Creme auf Wangen, Stirn, Hals und Schläfen aufgetragen. Sie hatte sich gemustert und prüfen wollen, ob der Telefonanruf ihrer Schwester Marta in ihren Augen stand. Sie war sehr ernst gewesen, aber in ihrem Blick war nichts Verdächtiges, als sich unmerklich das Bild im Spiegel verändert hatte, wie eine Wasseroberfläche, die eine andere Realität zum Vorschein bringt, weil der Wind das Oberflächenbild bewegt hat und das eigentliche Bild darin sichtbar wird. Ein langer dunkler Gang, dessen Wände aus großen rechteckigen Granitblöcken bestanden. Sie ging diesen Flur entlang, hörte Schritte hinter sich, die nachhallten und sich unheimlich mit anderen, bedrohlichen Geräuschen vermischten. Der Gang verengte sich immer mehr, es wurde fast schwarz, nur am Ende leuchtete ein kleines Licht. Alles zog sich zusammen, die Wände kamen von beiden Seiten immer näher auf sie zu. Esperanza bekam keine Luft. Sie zwang sich, wieder vor dem Badezimmerspiegel ihrer Berliner

Wohnung zu stehen, suchte ihre Augen im Spiegel, und als sie sie endlich gefunden hatte, verschwand der dunkle Flur.

Esperanza – den Koffergriff fest in der Hand – schaute zur stattlichen Dorfkirche hinauf und fühlte sich winzig. Die Kirche hatte sich nicht verändert, sie sah genauso aus wie früher. Das war furchtbar, wieso hatte sich die Kirche nicht verändert? Hatten die Jahre keine Spuren auf ihr hinterlassen? Esperanza konnte es gar nicht fassen, dass sie ein ganzes Berliner Leben hinter sich gebracht hatte und die Kirche immer noch mitten auf der Plaza gegenüber dem Rathaus thronte und so tat, als sei nichts geschehen. Sie spürte, dass etwas nicht stimmte, aber sie wusste nicht was. Sie blinzelte, denn der Himmel über der Kirche war weißblau und brannte in den Augen. Plötzlich hörte sie eine kräftige, eigentlich dunkle, aber vor Aufregung etwas schrille Stimme. Marta stürmte auf sie zu, stieß an ihren Koffer, der krachend umfiel, sodass die Metallstangen des ausgezogenen Griffes nachklangen und der Koffer auf dem abgerundeten Deckel wie ein hilfloser Käfer liegen blieb, umfasste sie mit der Unbedingtheit eines Menschen, der es gewohnt ist, körperlich zu arbeiten, und wiederholte, nun ohne schrille Töne, Esperanza, Espe! Esperanza spürte, wie der runde, weiche Bauch ihrer Schwester sich gegen ihren eigenen Bauch drückte, wie die schweren Brüste sich mit ihren eigenen, schüchterneren, verschränkten, bemerkte, wie beide Bäuche und alle vier Brüste sanft zu vibrieren begannen, weil Marta es nicht vermochte, das Weinen zu unterdrücken. Esperanza wurde ruhig. Du bist da. Sie holte tief Luft und drückte ihre Schwester dankbar an sich.

Karla

Karla ging auf ihre Mutter und ihre Tante zu. Ein paar Schritte bevor sie die beiden Frauen erreichte, die sich gar nicht voneinander lösen konnten, blieb sie stehen. Sie hatte ihre Reisetasche umgehängt und stand schief und unschlüssig da. Sie schaute sich um, das Dorf hatte sie sich anders vorgestellt, dörflicher. Der Platz wirkte fast städtisch, mit umtriebigen Menschen, die Freunde und Verwandte an der Bushaltestelle abholten, aus Bars kamen, Schaufenster studierten, Zeitungen unter dem Arm trugen, an parkenden Autos vorbei die Straße überquerten, Kinder zurechtwiesen oder Arm in Arm flanierten. Karla wunderte sich. Als Tante Marta damals in Berlin gewesen war, hatte sie Karla viel aus ihrer Kindheit erzählt. Aus diesen Erzählungen hatte sie sich ein Bild zusammengebastelt, das aus ein paar ärmlichen Häusern und einer Kapelle in einem Steineichenhain, aus staubigen, ungeteerten Straßen und trockenen Feldern, aus Pferden und Oliven bestand. Dieses Bild hatte sie aufbewahrt und nicht weiter in Frage gestellt. Karla erinnerte sich nicht gut an ihre Kindheit, da gab es Gefühle und Stimmungen, aber nur wenige konkrete Situationen. Bilder jedoch, die beim Lesen ihrer Kinderbücher in ihrem Kopf entstanden waren, oder Fotos und Gemälde, die sie als Kind beeindruckt hatten, konnte sie unglaublich genau bis zu den Farbschattierungen und Lichtstimmungen, den räumlichen Details und richtigen Proportionen beschreiben. Und so wie die Vorstellung des märchenhaften Damaskus aus 1001 Nacht, die so gar nicht mit den Bildern des modernen Syrien zusammenpassen wollte, die sie später, als junge Erwachsene, im Fernsehen gesehen hatte, sie verwirrte, weil sie nicht wusste, wie sie ihr Kindheitsbild dieser träumerischen und romantischen arabischen Stadt voller Weisheit und Abenteuer mit den widersprüchlichen Botschaften des aktuellen Damaskus zusammendenken sollte, stand sie nun da, betrachtete ihre weinende Tante, den belebten Hauptplatz dieses städtischen Dorfes und wusste nicht, was sie tun sollte. Ihre Mutter befreite sie aus dieser Verwirrung, indem sie sich aus der Umarmung der Tante löste und sie zu sich winkte. Karla umfasste den Riemen der riesigen Reisetasche, ging auf ihre Tante zu und küsste sie links und rechts auf die Wangen. Tante Marta bestaunte ihre Nichte und küsste sie ihrerseits mehrmals mit kräftigen Schmatzern ab. Nein, was für eine tolle Überraschung! Und wie hübsch sie sei, wie erwachsen. Karla musste lachen, na ja, erwachsen sei sie schon eine ganze Weile. Doch Tante Marta ließ sich nicht beirren. Nein, wie hübsch, ganz die Mama, wie aus dem Gesicht geschnitten! Karla hasste solche Sätze, hatte sie schon immer gehasst, aber sie konnte ihrer Tante nicht wirklich böse sein, die vor Freude und echter Begeisterung platzte, sich die Tränen wegwischte und Karla so stürmisch an sich drückte, dass sie sich an die Bandagen erinnert fühlte, die sie hatte tragen müssen, als sie sich einmal beim Sport eine Rippe gebrochen hatte.

Karla und ihre Mutter folgten Tante Marta durch kleine Straßen und verwinkelte Gassen. Während Tante Marta, die den Koffer ihrer Schwester zog, Esperanza über die Reise befragte und diese über den ruhigen Flug, das schlechte Essen, die lange Busfahrt, die laute Musik berichtete und dabei die widerstreitenden Gefühle, die sie während der Fahrt gezeigt hatte, natürlich aussparte, spürte Karla, wie nach und nach eine erleichternde Zufriedenheit in ihr aufstieg. Sie fühlte sich mit dem Kindheitsbild versöhnt, das bei den Erzählungen Tante Martas entstanden war. Die Gassen, durch die sie nun gingen, waren zwar asphaltiert und hatten kleine Gehsteige, und die Häuser, die eng an eng standen, sahen in den allermeisten Fällen gepflegt und renoviert aus, doch je länger sie liefen, desto dörflicher mutete Karla die Umgebung an. Als sie in eine Gasse einbogen, deren Ende zwischen den Häuserzeilen keinen Abschluss hatte, sondern in die Weite des freien Feldes mündete, war Karla rundum beruhigt.

Tante Marta hatte ihr diese Gasse am Rande des Dorfes genau beschrieben, sodass Karla sich nicht besonders anstrengen musste zu erraten, dass das schmale zweistöckige Haus mit der alten Holztür und den schlichten Fensterrahmen, das an der rechten Seite, fast am Ende der Gasse stand, das Elternhaus ihrer Mutter und ihrer Tante sein musste. An der verschlossenen Tür hielten sie an. Tante Marta holte einen altmodischen schweren und runden Schlüssel aus ihrer Handtasche und schloss die Tür auf. Durch den angenehm kühlen Flur führte Tante Marta Karla und ihre Mutter zum Wohnzimmer neben der Küche. Sie war aufgekratzt und wiederholte immer wieder, sie sollten hereinkommen, sie sollten alles stehenlassen und erstmal hereinkommen. Karlas Mutter schaute kurz in die Küche hinein, als ob sie dort jemanden erwarte, schaute auffällig schnell wieder weg, ging ins Wohnzimmer und sah sich lauernd um. Karla beobachtete sie, fand sie hölzern und angespannt. Auch sie schaute sich um, sie mochte das Haus auf Anhieb. Tante Marta hatte die Sorte Kitscheinrichtung, die Karla liebte. Flamencopuppen posierten neben bunten Plastikblumen, rustikalen Keramiken und Klöppeldecken auf schweren Holzmöbeln. Sie strahlte ihre Tante an, die die Arme ausbreitete und sie mit einer ausladenden Bewegung willkommen hieß. Ihre Mutter dagegen war befangen, spähte umher. Wie schön, Marta, sagte sie zaghaft, das Haus ist nicht wiederzuerkennen, es ist sehr schön geworden. Karla schaute weg, schämte sich für die Verkrampfung ihrer Mutter. Ihr Blick fiel auf eine Fotowand. Ein Porträtfoto beherrschte prächtig eingerahmt die Wand. Karla stutzte, das war das Foto, das ihr Juan an ihrer Wohnungstür unter die Nase gehalten hatte, als sie dachte, er wolle sie in ihrer Wohnung überfallen, knebeln, zerstückeln und dann die Aufnahmen davon auf YouTube stellen. Und wieder hatte sie das gleiche miese Gefühl. Als ob sie in ihr eigenes – anders kostümiertes – Spiegelbild schauen würde. Hastig fragte sie ihre Tante, wo sie denn schlafen solle, sie würde gerne alles abladen. Tante Marta wollte sogleich aufspringen, doch Karla bremste sie, sie würde das Zimmer schon finden und könne alleine auspacken. Ihre Tante lachte, fühlte sich ertappt. Sie werde Karla die kleine Kammer gleich neben der Küche richten, sie zeigte auf die Küchentür. Karla nickte, schulterte die Reisetasche, ließ die beiden Schwestern allein und durchquerte den engen Küchenraum. Die Kammer, die also keinen eigenen Zugang, aber zum Glück ein kleines Fenster zum Innenhof hatte, war winzig. Es passten genau zwei schmale Betten hinein, zwischen denen ein Nachttischchen mit einer geschwungenen Leselampe stand, und ein zierlicher, alter, sehr schöner Holzschrank. Karla zog ihre Klamotten aus der Reisetasche und verstreute sie über die zwei Betten, dann drapierte sie einen schimmernden Schal über den Madonnenkopf, der über dem Nachttisch hing, steckte eine Plastikblume daran fest und legte der Madonna, die nun neckisch lächelte, alle ihre mitgebrachten Ketten um den geschwungenen Hals, der mitsamt Karlas Schmuck aus der Wand herauszuwachsen schien.

Nachdem Karla sich so im Zimmer eingerichtet hatte, dass sie sich darin nicht völlig deplaziert vorkam, näherte sie sich leise dem Wohnzimmer und spähte hinein. Karla hörte ihre Mutter fragen: Weißt du, dass Alfonso gestorben ist? Tante Marta nickte. Ja, ich weiß, schon vor vier Monaten. Ihre Mutter gab sich einen merklichen Ruck und fasste sich an ihr Medaillon, als ob sie Halt suchte. Karla fühlte sich wie ein aufsässiges Kind, das eigentlich längst schlafen sollte und stattdessen heimlich die Erwachsenen belauscht. Sie sah, wie sich ihre

Tante wand, während die Mutter weiterredete. In der Anzeige stand: »Dein Sohn Juan vergisst dich nicht.« Tante Marta nickte und fragte, willst du es wirklich wissen? Unwillkürlich nickte Karla mit dem Kopf, und, tatsächlich, ihre Mutter bejahte ängstlich, worauf Marta entgegnete: Bist du sicher? Karla sah, wie ihre Mutter sich ein wenig gerader hinsetzte und ihr Ja wiederholte. Diesmal klang es fester. Als Marta daraufhin vorsichtig ansetzte, etwas zu sagen, ging Karla schnell hinein. Augenblicklich bedauerte sie, die beiden Frauen nicht weiter belauscht zu haben. Ihre Tante verstummte, und ihre Mutter sah sie unbarmherzig an. Karla, ich muss mit Tante Marta reden. Karla wurde rot, und obwohl sie wusste, dass es bei ihrer Haut nicht schlimm war, rot zu werden, weil es sich höchstens in einer kaum wahrnehmbaren charmanten Tönung der Wangen äußerte, brachte es sie aus der Fassung. Sie nickte cool. Ich schau mich mal ein bisschen in diesem Kaff um. Dann verließ sie, so schnell sie konnte, das Haus. Karla wunderte sich, wie hell es draußen war, obwohl die Sonne sich schon hinter den Straßenfronten versteckt hatte. Und wie warm. Die Luft hatte noch keine Zeit gehabt abzukühlen. Sie fragte sich, warum sie nur so durchgeknallt gewesen war, ihrer Mutter in dieses Kaff zu folgen. Sie fühlte sich müde, fremd und verschwitzt, sie hätte gerne geduscht, bevor sie unter Leute ging. Sie schaute nach links in die Richtung, aus der sie mit Tante Marta von der Bushaltestelle gekommen waren, dann nach rechts, dorthin, wo die Straße aufhörte und in einen Sandweg mündete, der sich in der Landschaft verlor. Karla stapfte in diese Richtung und schaute dumpf geradeaus. Die Häuser hörten abrupt auf, und Karla stand in einer weiten, öden Ebene, die sich in der Ferne zu unregelmäßigen Hügeln aufbauschte. Die warme Luft stand auch hier, schwer und zirpend, aber es ließ sich besser atmen, wenn die Augen in die Ferne schauen konnten. Karla fühlte sich immer noch deplaziert, aber nicht mehr so müde. Sie ging auf die Hügel zu, die ganz oben noch von der untergehenden Sonne beschienen wurden, schaute nur kurz zurück, um sich für den Heimweg die Straße einzuprägen, und lief schneller. Sie wollte auf gar keinen Fall so wirken, als würde sie sich nicht auskennen. Nichts hasste sie mehr, als nicht zu wissen, wo sie war, und nach dem Weg fragen zu müssen. In Berlin bewegte sie sich daher grundsätzlich nur auf bekanntem Terrain. Ihr Revier bestand aus einem dichten und großflächigen Netz von Routen, die von einem Club zum anderen, von einer Location zur nächsten, von einer Erinnerung zur folgenden führten. Und wenn sie einmal zu einem fremden Ort musste, studierte sie vorher den Stadtplan, prägte sich die Route ein, verknüpfte sie mit anderen Orten, die sie bereits kannte. Karla war eine hervorragende Kartenleserin, sie hatte ganze Berliner Straßenabschnitte auswendig gelernt. Sie reiste nicht gerne, schon gar nicht ins Ausland, aber wenn sie reisen musste, studierte sie wochenlang vorher Landkarten, Stadtpläne, U-Bahn-Pläne, Straßenkarten, um ja nicht während der Fahrt oder beim Stadtbummel nach dem Weg googeln zu müssen. Im Moment fühlte sie sich zutiefst unsicher. War sie hier im Ausland? War sie nicht in der Heimat ihrer Mutter? War das dann auch ihre Heimat? Oder ihre Halbheimat? Sie hatte hier eine Tante, war aber nie zuvor hier gewesen, was also war dieses Dorf für sie? Sie war Berlinerin wie ihr Vater. Ihre Mutter war Spanierin, aber das hatte sich für Karla nie konkret geäußert. Fühlte sich ihre Mutter eigentlich auch als Berlinerin? Sie wusste es nicht. Sie wusste so vieles nicht. Sie wusste nicht einmal, was ihre Mutter jetzt in ihrem Heimatdorf suchte. Was hatte ihre Mutter mit diesem Onkel, der Juan so ähnlich sah, zu tun? Insgeheim hatte Karla gehofft, ihre Tante würde ihr etwas erzählen, aber jetzt hockten die beiden Frauen auf dem Sofa, machten lange Gesichter und schickten sie nach draußen wie ein ungezogenes Kind. Karla schnaubte. Wenn sie in Berlin in so einer Stimmung war, ging sie in einen Club, tanzte stundenlang, bis der Druck auf den Ohren nachließ und sie einschlafen konnte, vor lauter Müdigkeit und auch vom Rausch. Oder sie ging zu Maxim. Doch in letzter Zeit hatte das nicht mehr gut funktioniert, denn ihr Verhältnis war anstrengend geworden, der Sex kostete sie Mühe und brauchte Zeit. Das letzte Mal, dass sie Maxim gesehen hatte, hatte er in der »Strandbar« an der Spree aufgelegt.

Es war sehr laut gewesen. Karla hatte ausdauernd getanzt, und Maxim hatte sie vom Mischpult aus angezwinkert. Sie lächelte siegesgewiss und flirtete mit anderen Tanzenden, genoss die doppelte Aufmerksamkeit. In einer kleinen Pause winkte Maxim sie zu sich, sie näherte sich zögernd und hielt ihm die Wange hin, als er sie über das Mischpult hinweg küssen wollte. Maxim brummte vorwurfsvoll, er habe gedacht, er sehe sie gar nicht mehr. Daraufhin lächelte Karla traurig. Das hatte sie ganz deutlich gespürt, dass ihr ein durch und durch trauriges Lächeln entwischt war. Dann hatte sie geschwiegen. Maxim fragte, ob sie etwas trinken wolle, Bier ginge aufs Haus. Karla nickte abwesend, eigentlich wollte sie keinen Alkohol trinken, sie wollte die Kopfschmerzen nicht loswerden, die sie schon den ganzen Tag begleiteten und sie angenehm entrückten. Maxim holte ihr eine Flasche, öffnete sie mit seinem Feuerzeug und stellte sie vor Karla hin. Sie bedankte sich und tat einen tiefen Zug. Das ermutigte Maxim zu fragen, ob sie sich nachher sehen würden. Karla zögerte. Sie log, sagte, es gehe nicht, sie müsse am nächsten Tag so früh raus. Das steckte er ein, nickte lässig, aber sie wusste, dass er enttäuscht war. Sie schaute ihn an, legte ihre rechte Hand auf seine linke Wange, legte ihren Kopf schief, kam sich vor wie Brenda Chenowith in *Six Feet Under* und küsste ihn. Er verstand, kürzte den Kuss ab, sah sie trotzig an und fuhr sich mit der Zunge über die Lippen, wie um nachzuspüren, ob das wirklich ein Abschiedskuss gewesen war. Karla hatte einen weiteren Schluck aus der

Flasche genommen und dabei Juan vor sich gesehen auf ihrem giftgrünen Plastikflokati, wie er an der Tüte gezogen und das Husten unterdrückt hatte. In dem Moment beschloss sie, ihren Halbbruder am nächsten Tag zu ihrer Mutter zu führen. Das hatte sich gut angefühlt, ungewohnt scharf und klar. Aber vielleicht hatte es auch daran gelegen, dass die Kopfschmerzen verschwunden waren. An Tanzen war jetzt nicht mehr zu denken. Sie schob sich durch die schwitzende Menschenmenge hindurch, suchte sich eine ruhige Ecke, legte sich mit ihrem Bier in eine Strandliege und starrte lange auf die Lichtreflexe im Wasser.

Karla stand jetzt auf dem Hügel, die Sonne hatte sich hier noch nicht zurückgezogen, und entdeckte eine Kapelle auf der anderen Seite der Erhebung. Sie lag einfach da, in eine Landschaftsfalte eingebettet, flankiert von einer kleinen Straßenzeile mit drei putzigen Häusern, die aussahen wie eine frisch gebaute Kulisse, umlagert von unzähligen Katzen, die auf dem noch warmen Steinboden vor sich hin dösten. Karla setzte sich auf einen Granitstein in der Nähe der Kapelle, blickte auf die Bergkette am Horizont und auf das Dorf zu ihren Füßen, das sich in der Abendsonne friedlich vor ihr ausbreitete. Sie fragte sich, ob es diese Kapelle war, von der ihre Tante damals in Berlin erzählt hatte. Sie war fein herausgeputzt und ordentlich restauriert. Die Kapelle aus den Erzählungen hatte sich Karla grau vorgestellt, mit abgeblättertem Putz und schmutzigen, fleckigen Wänden. Einsam und abweisend. Diese hier schien freundlich, zeitlos und ganz und gar nicht religiös. Schade eigentlich, fand Karla. Nicht dass sie religiös gewesen wäre, obwohl sie es durchaus versucht hatte, schon allein aus Protest. Denn ihre Mutter war auf eine sehr unaufgeregte Art und Weise erdverbunden. Mama, wo kommen wir hin, wenn wir tot sind? Karla, wir kommen nirgendwohin, wir sind dann nicht mehr da. Aber Mama, wir kommen doch in den Himmel?

Karla, Liebes, der Himmel ist wunderschön, aber da können wir Menschen nicht leben, da gibt es keinen Sauerstoff. Mama, ich möchte nicht nicht mehr da sein, wenn ich nicht mehr bin. Liebes, du wirst noch sehr, sehr lange leben. Aber Mama, warum können wir nicht immer weiterleben? Karlaschatz, wenn wir alle ewig leben würden, hätten wir gar keinen Platz auf unserer Erde; das Leben ist irgendwann vorbei, damit wir den vielen, vielen Menschen, die auch noch die Erde kennenlernen wollen, Platz machen … Aber es half alles nichts, die kleine Karla hatte nicht einsehen können, warum sie sterben sollte. Und so hatte Karla schon als Kind versucht, religiöse Gefühle zu entwickeln, um dem Realismus ihrer Mutter zu entkommen, und beschlossen, ihrer Religionslehrerin zu glauben. Das war nicht lange gut gegangen. Auf Karlas Frage, warum wir nicht ewig leben könnten, hatte die Religionslehrerin geantwortet, weil der liebe Gott uns irgendwann zu sich holen will. Das hatte Karla auch nicht befriedigend gefunden. Warum sollte sie nicht auf der Welt bleiben dürfen, nur weil ein alter, einsamer Mann sie zu sich holen wollte? Eine Weile lang hatte Karla religiöse Gefühle verstehen, ersehnen und sogar simulieren können, aber schließlich hatte sie ihren Glauben aus Mangel an Begeisterungsfähigkeit wieder abgelegt. Eine diffuse Sehnsucht war aber geblieben. Lieber Gott, bitte lass die Dorfkapelle innen schön kitschig sein, wünschte sich Karla. Sie ging auf das Portal zu, drückte den klobigen Metallknauf der schweren Holztür und trat ein. Es war eine aufgeräumte, bescheidene kleine Kirche. Die letzten Sonnenstrahlen fielen durch die Rundbögen der obersten Kirchenfenster und warfen abstrakte Formen an die weißen Kirchenwände. Es war still und vollkommen leer. Und angenehm kühl. Es roch streng nach Weihrauch, nach schweren Brokatstoffen und merkwürdigerweise auch nach Lagerfeuer, was der stillen Beschaulichkeit des Raumes eine feine abenteuerliche Note gab. Karla sog die Gerüche ein und ging auf eine Marienstatue zu, vor der mehrere elektrische Kerzen standen. Sie hätte lieber eine echte Wachskerze angezündet, aber sie kramte eine 50-Cent-Münze heraus und warf sie in den Schlitz. Eine weitere kleine Glühbirne beleuchtete augenblicklich das angeschmiegte Jesuskind, das mit einem seligen Babylächeln zu seiner Mutter aufsah. Karla setzte sich auf eine Holzbank und betrachtete die Statue mit ihrem Kind im Arm. Im Mittelalter hätte ich Marienstatuen geschnitzt, wunderschöne Figuren, die innig ihr Kind beschützen und den Frauen Hoffnung geben, dachte Karla, aber wahrscheinlich durften Frauen im Mittelalter gar keine Holzskulpturen fertigen. Und für das eitle Behängen und Schmücken von Marienbüsten mit Flitter, Ketten und Tand wäre ich bestimmt auf dem Scheiterhaufen gelandet. Karla saß lange da, auch nachdem ihre Elektroflamme erloschen und das Gesicht des Jesuskindes wieder im Halbschatten versunken war, und schaute der friedlichen Madonna in die Augen. Sie hatte so gar keine Lust, zurückzugehen und ihrer Mutter und ihrer Tante zu begegnen.

Juan

Juan saß mit seiner Tochter Rose und der Politikstudentin mit dem olivenfarbenen Teint, von der er in der Zwischenzeit erfahren hatte, dass sie Marimar hieß, in seinem Lieblingsrestaurant. Rose schaufelte Fleischbällchen mit Knoblauchsoße und Pommes in sich hinein. Die Politikstudentin und Juan hatten Tapas, Oliven und Weißbrot sowie eine halbleere Rotweinflasche vor sich. Juans Augen glitzerten unternehmungslustig. Nachdem er sich vergewissert hatte, dass der abgewetzte Linoleumboden keine Ritzen oder Fissuren aufwies, hatte er sich ganz und gar entspannt. Alles stimmte. Das zufriedene Gesicht seiner Tochter, das leuchtende Rot des Weines, die tiefschwarzen Augen der Politikstudentin. Er vermisste nichts, er hätte nicht sagen können, was ihn so zuversichtlich machte, aber er war voller Hoffnung, dieses Gefühl würde andauern, würde die Nacht überleben, sodass er nicht am nächsten Morgen wieder mühsam von vorn anfangen müsste. Immer wieder dieses Aufstehen, Ankleiden, eine Schutzhülle um sich herum aufbauen, erste unsichere Schritte, die Fragen, was mache ich hier? Für wen? Die Hitze des Tages war einer lauen Nacht gewichen, die dazu einlud, die bösen Fragen des Morgens zu vergessen und sich dem Leben zuzuwenden, den eindeutigen, freundlichen, klaren Dingen des Lebens. Farben, Essen, Augen, Worte, Atemzüge.

Nach dem zweiten Glas Wein, der, leicht kratzend, seine Kehle hinuntergeflossen war, wurde Juan lebhaft. Marimars Augen waren wirklich sehr schwarz und sehr wach. Sie hatte ganz selbstverständlich nach seiner Tätigkeit in London gefragt, mit einer natürlichen Neugier, ohne jede Scheu, und er hatte den Fehler begangen, nicht mit der üblichen Floskel zu antworten, in der Art von: Ich bin Professor für Biochemie an der neurologischen Fakultät des University College of London, der gottlosen Institution an der Gower Street. Er hatte auch keinen seiner Witze gemacht, wie etwa: Ich krieche in Gehirne und versuche anschließend, ohne Schaden wieder herauszukommen, sondern war ernsthaft und geradlinig auf ihre Frage eingegangen. Und sie hatte den Fehler gemacht, klug nachzufragen, was ihn dazu brachte, noch mehr zu erzählen. Er wusste, dass das gefährlich war, er müsste irgendwann den Absprung schaffen, sonst würde er sie zu Tode langweilen. Unvermittelt fing er an, von seinem großen Vorbild, dem Neurobiologen und Nobelpreisträger Eric Kandel, zu schwärmen. Er beschrieb der jungen Frau mit solch akribischer Detailgenauigkeit Kandels Versuche an Riesenschnecken, dass Rose, die vordergründig mit ihren Fleischbällchen beschäftigt war, ihm, absichtlich oder unabsichtlich, auf jeden Fall aber mit einem untrüglichen Gespür für Timing, ihre Sommersandale ans Schienbein pfefferte, sodass er rechtzeitig an der nächsten inhaltlichen Gabelung eine andere Richtung einschlug und nun gerade dabei war, begeistert wiederzugeben, wie der berühmte Neurobiologe dem Phänomen des expliziten Gedächtnisses auf die Schliche gekommen war. Das Langzeitgedächtnis für Erinnerungen könne Ereignisse und Gefühlszustände heraufbeschwören, die in der Vergangenheit verschwunden waren und dennoch in unserem Geist fortleben. Dabei sei Erinnerung ein kreativer Prozess: Bei jedem Abruf aus dem Gedächtnis werde die Kernerinnerung mit Auslassungen, Hinzufügungen und Verzerrungen rekonstruiert und ausgeschmückt. Das hatte Juan schon immer begeistert und geängstigt zugleich. Wie konnte man wissen, wie real eine Erinnerung war? Wie viel davon Verzerrung und wie viel reine faktische Realität?

Dieser Gedanke ließ ihn innehalten und länger als nötig in Marimars Augen schauen. Die Augen hielten stand, und die junge Frau legte los. Genau, deshalb sei es ja so unbedingt notwendig, das historische Gedächtnis auszugraben, zu bewahren und weiterzugeben, weil die einzelnen, die subjektiven Gedächtnisse für sich genommen zwar sehr wertvolle, aber dennoch nur bruchstückhafte und einseitige Scherben der Vergangenheit seien. Und schon gar nicht dürfe zugelassen werden, dass das Gedächtnis der Sieger die Vergangenheit für sich pachtete. Das historische Gedächtnis, sie sagte *memoria histórica*, ein Begriff, den Juan erst vor Kurzem kennengelernt hatte und den ein britischer Kollege als »really very spanish« bezeichnet hatte, das historische Gedächtnis also müsse so etwas darstellen wie ein kollektives explizites Gedächtnis. Juan schaute verblüfft auf, sah von den sprühendschwarzen Augen auf das konzentrierte Gesicht der jungen Frau, schwenkte dann den Blick zu seiner Tochter, die soeben ihre Riesenportion Pommes aufgegessen hatte und Marimar neugierig ansah. Solche Gespräche waren sehr nach Roses Geschmack, und ihr Ärger darüber, dass sie das Abendessen mit ihrem Vater nun mit dieser Frau teilen musste, verrauchte vollends, als Marimar noch nachsetzte, ob es nicht unglaublich sei, dass das Gedächtnis, trotz aller Unzulänglichkeiten, eine solche Beständigkeit aufweise, das hätte auch Virginia Woolf fasziniert. Rose strahlte. Juan schaute seine Tochter warnend an. Es war ihm klar, woran sie jetzt dachte, denn ihre Mutter hatte über Virginia Woolf und ihre Literatur der Bewusstseinsströme promoviert, aber er hoffte inständig, sie würde jetzt nichts Falsches sagen und alles vermasseln. Rose schwieg, schaute lediglich Marimar erwartungsvoll an, die den Blick richtig deutete und ihr erklärte, warum sie diese Schriftstellerin so toll fand. Das gefiel Rose sehr. Juan beobachtete sie erleichtert, machte sich über die Reste der Tortilla her und dachte darüber nach, wie verblüffend es doch war, dass das Langzeitgedächtnis ausgerechnet auf Proteinsynthese angewiesen war. Warum gerade Proteine? Wenn er wieder in London wäre, würde er dieses Problem mit seinen Kollegen erörtern, jetzt aber wollte er in die schwärzesten aller schwarzen Augen schauen. Er fragte Marimar, woher ihre Virginia-Woolf-Begeisterung komme, wo sie doch Politikstudentin sei. Rose, beleidigt darüber, dass ihr Gespräch mit der interessanten jungen Frau so abrupt beendet wurde, nutzte die Situation, um den gigantischen Nachtisch des Hauses aus Flan, Eis, Natillas und einer Extraportion Schokoladenmousse zu fordern. Juan willigte ein, obwohl es weder Sonntag noch Feiertag war. Er wusste, dass er mit einem Nachtisch kostbare Zeit gewann. Marimar gestand ihm, dass sie lange zwischen Politik und Literaturwissenschaften geschwankt, dann aber gemerkt habe, dass sie ihre Lieblingsbücher nicht sezieren wolle. Sie hätte lieber selbst geschrieben, aber dafür fehle ihr die innere Ruhe, der richtige Moment. Juan musste lächeln, genau das hatte er immer von seiner Exfrau gedacht, dass sie so streng war, sich all die Wissenschaftlichkeit abverlangte, weil sie viel lieber einen Roman geschrieben hätte, ihr aufgeräumter und geradliniger Kopf sie jedoch daran hinderte. Marimar missverstand sein Lächeln und reagierte sofort. Na ja, wahrscheinlich sei sie einfach zu faul oder zu unbegabt. Juan erschrak, beteuerte, es nicht so gemeint zu haben. Marimar sah ihn an und lachte ein rundes, offenes Lachen. Doch, das sei so, wenn man schreiben wolle, müsse man schreiben, alles andere sei doch Quark, und wenn man keinen Drang hätte, sich wirklich hinzusetzen und Buchstabe für Buchstabe, Wort für Wort zusammenzufügen, dann müsse man eben etwas anderes machen. Juan schämte sich dafür, dass er Marimar nicht ernst genommen hatte, und versuchte sofort, es wiedergutzumachen. Und warum dann Politik? Marimar überlegte und entschloss sich, nicht lediglich die Standardantwort zu geben, sondern ihm seine Frage ebenfalls ernsthaft zu beantworten.

Juan füllte den restlichen Wein in ihre Gläser, wobei er darauf achtete, ihr ein wenig mehr als sich selbst einzuschenken. Sie bemerkte es und dankte mit dem Blick. Er verstand sie, musste sich nicht anstrengen. Es war lau, sie waren satt, Rose schwelgte in Schokoladenmousse und sah einfach aus wie ein Mädchen, das sich glücklich über einen zu großen Nachtisch hermacht. Er war angetrunken, aber nicht sentimental, kein bisschen sentimental. Er fühlte sich wohl und lachte auf. Die nachtschwarzen Augen schauten ihn an, belustigt, aber auch ein bisschen verunsichert. Juan sagte schnell: Du studierst Politik, weil du gestalten willst. Es wird dir nicht genügen, politische Theorien zu studieren, du willst Taten, du willst etwas verändern, das solltest du ernst nehmen... Marimar wurde unruhig, ihre Augen verengten sich. Juan hatte hoch gepokert und ins Schwarze getroffen. Woher weißt du das?, fragte sie. Ich sehe das, antwortete er. Es lag ihm fern, selbstherrlich zu sein. In seiner Verfassung wäre es vermessen und dazu noch lächerlich gewesen, selbstherrlich zu sein, aber in diesem Moment wusste er, dass sie in dieser Nacht bei ihm liegen würde.

Esperanza

Esperanza saß im Patio hinter dem Haus ihrer Schwester in einem breiten Korbstuhl. Die Metalllaterne, die an der hinteren Hauswand angebracht war, beleuchtete den Sitzplatz und erhellte einen Teil des Hofes, der Rest lag in hellgrauen, dunkelweißen und tiefschwarzen Schatten, der zunehmende Mond besaß noch zu wenig Kraft, um die Nacht zu färben. Es war still und friedlich zwischen den weißgetünchten Wänden, die sich als helle Flecken von der Dunkelheit abhoben. Der kleine Patio hatte sich sehr verändert seit ihren Kindertagen. Nicht nur, dass er Esperanza jetzt noch kleiner vorkam, Marta hatte auch sehr viel Arbeit hineingesteckt. An der Hauswand hingen bunte Keramikteller, und der Sitzplatz war großzügig mit Tontöpfen umstellt, in denen Salbei, Thymian, Minze und Rosmarin in der sommerlichen Nachtluft dufteten. Als Kinder hatten sie auf ihren Streifzügen Wildkräuter gesammelt und sie ihrer Mutter für die Küche mitgebracht. Der Patio war mit Kartoffeln, Knoblauch, Zwiebeln und ein wenig Gemüse für die tägliche Versorgung der Familie schon übervoll gewesen, und ihrer Mutter wäre es im Traum nicht eingefallen, Geld für Tontöpfe auszugeben, um Kräuter, die man überall pflücken konnte, zu Hause zu ziehen. Marta hatte die Terrasse vergrößert, neue, aber kleinere Gemüsebeete angelegt und den alten Steinbrunnen restaurieren lassen. Der Orangenbaum, den ihre Mutter gepflanzt hatte, kurz bevor Esperanza nach Deutschland gegangen war – die Mutter hatte ihn geduldig aus den Kernen einer Orange gezogen, von den drei aufgegangenen Kernen hatte sie den stärksten Trieb in die Erde gesetzt und die beiden anderen an Nachbarinnen verschenkt –, dieser Orangenbaum, den Esperanza nicht hatte wachsen sehen, war schon recht alt für einen Orangenbaum, aber er stand in voller Blüte und würde im Winter sicher reichlich tragen. Esperanza schaute auf, der Himmel summte voller glitzernder Lichtpünktchen, es waren keine einzelnen Sterne zu sehen, es waren so viele, dass sie ganze Straßen, Kreuzungen, Lichtansammlungen wie feine, von einer blassen Wintersonne beschienene Spinnweben bildeten. Esperanza hatte schon lange keinen solchen Sternenhimmel gesehen. In Berlin konnte man selbst im Sommer bei klarem Himmel selten mehr als einzelne Sternbilder erkennen, der markante große Wagen oder die traurige Kassiopeia, mit etwas Glück vielleicht auch die nördliche Krone. Sie lehnte sich zurück, um den Blick weiterschweifen lassen zu können. Es waren so viele Sterne, so unvorstellbar viele, der Himmel krümmte sich und kam immer näher. Dann hielt die Zeit an. Alles wurde still und weit. Esperanza atmete und schaute und atmete und schaute und atmete … Und schrie auf, als ein Schatten auf sie zukam. Marta fuhr zusammen und hätte beinahe das Tablett fallen gelassen, das sie in den Händen hielt. Esperanza entschuldigte sich. Marta lachte, stellte Teller, Gläser, Getränke und Besteck auf den Tisch und eilte erneut in die Küche, um das Essen zu holen. Esperanza schaute nochmals zu den Sternen, aber das Gefühl von Weite und Stille stellte sich nicht wieder ein. Sie stand auf, ging ein paar Schritte umher, zupfte unruhig an einer Orangenblüte.

Nach dem Anruf ihrer Schwester an Karl-Ottos Geburtstag hatte Esperanza nach so vielen Jahren plötzlich wieder die Schüsse gehört und ihren Onkel vor sich gesehen, wie er die flatternden Hände nach oben gehalten und mit seiner rauen Stimme gesungen hatte. Sie hätte nie für möglich gehalten, dass sie diese Erinnerungen noch in einer solchen Schärfe in sich trug, nach einem ganzen Leben, aber sie hatte in den Badezimmerspiegel geschaut und alles wieder gesehen, wieder und wieder, als ob sie angeschnallt und mit festgetackerten

Augenlidern in einem Kino sitzen würde und gezwungen wäre, denselben Horrorfilm wieder und wieder zu sehen, ohne die Augen verschließen zu können. Verstört hatte sie sich in ihren Lieblingssessel gesetzt und eine Weile lang versucht, die Bilder wieder zu löschen, die Gerüche nicht zu riechen und die Geräusche nicht zu hören, aber sie hatte ihren Kopf nicht abschalten können. Sie nahm die Fernbedienung in die Hand, doch statt den Fernseher anzumachen, schaute sie nur dumpf in den dunklen Kasten hinein. Dann hörte sie Schritte und wagte nicht, sich zu bewegen. Plötzlich, aus dem Dunklen auftauchend, stand ihr Mann vor ihr, sie zuckte zusammen. Auch er erschrak und fragte laut, fast ärgerlich: Espe, was ist denn? Esperanza sagte, nichts, gar nichts. Als sie wenig später ins Bett gingen, küsste er sie, wünschte ihr eine gute Nacht und fügte hinzu: War ein schöner Geburtstag. Esperanza lächelte und wünschte ihm ebenfalls eine gute Nacht. Karl-Otto knipste das Licht aus und drehte sich zur Seite. Esperanza lag auf dem Rücken und starrte eine Weile auf die Autolichter, die am Fenster vorbeizogen, dann gab sie sich einen Ruck. Carlotto? Ihr Mann brummelte schläfrig, und Esperanza fragte unvermittelt: Ist es nicht komisch? Unsere Enkel, unsere Kinder, diese Geburtstagsfeier, das gäbe es alles nicht, wenn Franco den Krieg in Spanien verloren hätte. Karl-Otto richtete sich auf und sah sie verständnislos an. Ich wäre dann nicht nach Deutschland gekommen, versuchte Esperanza zu erklären. Er unterbrach sie. Du wärst trotzdem nach Deutschland gekommen, weil du viel zu neugierig bist, oder? Du wolltest doch etwas von der Welt sehen. Sie erwiderte nichts, worauf ihr Mann anfügte, und außerdem wolltest du mich doch kennenlernen. Esperanza reagierte nicht. Offensichtlich froh darüber, dass er endlich schlafen konnte, drehte sich Karl-Otto wieder um und schloss die Augen. Esperanzas Kopf war plötzlich wieder voll von merkwürdigen Geräuschen, heftigen, aufgeregten Stimmen und Schritten gewesen. Dann hatte sie alles wieder erlebt, alles, das Rennen, die zerkratzten Arme, Alfonsos Buch, das Lied des Onkels, die Schüsse. Alles. Schweißgebadet lag sie da, während Carlotto neben ihr hörbar und regelmäßig schnaufte. Die rennenden Schritte waren immer deutlicher, bohrender geworden, bis es wie wildes Pferdegetrappel klang. Esperanza setzte sich auf die Bettkante und dachte, jetzt ist es so weit, jetzt sterbe ich. Ihr Herz raste, wand sich zwischen den Rippen, wollte hinaus, pochte und drückte, bis ihr der Atem wegblieb und sie anfing zu zittern, wie eine Fliege in einem Spinnennetz. Aber sie war nicht gestorben. Sie hatte sich wieder ins Bett gelegt, verschwitzt und verwaist, bis ein Kinderschrei sie aufschreckte. Esperanza sprang auf und eilte atemlos in das frühere Zimmer Miguels, in dem nun ihre Enkelkinder schliefen, machte schnell ein kleines Tischlicht an und drückte Anton an sich, der angstvoll weinte. Sanft flüsterte sie, es sei alles in Ordnung, er müsse keine Angst haben. Ihr Enkel beruhigte sich etwas und sagte, da sei jemand im Zimmer gewesen. Esperanza strich ihm über das Haar. Aber nein, *mi amor*, hier ist doch niemand. Du hast nur böse geträumt. Wir schlafen alle, und das solltest du jetzt auch tun. Anton erwiderte leise, doch, da war jemand, ein kleiner Junge, der kam hier rein und, und, der wollte mir etwas sagen, aber ich, ich habe ihn nicht verstanden. Erschrocken drückte Esperanza ihren Enkel noch fester an sich. In diesem Moment hatte sie zum ersten Mal nach all den Jahren das deutliche Gefühl gehabt, nicht so weitermachen zu können wie bisher.

Marta trat mit einem köstlich duftenden Abendessen in den Hof, und Esperanza half ihr aufzutischen. Während des Essens gaben sie sich Mühe, über Belangloses zu sprechen. Als sie beim Obst angelangt waren, konnte sich Esperanza nicht mehr zurückhalten. Sie fasste sich nervös an ihr Goldmedaillon und fragte, ob Marta *ihn* kennengelernt habe. Marta nickte, schuldbewusst. Esperanzas Augen verdüsterten sich. Wie konntest du nur, du hattest mir versprochen, darüber würden wir nie wieder reden, wie konntest du nur … Marta sprach mit eindringlicher Stimme. Espe, Juan kann doch nichts dafür, du solltest ihm alles erzählen, er hat ein Recht darauf, es zu wissen, seine Familie kennenzulernen. Esperanza wurde laut. Was heißt hier seine Familie! Wir sind nicht seine Familie! Daraufhin wurde auch Marta erstaunlich laut. Ja, für dich ist es einfach, du bist nicht hier, du bist weggegangen und hast alles vergessen! Esperanza sprang wütend auf. Ich habe nicht vergessen, Marta, wie könnte ich je vergessen … Martas Augen wurden eng und hart, ihre Augenbrauen zogen sich zusammen und formten in der Mitte über der Nasenwurzel eine Zickzacklinie, die sich wie unter Schmerzen krümmte. Aber du warst nicht hier! Du hast deine Familie in Deutschland, dein Leben. Aber ich, seit Mutter gestorben ist, habe ich niemanden. Juan ist mein Neffe, ob du es willst oder nicht. Esperanza seufzte tief. Marta versuchte, sie zu besänftigen. Er hat mich ein paarmal besucht, und er hat eine Tochter, ein bezauberndes junges Mädchen, sie ist auch hier … Esperanza drehte sich weg, doch Marta war nun wild entschlossen, es zu Ende zu bringen. Juan hat sich sehr für die Exhumierung eingesetzt. Er ist Biologe oder Neurologe, er versteht etwas davon. Und er hat alles von Alfonso geerbt, das Haus, alles, Espe! Mit seiner Hilfe und mit der Technik, die es jetzt gibt, könnten wir Onkel Ramón endlich würdig bestatten. Endlich! Marta sah ihre Schwester erwartungsvoll an. Nach einer Pause fasste sich Esperanza und nickte. Ich weiß, ich weiß ja. Diese Antwort traf Marta unvorbereitet. Esperanza kramte ein kleines zerschlissenes Säckchen aus der Hosentasche und hielt es ihrer Schwester hin. Das habe ich von unserer Großmutter, ist schon lange her … Esperanza holte behutsam ein paar brüchige eingerollte Haare und einen Milchzahn heraus. Von Onkel Ramón, zur Identifizierung. Marta lächelte und presste sich gleichzeitig die Hände auf den Mund. Dann gab sie sich einen Ruck, glättete, so einstudiert und sorgfältig, wie man Wäsche faltet, damit sie besser in eine Truhe passt, ihre Gesichtsfalten mit ihren kräftigen Händen und sagte, du musst meinen selbstgebrannten Orujo probieren, er ist gut geworden. Ihre Augenbrauen wölbten sich wieder rund und schwungvoll über den honigbraunen Augen. Esperanza nickte, dankbar für eine Atempause, und Marta ging hinein. Esperanza setzte sich wieder an den Tisch, legte die Hände auf die Stuhllehnen, hielt sich fest.

Am Morgen nach dem furchtbaren Anruf ihrer Schwester war Esperanza im Wohnzimmer in ihrem Sessel aufgewacht. Nachdem Anton wieder eingeschlafen war, ging sie gar nicht erst wieder zurück ins Bett. Sie hatte die ganze Nacht im Sitzen geschlafen. Auf dem Tischchen neben dem Sessel lag eine alte illustrierte spanische Ausgabe von *Alice im Wunderland* und das kleine zerschlissene, mit einem Bändchen zugeschnürte Säckchen. Esperanza hatte sich seltsam verkatert gefühlt. Nachdem Karl-Otto von den tobenden Enkelkindern aufgeweckt worden war, kam er ins Wohnzimmer und wunderte sich darüber, dass sie, die sonst an Sonntagen bis zwölf Uhr Mittag schlafen konnte, schon wach war. Er zeigte auf das Säckchen und fragte, was das sei. Esperanza wich aus, steckte es eilig zwischen die Seiten des Buches. Karl-Otto schaute auf den Titel und feixte. Machst du jetzt mit bei der Kampagne »Omas-lesen-Kindern-Märchen-vor«? Esperanza konnte nicht so recht darüber lachen.

Später am Frühstückstisch saß sie gähnend und wie gerädert vor ihrem Teller, während Paul und Anton ihr Müsli hinunterschlangen. Carlotto beobachtete sie aufmerksam, und als die beiden Jungs wieder durch die Wohnung tobten, fragte er, was war denn? Wieso konntest du nicht schlafen? Esperanza kaute lange auf ihrem Brötchen und ließ sich Zeit mit der Antwort. Er bohrte nach. Du hast doch was. Bist du besorgt? Ist es wegen deiner Rente? Esperanza hätte darauf antworten wollen, aber sie konnte nicht. Da wurde Karl-Otto, der ihren Zustand nicht verstand, ungeduldig. Espe, du hast doch dein Leben lang gearbeitet, das reicht für zwei, und jetzt kannst du endlich so viel lesen wie du willst, den ganzen Tag lang. Freust du dich nicht darauf? Esperanza war gerührt, konnte aber immer noch nichts sagen.

Nachdem Paul und Anton wieder abgeholt worden waren und sich lärmend von ihnen verabschiedet hatten, wirkte die Wohnung merkwürdig groß und still. Esperanza räumte mit ihrem Mann den Frühstückstisch ab. Sie waren das, was man ein »eingespieltes Team« nennt. Karl-Otto packte mit an, er wusste ebenso gut wie Esperanza, wo die Sachen in der Küche ihren Platz hatten. Das rechnete Esperanza ihm hoch an. Viele Ehemänner ihrer Freundinnen wussten nicht einmal, wo das Mehl oder der Reis aufbewahrt wurden. Sie spürte einen freundlichen Gedanken in sich aufsteigen, freundlich und hell, ihr Herz schlug in ruhigen, geschwungenen Wellen. Sie fragte, sollen wir nicht mal wieder rausfahren? Ein Sonntagsausflug? Es ist so ein schöner, frischer Tag. Karl-Otto schüttelte bedauernd den Kopf. Tut mir leid, ich kann heute nicht. Esperanza bettelte, dann wenigstens kurz, einen kleinen Spaziergang machen ... Er wich ungeduldig Richtung Flur aus, sie folgte ihm. Espe, ich kann nicht, wirklich, ich muss die nächste Betriebsratssitzung vorbereiten. Wir müssen noch viel machen, jetzt erst recht, nachdem klar geworden ist, dass das Unternehmen gar nicht an einer Rettung ... Esperanza unterbrach ihn, ... der Arbeitsplätze interessiert ist, ich weiß, ich weiß ja! Karl-Otto merkte ihr die Enttäuschung an. Er bekam ein schlechtes Gewissen und reagierte pampig. Wieso fragst du mich dann, ob wir einen Ausflug machen? Du weißt doch, dass da vierzig Familien dranhängen! Esperanza blieb in der Küche zurück und ließ ihre Enttäuschung am Geschirr aus, das sie wütend in die Spülmaschine packte. Als sie sich bückte, um eine Schüssel im Schrank zu verstauen, blieb sie mit einem Finger an dem Goldkettchen hängen, das sie am Hals trug. Die Kette riss und fiel mit dem Goldmedaillon zu Boden. Erschrocken ging Esperanza auf die Knie und kroch durch die ganze Küche, um es zu suchen. Unter allen Küchenschränken schaute sie nach, blickte in dunkle, staubige Tiefen, die ihr riesig und gespenstisch vorkamen.

Ein kleines Mädchen steht, ganz in Schwarz gekleidet, neben seiner ebenfalls schwarz gekleideten Mutter. Die Mutter sieht es ernst an. Auf dem Küchentisch liegt die Großmutter in ihrem Sonntagskleid aufgebahrt. Drumherum die Familienangehörigen und Nachbarn, die die ganze Nacht bei ihr wachen werden. Einige der Frauen murmeln Gebete. Das Mädchen geht auf seine Großmutter zu, schaut von seiner Kindergröße aus auf den Leichnam. Stumm umarmt es die Großmutter und mag sich gar nicht mehr von ihr lösen. Die Mutter spricht zärtlich und voller Angst auf das Kind ein. Esperanza ... Das Kind reagiert nicht. Die Mutter versucht, es zu beruhigen. Die Oma ist jetzt beim Opa. Und bei Onkel Ramón. Hier, das hat sie mir für dich gegeben ... Sie drückt dem Mädchen ein kleines Säckchen in die Hand, das mit einem Bändchen verschnürt ist, und ein Goldkettchen, an dem ein feines Medaillon mit einem Madonnenrelief hängt. Das Mädchen presst es an sich und klammert sich noch stärker an die geliebte Großmutter. Die Mutter versucht, es von der Großmutter loszubekommen, zieht an seinem Arm, ruft. Esperanza!

Esperanza fuhr herum, sie kniete immer noch auf allen vieren auf dem Küchenboden und schaute nun erstaunt auf. Ihr Mann stand vor ihr. Esperanza! Was machst du da? Sie schaute ihn groß an, mit leeren Pupillen und dunklen Augenringen.

Ich brauche den Besen. Besorgt reichte ihr Karl-Otto den Besen. Mit Hilfe des Besenstiels gelang es ihr, das Goldmedaillon unter dem Küchenschrank hervorzuholen. Sie umschloss es fest, und ihre Fingerknöchel wurden weiß vom Druck.

Jetzt hoffte Esperanza, ihre Schwester würde schnell mit dem Schnaps zurückkommen. Sie wollte nicht länger allein im Patio sitzen. Sie sah sich als kleines Mädchen, das sich mit Alfonso angefreundet hatte. Alfonso hatte ihr das Lesen beigebracht. Mit ihm war sie glücklich gewesen, wenn sie einträchtig unter dem schützenden Schatten ihres Baumes saßen und er ihr *Alice im Wunderland* vorlas. Sie konnte heute noch ganze Passagen auswendig. *»Als das Kaninchen um eine Ecke bog, hörte sie es gerade noch sagen: ›Ach du meine Ohren, wie spät es schon ist!‹«* Wie oft hatte sie über seine komische Betonung lachen müssen. Alfonso hatte sich immer darüber gefreut, Esperanza zum Lachen zu bringen, und hatte dann erst recht übertrieben. Aber an diesem Tag hatte mittendrin eine Männerstimme nach ihm gerufen. Er hatte es überhört und hatte weitergelesen. *»Sie befand sich jetzt in einem langen, niedrigen Saal, der von einer Reihe von Kronleuchtern erhellt wurde. Ringsum befanden sich Türen, die aber alle verschlossen waren, und nachdem Alice an jeder einzelnen gerüttelt hatte, erst auf der einen und dann auf der anderen Seite des Saales, ging sie bekümmert durch die Mitte zurück und fragte sich, ob sie hier wohl je wieder herauskäme …«*

Auf einmal stand Alfonsos Vater vor ihnen. Die beiden Kinder schauten an dem riesigen Mann hinauf. Esperanza erkannte ihn wieder, und ihr Herz setzte aus. Er war sichtlich erleichtert, seinen Sohn zu sehen. Alfonso, ich suche schon seit einer Stunde nach dir, jetzt komm endlich! Alfonso wollte lieber weiterlesen, doch sein Vater schnappte sich den Jungen und sprach besorgt auf ihn ein. Wie oft muss ich dir noch sagen, du sollst dich nicht so weit entfernen. Es ist gefährlich … Alfonso zuckte gleichgültig und bockig mit den Schultern. Sein Vater schaute ihn traurig an. Mama sieht dich vom Himmel aus und macht sich Sorgen. Der Junge reagierte nicht und presste die Lippen aufeinander, bis sie fast verschwanden und ihm ein merkwürdig greises Aussehen gaben. Sein Vater legte ihm die schwere Hand auf die Schulter. Alfonso, auch ich vermisse sie, ich vermisse sie sehr, das kannst du mir glauben. Esperanza starrte wie hypnotisiert auf Alfonsos Vater. Der Mann hatte ihr mit einer Handbewegung, mit der man lästige Fliegen verscheucht, deutlich gemacht, sie solle schleunigst verschwinden. Es war der Mann, der bei den drei Steineichen ihren Onkel erschossen hatte.

Marta trat mit klirrenden Gläsern und zwei Flaschen auf den Patio und fragte versöhnlich: Willst du den harten Orujo oder den mit Honig? Esperanza lachte. Den harten, einen doppelten. Sie war ihrer Schwester dankbar, dass sie genau im richtigen Augenblick ihren selbstgebrannten Schnaps ins Spiel brachte. Marta füllte großzügig zwei Cognacgläser. Die Schwestern sahen sich an, Esperanza war feierlich zumute. Marta holte tief Luft, und beide kippten die Hälfte ihrer Gläser in einem Zug herunter. Gut, sagte Esperanza, und sie dachte, schön hart. Und schön herb. Schön, dass man aus den Resten der ausgepressten Trauben ein so solides und herbes Getränk herstellen kann. Ein Getränk, das billig ist und voller Klarheit. Ist das Großmutters Rezept? fragte Esperanza und leerte ihr Glas. Sie kannte die Antwort, und sie wusste, Sekundenbruchteile bevor sie es wissen konnte, welche Frage dann folgen würde. Bevor Marta antworten konnte, setzte Esperanza nach. Noch einen Doppelten. Marta schenkte ein. Jetzt hatte es Esperanza nicht mehr eilig, sie nippte genießerisch, formte die Zunge zu einer Kanüle und ließ den Orujo langsam hinunterlaufen, es brannte ein wenig im Rachen und machte sie wach. Marta räusperte sich und schaute in die Dämmerung, die den Patio erfüllte. Ja, sagte sie ruhig, das ist das Rezept. Warum musste eigentlich immer ich das Medium sein?, fragte Esperanza. Marta antwortete so selbstverständlich, als ob sie an diesem Abend von nichts anderem geredet hätten und sie diese Frage schon die ganze Zeit erwartet hätte. Weil du rein warst. Oma hätte es dir gerne erspart, und ich auch, aber ich hatte schon mein Monatsleiden. Esperanza ließ erneut den Orujo über die Zungenkanüle hinunterrinnen. Inzwischen hatte es abgekühlt, auch innerhalb der aufgeheizten Mauern strich eine freundliche Nachtbrise umher und streichelte Menschen und Pflanzen. Doch Esperanza spürte, wie der Orujo erst ihren Magen wärmte und sich von dort aus in ihrem ganzen Körper ausbreitete. Ihr wurde heiß, sie fühlte sich angenehm entrückt.

Das kleine Mädchen sitzt mit seiner Großmutter, seiner großen Schwester und einigen Nachbarinnen um den Küchentisch herum, sie halten sich an den Händen, haben die Augen geschlossen und hören den Worten einer Nachbarin konzentriert zu. Geist Ramóns, wenn du hier bist, gib uns ein Zeichen. Dann spricht die Großmutter. Mein Sohn, wo bist du? Sprich zu uns, wo bist du? Die Nachbarin beobachtet Esperanza und flüstert. Da. Er ist da. Wir haben eine Verbindung zu ihm. Die kleine Esperanza zittert und ist wie weggetreten. Plötzlich fängt das Mädchen an, mit einer merkwürdig tiefen Stimme zu reden. Es ist sehr kalt und dunkel. Ich sehe drei Bäume, zusammen. Drei Steineichen. Die Bäume sind gut zu uns, sie haben viele Wurzeln, sie sind nicht schuld. Mir ist kalt… Die Großmutter fängt an zu weinen. Das kleine Mädchen stockt, dann redet es weiter. Ich bin nicht allein, hier sind… Hier sind auch Federico und auch… Ladislao… Eine Nachbarin bricht zusammen und fängt an, fürchterlich zu schluchzen. Die Kleine wird aus dem Konzept gebracht und beginnt so sehr zu zittern, dass die Großmutter Angst um sie bekommt.

Als sie unter Krämpfen auf den Boden fällt, bringt eine der Frauen schnell einen Lappen und kaltes Wasser. Die Großmutter reibt Stirn und Nacken ein, legt ihr die Beine hoch und spricht sanft auf sie ein. Esperanza, komm zurück, mein Kind, deine Großmutter ist hier, bei dir. Das kleine Mädchen zuckt nicht mehr. Eine Nachbarin reicht der Großmutter ein Schnapsglas. Die Großmutter setzt es dem Mädchen an den Mund. Hier, meine Süße, es wird dir guttun. Das kleine Mädchen trinkt und verzieht das Gesicht, aber der Schnaps wärmt, die Lebensgeister kehren zurück. Es hört seine Großmutter flüstern: Vergiss nie, mein Täubchen, vergiss nie, was passiert ist und wo. Irgendwann wird das alles, dieser Alptraum, wieder vorbei sein, irgendwann. Dann werden wir Onkel Ramón begraben können, richtig begraben, dann wird er Ruhe finden, und ich auch. Das Mädchen schlägt die Augen auf.

Esperanza hielt ihrer Schwester erneut das Cognacglas hin. Marta schaute fragend. Esperanza sagte, komm schon, ein letztes, woraufhin Marta ihr ein halbes Glas nachschenkte. Komisch, ich habe nie daran geglaubt, dass ich ein Medium bin, aber irgendwann war ich gut in der Rolle ... Marta lachte, du warst verdammt gut. Wann hat Großmutter gesagt, dieser Alptraum würde irgendwann vorbei sein?, wollte Esperanza von ihrer Schwester wissen. Wann war das? Marta überlegte. Ich glaube, kurz bevor sie starb, das letzte Mal, als wir mit ihr oben an der Kapelle waren. Esperanza schüttelte den Kopf. Nein, es war, als ich die Krämpfe bekam. Marta schaute sie ungläubig an, nein, da war es sicher nicht. Esperanza wurde unsicher, sie hätte schwören können, dass ihre Oma es ihr und ihrer Schwester damals gesagt hatte. Als sie ihre Rolle als Medium so gut spielte, dass sie gar nicht mehr rauskonnte und dachte, sie müsse sterben. Aber Esperanzas Großmutter konnte nicht nur Geister beschwören, sie konnte auch kleine Mädchen ins Leben zurückrufen. Esperanza erinnerte sich an den Schnapsgeruch und an das gedrungene milchige Schnapsglas. Und an den strengen Blick ihrer Großmutter, der ihr befahl, mit dem Quatsch aufzuhören. Bald darauf, im Hochsommer, war sie in die Höhe geschossen und hatte zum ersten Mal ihr Monatsblut verloren. Ihre Großmutter hatte sie nie wieder als Medium eingesetzt. Aber wer wusste schon nach so vielen Jahren, wie etwas wahrhaftig passiert war ... Esperanza trank den Orujo aus und fragte ihre große Schwester todernst: Glaubst du, wir werden Ruhe finden? Werden wir jemals Ruhe finden?

Karla

Der Kontrast hätte nicht heftiger ausfallen können. Nachdem Karla die Kapelle verlassen hatte, lief sie den Hügel hinunter und versuchte, vom menschenleeren Dorfrand aus den Weg in Richtung Zentrum einzuschlagen. Nach kaum zwanzig Minuten tauchte sie in eine lärmende Menschenmenge ein, die in den drei, vier Straßen um den Kirchplatz, wo sich auch das Rathaus befand, eine aufgekratzte Wochenendstimmung verbreitete. Die Bars, die Gehwege und die Gassen waren voll. Karla fragte sich, woher all diese Leute kamen. Wie konnte es in einem Dorf so viele Leute geben? Die Nacht war hier aus dem Zentrum verscheucht, der dunkle Himmel mit den funkelnden Sternen, der sie noch beim Hinunterlaufen begleitet hatte, zog sich angesichts der lärmenden, lachenden, vergnügten, hellwachen Menschen schmollend zurück. Karla ließ sich treiben, suchte nach einem Lokal, wo sie diese Nacht stranden konnte. Sie war friedlich und voller Zuversicht. Die Zwiesprache mit der sanften Marienstatue wirkte nach. Widerstrebend dachte Karla an Maxim, der immer sagte, das Leben ist flüchtig, aber schön, warum wollen wir alles für immer besitzen, das Licht der Welt ist schön gewesen, bevor wir es erblicken, und es wird schön sein, wenn wir es nicht mehr sehen können … Es war in Ordnung, hier zu sein. Sie versuchte, nicht weiter zu denken, und ging in die erstbeste Bar, in der sie ein paar Dreißigjährige an der Theke herumstehen sah. Es gelang ihr, das Bier akzentfrei zu bestellen, und auch ihr lässiges gracias, als das schmale schlichte Glas, schwungvoll und von einem kleinen Teller fetttriefender Octopusbeinchen mit lila Saugnäpfen begleitet, auf den Tresen gestellt wurde, kam ihr glaubwürdig über die Lippen. Sie schaute sich um, hätte sich gerne hingesetzt, aber die kleine schmucklose Bar hatte nur drei Tischchen, und selbst die Stehplätze an der Theke waren heiß umkämpft. Die Leute standen dicht an dicht, hielten ihre Gläser in der Hand und redeten laut aufeinander ein. Schnell flüchtete sie vor dem Lärm ins Freie und lehnte sich mit ihrem Bierglas an die Hauswand. Ihr Blick schweifte über die Grüppchen, die auf dem Gehsteig und auf der schmalen Straße standen, und blieb an einem hübschen Kerl hängen, der ein nichtssagendes T-Shirt trug, aber Wimpern hatte, so lang wie die Scheibenwischer eines Doppeldeckerbusses. Er stand links neben ihr in einer Fünfergruppe, die nicht so aussah, als sei sie aus dem Dorf. Karla hätte nicht sagen können, warum, aber sie wirkten wie eine bunt zusammengewürfelte Truppe, die sich hierher verirrt und spontan entschieden hatte, Halt zu machen. Gerade erklärte er den anderen etwas, sie konnte nicht genau hören, was, beobachtete ihn aber interessiert. Er drehte sich in der Bewegung halb zu ihr und zeigte nach Osten. Karla konnte ihren Blick nicht schnell genug wegducken. Er traf ihre Augen und lächelte sie an. Karla wusste, dieses Lächeln, so gefährlich wie Scheinwerferlicht im nächtlichen Gegenverkehr auf einer kurvigen Bergstraße, galt nicht ihr, sondern der Nacht, aber sie lächelte zurück, trank ihr Bier, freute sich, weil er mindestens fünf Jahre jünger war als sie. Bei der Vorstellung, dass er sehr bald vor ihr stehen und sie ansprechen würde, musste sie grinsen. Sie nahm einen weiteren Schluck, dachte plötzlich an Juans Gesicht, als sie ihn in Berlin vor seinem Hotel abgeholt hatte, um zu ihrer Mutter zu fahren. Sie hatte große Angst davor gehabt, aber ihr verkaterter Zustand war hilfreich gewesen. Der Kopf hatte sich angenehm wolkig angefühlt. Es waren erst wenige Stunden vergangen, seit sie Maxim in der Strandbar geküsst und genau gewusst hatte, dass das ein Abschiedskuss gewesen war, und dann beschloss, ihren Halbbruder zu ihrer gemeinsamen Mutter zu führen. Dieser Entschluss war scharf und klar. Und sie empfand dabei so etwas wie Rache. Das erkannte sie jetzt erst, sie hatte den Wunsch gehabt, ihre Mutter zu treffen, eine Reaktion von ihr zu erzwingen, sie wollte sie schütteln, bis sie endlich etwas erzählte. Und war dann darüber erschrocken, dass ihrer Mutter das Schütteln schlecht bekommen war.

Karla sah auf. Eine ausladende Bewegung streifte sie an der Schulter. Der hübsche Mann entschuldigte sich sofort. Karla nickte gnädig, seine Wimpern machten schwuumm-schwuumm, und er drehte sich in Zeitlupe wieder der Gruppe zu. Karla schaute verwirrt an seinem Rücken hinunter. Das nichtssagende T-Shirt und die unvermeidlichen Jeans verpackten einen schlanken, nervösen Körper, doch die Beine waren wohlgeformt und endeten in auffälligen meerblauen Lederhalbschuhen. Meerblau war das Letzte, was sie sich an seinen Füßen vorgestellt hätte. Sie ging in die Bar, um sich ein weiteres Bier zu bestellen, im Rücken einen meerblauen Blick. Am Tresen musste sie eine halbe Ewigkeit warten, es war noch voller geworden. Sie fürchtete, der junge Mann würde weg sein, wenn sie endlich ihr Bier hatte und wieder draußen war, im angenehmen Halbdunkel der Gasse. Hier drin blendeten die grellen Barleuchten und die Reflexe der Lichter auf den vielen Flaschen hinter der Theke. Wie die Sonne an dem Morgen, als sie Juan vor seinem schicken Hotel abgeholt hatte.

Übernächtigt und voller Rachegefühle war sie mit ihrer Klapperkarre vorgefahren. Juan wartete schon, samt seinem Reisegepäck, vor dem Eingang und bedankte sich sehr ernst, auf Englisch, natürlich. Als sie vor dem Haus von Karlas Eltern anhielten, sah sie ihre Mutter, die mit ihrer Freundin Renate, beladen mit Päckchen, einem gigantischen Geschenkkorb und zwei Taschen auf den Hauseingang zulief. Ihre Mutter hatte umständlich den Schlüssel hervorgeholt, während Renate ihr mit den Taschen half. Erst da war Karla wieder eingefallen, dass ihre Mutter am Vorabend ihre Verrentungsfeier gehabt hatte. Sie bekam sofort ein schlechtes Gewissen und miese Laune. Sie hätte anrufen sollen, sich erkundigen müssen, wie die Abschiedsfeier gewesen war. Am liebsten wäre sie wieder umgekehrt, aber Juan war sehr aufgeregt gewesen, und sie hatte sich nicht entschließen können, ihn im Stich zu lassen. Zwei Sekunden später war es auch schon völlig unmöglich geworden, einfach so zu verschwinden. Ihre Mutter sagte etwas zu Renate, drehte sich um, erblickte Juan und wurde kreidebleich. Sie nahm Karla gar nicht wahr, starrte nur ihn an, während Renate Karla entdeckte und strahlte. Karla war befangen, aber Renate nahm darauf keine Rücksicht und umarmte sie herzlich. Karla mochte Renate sehr, eine alte, selbstverständliche Vertrautheit verband sie mit der Freundin ihrer Mutter, die häufig bei ihnen zu Hause gewesen war und mit der sie als Kinder viel unternommen hatten. Doch jetzt war sie angespannt und wollte alles schnell hinter sich bringen, sie zeigte auf Juan. Mama, das ist Juan, wir wollten ... Ihre Mutter sah ihn an, als ob sie gerade bei *The Walking Dead* mitspielen würden. Karla wusste nicht, wie anfangen, und bei aller Vertrautheit mit Renate konnte sie sich nicht entschließen, vor ihr über Juan zu reden. Sie schaute unschlüssig zu Juan, der daraufhin seine Sonnenbrille abnahm und unsicher auf ihre Mutter zuging. Hola ... Plötzlich verstand Esperanza. Sie schüttelte vehement den Kopf und drehte sich abrupt um. Renate blickte verständnislos von einem zum anderen, während Karlas Mutter hektisch die Tür aufschloss und im Treppenhaus verschwand. Renate eilte ihr nach. Juan, der aussah, als würde er jeden Moment umkippen, überreichte Karla fast förmlich einen schwarzumrandeten Briefumschlag, nahm seinen Koffer und marschierte wortlos davon. Karla schwankte, machte einen Schritt in seine Richtung, aber dann fühlte sie eine kalte Angst in sich aufsteigen, die sie zwang, Juan zu vergessen und hinter ihrer Mutter in den dunklen Hauseingang zu stürzen. Die Mutter saß klein und gekrümmt auf der Treppe, Renate beugte sich besorgt zu ihr hinunter, sprach auf sie ein, doch sie antwortete nicht und schaute die beiden ausdruckslos an. Renate fragte, ob sie einen Arzt rufen solle. Da reagierte die Mutter wieder und versicherte, es sei alles in Ordnung, es gehe schon wieder. Renate atmete erleichtert auf und half Karla, ihre Mutter die Treppe hinaufzubringen. Esperanza schloss ungeschickt die Wohnungstür auf, ihre Hand bebte. Dann fragte sie unvermittelt. Wo ist er? Karla zischte bösartig. Juan? Was weiß ich! Wahrscheinlich tanzt er gerade Samba.

Seitdem hatte Karla nichts mehr von Juan gehört. Sie hatte keine Handynummer, keine E-Mail-Adresse, nichts. Als sie ins Wohnzimmer getreten waren, hatte ihre Mutter abwesend begonnen, die Geschenke, die sie mit Renate nach Hause gebracht hatte, neben einem riesigen roten Blumenstrauß aufzustellen. Sie räumte die Sachen mehrmals hin und her, wobei ihr zwei Päckchen aus der Hand rutschten, scheppernd auf den Boden fielen und dort liegen blieben. Renate und Karla schauten sich besorgt an, schließlich fragte Renate, wer denn der Mann gewesen sei. Karla versuchte eine holprige Erklärung, woraufhin ihre Mutter schrill ausrief, sie hätte keine Ahnung, wer dieser Typ sei, sie würde ihn überhaupt nicht kennen. Karla flippte aus, Ja, klar, DU kennst ihn nicht, aber er will DICH kennenlernen! Esperanza schüttelte hartnäckig den Kopf, doch Karla fuhr sie an. Warum hast du das alles nie erzählt? Esperanza verstand nicht. Was alles? fragte sie verwirrt, was meinst du? Karla konnte es nicht fassen. Ihre Mutter reagierte erstaunt, und das sah auch noch echt aus. Doch so einfach hatte es Karla ihr nicht machen wollen. Du weißt genau, was ich meine. Ihre Mutter erschrak über Karlas harten Ton. Karla, ich ... Alles, was ich wollte, ist, dass meine kleine Karla ... Da hatte Karla bitter auflachen müssen. Mama! Ich bin jetzt dreiunddreißig! Kannst du nicht mal aufhören, mich wie ein Kleinkind zu behandeln!? Esperanza ließ sich nicht beirren.

Ich wollte, dass du das alles nicht durchmachen musst … Was denn, das alles? Alles. Alles? Karla versuchte sich zusammenzureißen. Juan will dich kennenlernen, er will wissen, woher er kommt, das ist doch normal, dass … Nein, das will er nicht wissen! Das will er garantiert nicht wissen! rief Esperanza so heftig, dass Renate und Karla Angst bekamen. Karla kramte den Umschlag mit dem schwarzen Rand heraus, den Juan ihr in die Hand gedrückt hatte, und überreichte ihn wortlos ihrer Mutter, ihre Rachegefühle hatten sich in Luft aufgelöst. Esperanza riss den Briefumschlag auf und las die Todesanzeige. Als sie die wenigen Zeilen überflogen hatte, schleppte sie sich mühsam zum Sessel, ließ sich darauffallen und schüttelte stumm und haltlos den Kopf. Renate kniete sich neben sie und nahm besorgt ihre Hand. Sie schaute auf die Todesanzeige und fragte leise: Espe, was ist passiert? Schlimme Nachrichten? Aber Esperanza war wie ausgeschaltet, und Karlas Angst wurde immer größer. Renate insistierte. Espe, was ist denn passiert? Esperanza drückte ihre Hand, blieb stumm. Karla musste etwas tun, irgendetwas, um sich selbst wieder in den Griff zu bekommen. Sie ging in die Küche, goss Wasser in ein Glas, schüttete jede Menge Baldriantropfen hinein, brachte es ihrer Mutter, die immer noch stumm im Sessel saß, und sagte sehr bestimmt: Hier, das wird dir guttun. Esperanza schaute sie an wie eine Fremde, das machte Karla wieder wütend, doch bevor sie schroff werden konnte, nahm ihre Mutter das Glas und trank es aus, gefügig wie ein verängstigtes kleines Mädchen. Renate flüsterte besorgt, sie müsse jetzt leider wirklich los. Esperanza nickte tapfer, worauf Renate seufzend ihre Handtasche nahm, sich zu ihrer Freundin beugte und ihr etwas zuflüsterte, während sie sie umarmte und lange an sich drückte. Als Renate sich wieder löste, sprach Karla sanft auf ihre Mutter ein. Ich begleite Renate schnell noch runter, und dann komme ich sofort wieder, okay? Ihre Mutter hatte durch sie hindurchgesehen. Karla hatte eine Spur zu unwirsch hinterhergesetzt: Mama, ist es okay? Ihre Mutter hatte sich zusammengenommen, hatte genickt. Ja, klar, natürlich.

Karla tappte mit dem Bierglas in der Hand aus der Bar, suchte ihre Ecke an der Häuserwand und schmiegte sich wieder genau dorthin, wo sie das erste Bier getrunken hatte, in der Hoffnung, das gute Gefühl, diese friedliche Ergebenheit, die sie nach ihrem Aufenthalt in der Kapelle empfunden hatte, noch einmal heraufbeschwören zu können. Aber sie schwankte leicht, und die Straßenlaternen verschwammen vor ihren Augen. Plötzlich stand der hübsche Mann direkt vor ihr. Was ist los? Er wirkte besorgt. Seine Wimpern tanzten auf und ab und machten wieder dieses Schmetterlingsgeräusch. Schwuumm-schwuumm. Ist alles in Ordnung mit dir? Erst jetzt begriff Karla, dass er sie auf Spanisch fragte. Sie nickte nur, sie wollte nicht mit ihm in ihrem dürftigen Spanisch sprechen. Sie kippte das halbe Bier in sich hinein.

Während Karla Renate zu ihrem Auto begleitete, schwiegen beide. Dann sagte Renate auf einmal, weißt du, als ich deine Mutter kennenlernte, da war sie auch so, so ... Sie hatte genau diese Augen, wie heute. Was ist mit ihr? Karla hatte nicht reagiert, und Renate hatte weitergesprochen. Deine Mutter war besonders, weißt du. Am Anfang konnte sie ja kein Deutsch, hat aber immer alles sehr genau beobachtet, wie eine Trauereule. Das war Karla unangenehm, sie mochte nicht, dass sie so über ihre Mutter sprach. Renate war dann noch direkter geworden, als ob sie keine Zeit zu verlieren hätte. Es ist nicht gut, nicht zu reden ... Karla schaute betreten weg, fühlte sich ertappt. Seufzend setzte sich Renate auf den Fahrersitz, kurbelte das Fenster herunter. Du musst auf deine Mutter aufpassen, ja? Karla kam näher und sagte, ja, klar. Doch Renate meinte es ernst, versprich es mir, bat sie. Karla nickte verwundert, aber Renate sprach eindringlich weiter. Und sage mir sofort

Bescheid, wenn… ich würde es mir nicht verzeihen, wenn sie sich etwas antun, wenn sie noch mal… Eine plötzliche, tiefe Panikwelle stieg in Karla auf. Sie unterbrach Renate, verabschiedete sich eilig und rannte wieder zurück, auf die Haustür zu. Sie klingelte Sturm, doch natürlich öffnete niemand, Karla wurde nervös, nein panisch, schaute hinauf zu den Fenstern, rief. Nichts geschah. Sie klingelte erneut und wurde noch panischer. Als sie schon alle Klingelknöpfe gedrückt hatte und gerade überlegte, wie sie die Haustür aufbrechen könnte, tauchte ihr Vater auf. Überrascht, aber mit einem ironischen Lächeln fragte er, Karla! Wo brennt's denn? Doch Karla war nicht nach Ironie. Schnell, mach auf! Ihr Vater wurde ernst. Sie riss ihm die Schlüssel aus der Hand und stürmte die Treppen hinauf, schloss hektisch die Wohnungstür auf und stand im Wohnzimmer vor dem Sessel, in dem soeben noch ihre Mutter gesessen hatte. Er war leer. Karl-Otto schnaufte in die Wohnung hinein. Karla schob ihn zur Seite, rannte zum Badezimmer, wurde dann langsamer, es graute ihr davor, hineinzugehen, und sie hielt vor der Badezimmertür an. Danach hatte sie alles in Zeitlupe wahrgenommen. Wie sie ihr Vater, nun ebenfalls panisch, grob zur Seite geschoben hatte, wie er angstvoll ins Badezimmer geschaut und, als er die leere Badewanne gesehen hatte, Karla erleichtert angepflaumt hatte. Karla, was soll das? Was ist passiert? Karla hatte sich aus dem Zeitlupenmodus befreit und wieder beschleunigt. Sie hatte im Medizinschränkchen gewühlt und ihren Vater gefragt, ob Medikamente fehlten, dann war sie hinausgerast. Ihr Vater war ihr hinterhergeeilt. Karla! Wo rennst du denn hin? Verdammt nochmal, Karla, was ist denn passiert? Sie fragte nur, wo könnte sie hin sein? Ihr Vater zögerte, dann sagte er, sie geht öfters zur großen Brücke. Welche Brücke? Die Brücke über den Gleisen, da drüben, bei der Post. Da beschleunigte Karla erst recht. Sie rannte die Treppe hinunter, die Straße entlang, zu den Bahngleisen. Von Weitem sah sie eine Person auf der Brücke und rannte noch schneller. Völlig außer Atem kam sie bei ihr an. Ihre Mutter war merkwürdig gefasst, hatte sich halsbrecherisch auf die Brüstung gesetzt und schaute in die Ferne, den Zügen nach. Karla holte sie vom Geländer herunter und fing an, wütend auf sie einzuprügeln. Das darfst du nicht, das darfst du nicht machen! Ihre Mutter versuchte, die Schläge abzuwehren, doch Karla erwischte mit voller Wucht ihr Gesicht und war über sich selbst entsetzt. Ihre schnelle Atmung beruhigte sich langsam. Verdammte Scheiße, was tust du hier? Ich komme oft hierher, das mache ich schon immer, seit wir hier wohnen. Ihre Mutter hatte auf die Schienen und in die Ferne gezeigt. Ich stehe da und stell mir vor, das ist eine Nabelschnur nach Spanien. Karla hatte ihre Mutter umarmt, als ob sie sie nie wieder loslassen wollte, und geweint wie ein kleines Kind.

Karla schaute auf das Paar meeresblaue Schuhe. Der junge Mann, der in diesen Schuhen steckte, fragte noch einmal, ob wirklich alles mit ihr in Ordnung sei. Sie lächelte und wollte schon flapsig entgegnen, ja, ich bin auf Drogenentzug, oder ich verkrafte wohl keinen Alkohol mehr oder so was, als er sachte ihren Arm berührte und *Hey…* sagte. Karla blickte in Tiefseeaugen. Die Doppeldeckerbusscheibenwischer machten wieder schwuumm-schwuumm. Plötzlich schüttelte sie den Kopf. Nein, gar nichts war in Ordnung, es war alles ganz und gar nicht in Ordnung. Sie wusste nicht, was sie in diesem Kaff sollte, sie wusste nicht, warum sie ihrer Mutter gefolgt war, sie wusste nicht, ob sie überhaupt Lust darauf hatte herauszufinden, was mit ihrer Mutter los war, sie ahnte, dass es ein durch und durch unlustiger Aufenthalt werden würde, und sie hatte keine Ahnung, wie lange sie hierbleiben müssten. Das Einzige, was sie wusste, war, dass sie genau noch 54 Euro und 70 Cent im Portemonnaie und minus 740 Euro auf dem Konto hatte und dass sie, wenn es ihr nicht bald gelang, ein Artefakt zu verkaufen, im nächsten Monat wieder kellnern musste, um die Miete zu bezahlen. Sie starrte ihn an und sagte auf Deutsch: Mit mir ist gar nichts in Ordnung. Er schaute sie verständnislos an und lächelte entschuldigend. Karla gab sich einen Ruck und bemühte sich, ihr Spanisch herauszukramen. Sie erzählte ihm vieles, sie wusste hinterher nicht mehr so genau, was sie ihm alles erzählt hatte, aber es war einigermaßen verworren, es ging um Kunstobjekte, Kindheitserinnerungen, Massengräber und Lebensträume, und dann, gerade noch rechtzeitig, bevor er sie für vollkommen irre halten musste, fragte sie, ob man hier irgendwo tanzen gehen konnte. Er drehte sich fragend zu seiner Clique um, und innerhalb von drei Minuten hatte er sie nicht nur davon überzeugt, dass sie jetzt alle tanzen gehen wollten, sondern auch herausgefunden, dass elf Kilometer in Richtung Cáceres ein angesagter Club war. Sie quetschten sich zu sechst in ein kleines Auto und fuhren in die Dunkelheit.

Bevor sie eingestiegen war, hatte Karla dem jungen Mann gesagt, sie könne nicht zu spät nach Hause kommen, wegen ihrer Tante und ihrer Mutter. Er hatte gelacht und versprochen, sie rechtzeitig nach Hause zu bringen. Karla war es peinlich, was musste er von ihr denken, wie albern, sie war doch kein Provinzküken. Sie wollte schon zu einer Erklärung ausholen, aber er schien mit seinen Tiefseeaugen direkt in ihren Kopf hineinschauen zu können. Keine Sorge, wir müssen auch wieder zurück, wir übernachten hier. Die fünf waren tatsächlich nicht aus dem Ort, sie kamen aus León, waren auf der Durchreise und wollten am nächsten Tag weiter nach Andalusien fahren. Karla hatte erleichtert festgestellt, dass es innerhalb der Gruppe ein Pärchen gab, dass die drei Frauen ebenfalls tanzen wollten und dass eine der Frauen und der andere Mann mindestens ihr Alter hatten. Nachdem sie ihre Rückfahrt ins Dorf gesichert wusste, lehnte sie sich an den jungen Mann und legte den Kopf auf seine Schulter. Sie spürte, wie er ihr entgegenkam und sich an ihren Kopf schmiegte. Alles Dunkle war jetzt außerhalb, im Auto war nur eine aufgekratzte kleine Gruppe, die tanzen wollte, und ein meeresblauer Mann und eine dreiunddreißigjährige Frau, die sich aufeinander einstimmten. Aber Karla konnte heute unmöglich die ganze Nacht wegbleiben. Sie hätte überhaupt nicht so lange wegbleiben dürfen. Es war kindisch. Ausgerechnet am ersten Abend. Sie löste sich von der Schulter, holte das Handy heraus und schickte ihrer Mutter eine SMS. *Gehe noch eine Runde tanzen, und dann komme ich. Gute Nacht, auch an Tante Marta, bis morgen.* Sie kam sich vor wie ein Teenager, der trotz Verbot ausgeht. Das gefiel ihr. Jemand machte das Autoradio an, ab und zu durchbrachen einzelne Lichter die schwarze Leere und erleuchteten flüchtig die Gesichter im Innern des Wagens.

Nachdem Karla ihre Mutter von der Brücke sicher nach Hause gebracht hatte, saß sie mit ihren Eltern am Küchentisch. Ihr Vater hatte sprachlos Alfonsos Todesanzeige in der Hand gehalten, während Karla ihnen erzählte, was sie von Juan wusste. Es war eine merkwürdige Situation gewesen, eine verkehrte Welt, sie hatte so lange nicht mehr allein mit ihren Eltern am Küchentisch gesessen, und nun musste sie ihnen auch noch alles erklären. Also, Alfonso hat damals, sagte sie an ihre Mutter gerichtet, nachdem du weg warst, hat er das Baby anerkannt und zu sich genommen. Ihre Mutter seufzte. Doch Karla sprach unbeirrt weiter. Er ging mit dem Kind nach London und blieb dort. Auch nach Francos Tod ist er nicht mehr zurück nach Spanien, sagte sie mehr zur Wand gerichtet als zu ihren Eltern. Ihr Vater drückte nervös die Todesanzeige, während er ihr aufmerksam zuhörte. Es war wohl Alfonsos Herzenswunsch, dass dein Onkel eine richtige Beerdigung bekommt, fuhr Karla fort, dein Sohn... Esperanza zuckte zusammen. ... also Juan, wird für die Kosten aufkommen, das Problem ist, dass man etwas braucht, um ihn zu identifizieren, sonst weiß man nicht, zu wem die jeweiligen Reste gehören, er meinte, dass da nicht nur dein Onkel verscharrt wurde. Alle schwiegen. Sie schwiegen lange, dann durchbrach Karla die Stille. Warum waren wir eigentlich so selten in Spanien? Ihre Mutter erwiderte leise, wir waren eben hier. Karla stand wütend auf. Und warum hast du Juan weggegeben? Mühsam um Fassung ringend antwortete Esperanza. Das hat gar nichts mit euch zu tun. Da wurde Karla laut. Ach, nee, ich hab 'nen Halbbruder und hab damit gar nichts zu tun? Und Papa? Was wissen wir denn noch alles nicht, womit wir nichts zu tun haben? Ihr Vater machte eine beschwichtigende Geste. Esperanza wich aus. Ich wollte, dass ihr unbeschwert aufwachst, frei von ... Sie nahm Karlas Hand, doch Karla entzog sich ihr. Verdammte Scheiße, sie hatte ihre Kindheit damit zugebracht, wie eine Irre nach Spuren zu suchen, nach Hinweisen, irgendetwas, und das nannte ihre Mutter jetzt unbeschwert?! Doch sie sagte nichts, sie ging nur wutschnaubend auf und ab. Esperanza sprach leise. Es gibt Dinge ... manchmal ist es besser, wenn man nicht weiß, wenn man sie sich nicht einmal vorstellt. Karla nickte ironisch. Ja, klar, aber eine Mutter, die vollgepumpt mit Tabletten halbtot in der Badewanne liegt, das kann man Kindern zumuten. So, da stand es mitten im Raum, zum ersten Mal ausgesprochen, zum ersten Mal ihrer Mutter mit voller Wucht ins Gesicht geschleudert. Karla, bitte! versuchte ihr Vater einzugreifen. Karla spürte Genugtuung. Ihre Mutter sagte fast flüsternd, das habe ich mir nie verziehen. Karla gab noch nicht auf. Wieso hast du damals versucht, dich umzubringen? Warum?! Karla, widersprach ihr Vater, das ist jetzt wirklich nicht der richtige Moment ... Nun konnte sich Karla nicht mehr zurückhalten. Nee, klar, es ist nie der richtige Moment, es gibt immer irgendetwas Wichtigeres! Oder zu viel zu tun, eine wichtige Sitzung, wann ist denn der richtige

Moment, hm? Wenn wir im Grab liegen! Da haben wir dann alle Zeit der Welt, miteinander zu reden! Das ist doch zum Kotzen! Ihre Mutter schnappte nach Luft, fing sich aber wieder, wollte etwas erwidern. Karl-Otto kam ihr zuvor. Karla, es war eine Kurzschlusshandlung, es gibt Situationen… Deine Mutter war verzweifelt. Aber Karla hatte nicht lockergelassen und brüllte immer nur: Warum?! Warum?! Bis ihre Mutter verwundert sagte, das kann doch gar nicht sein, dass du dich daran erinnerst. Karla reagierte bockig. Wieso nicht? Weil es 1981 war. Karla stutzte. 1981? War es möglich, dass sie sich so klar daran erinnern konnte, obwohl sie gerade erst vier Jahre alt gewesen war? Als sie beteuerte, noch heute das Bild ihrer ohnmächtigen Mutter in der Badewanne gestochen scharf vor sich zu sehen und dazu die Schneeflocken, die wild und spöttisch am Fenster vorbeiwirbelten, kapitulierte Esperanza. Ja, es war ein Winternachmittag, der 23. Februar 1981. Wir waren zu Hause, vor dem Fernseher. Und plötzlich kam die Nachricht vom Putsch in Spanien. Ich habe die Bilder gesehen, die fuchtelnden Pistolen und die Parlamentsabgeordneten, wie sie ängstlich hinter den Sitzen kauerten, es war schrecklich, ich konnte einfach nicht mehr… Karla verstand nun gar nichts mehr. Du wolltest dich umbringen, weil in Spanien ein Putsch war? Wir waren doch nicht in Spanien, wir waren hier! Ihre Mutter rang nach Worten. Das ist schwer zu verstehen, brachte sie heraus. Doch Karla war nicht nach Mitleid zumute. Dann erkläre es mir! Ihre Mutter nickte, wie um sich selbst Mut zu machen, und begann zu sprechen. Ich hatte eine solche Angst, dass alles wieder von vorne anfängt, Franco war seit sechs Jahren tot und dann – so was! Ich hatte kurz vorher mit meiner Schwester Marta einen Antrag gestellt, Onkel Ramóns Überreste ausgraben zu lassen, wir wollten ihn endlich würdig beisetzen, wie meine Großmutter es sich immer gewünscht hatte, aber plötzlich hatten alle wieder Angst, ein Alptraum! Es war, als hätte sein Mörder endgültig gesiegt, ich hatte keine Kraft mehr... Karla war nachdenklich geworden, die Wut war verpufft. Ein trockenes Lachen platzte aus ihr heraus. Als Kind hab ich gedacht, du hättest meinetwegen versucht, dich umzubringen, weil ich immer alles verkehrt gemacht hab und... Ihre Mutter starrte sie entsetzt an. Karla! Kind, wie konntest du so etwas denken! Karla wandte sich ab. Ich hab immer neben mir gestanden, immer nur Mist gebaut, Miguel, der hat sich immer fein rausgezogen, aber ich... Karla konnte nicht weitersprechen und wünschte, ihr Vater würde reagieren. Doch der schwieg. Ihre Mutter hatte wie in Trance geantwortet. Ich wollte alles Schwarze von dir fernhalten. Alles, alles solltest du machen können. Alles...

Karla zog den Meeresmann an sich. Er umfasste sie mit einer Hand, fuhr ihr mit der anderen über die Haare. Sie waren verschwitzt vom Tanzen und von der Aufregung, sie küsste ihn. Er schmeckte gut. Sie lächelte, löste sich und tanzte weiter. Sie würde ewig weitertanzen, gar nicht mehr aufhören und erregt und verschwitzt tot umfallen.

Juan

Juan deckte Rose mit dem geblümten Leintuch zu. Mehr war nicht nötig, und sobald frühmorgens die Sonne aufging, war sogar dieses leichte Laken zu warm, und Rose würde sich wie immer freistrampeln und sich in das sommerliche Trägernachthemd ihrer Mutter einwickeln. Sie bestand jeden Abend hartnäckig darauf, es anzuziehen, obwohl es ihr bis zu den Knöcheln reichte und viel zu weit war. Juan witzelte, das sei ja ein Zelt und kein Nachthemd, aber Rose ließ sich nicht beirren, sie liebte es, sich darin einzuhüllen. Gute Nacht, mein Schatz, sagte Juan, träum schön. Gute Nacht, Paps, sagte sie und schaute ihn forschend an. Bist du verliebt? Juan prustete entrüstet. Wie kommst du denn darauf? Ich finde sie sehr nett und finde es super, dass sie bei den Ausgrabungen mithilft und ... Rose unterbrach ihn. Okay, du bist verknallt. Juan seufzte. Ich weiß nicht ... Rose grinste höhnisch. Doch, bist du! Wetten, sie wird morgen beim Frühstück dasitzen? Juan knuffte sie ärgerlich. Mal sehen. So, und jetzt wird geschlafen! Rose drehte sich zur Wand und schmollte. Juan machte sachte die Tür zu, horchte noch nach und ging schließlich vorsichtig den dunklen Flur entlang. Seine Füße fanden den richtigen Weg fast von selbst, und seine Bewegungen bekamen etwas Traumtänzerisches, Leichtfüßiges. Er ging leise in den Salon, dort musste er nicht mehr aufpassen, das mächtige Ledersofa, auf das sich Marimar gesetzt hatte, und die schweren Sessel standen auf einem dicken, verblassten und etwas zerschlissenen Perserteppich, der die Fugen des Parkettbodens bedeckte, sodass Juan seinen Blick auf Marimar richten konnte und in einer direkten Luftlinie, ohne auf seine Füße zu achten, auf sie zugehen konnte. Marimar hatte ihre Sandaletten ausgezogen und die Beine auf dem Sofa ausgestreckt. Ihre schwarzen Augen schauten ihn ernst und ruhig an. Sie fragte flüsternd, ob Rose eingeschlafen sei. Juan zögerte, er wusste es nicht, wahrscheinlich noch nicht. Er fragte, ob sie noch etwas trinken wolle, er würde gerne noch ein bisschen warten, bis Rose wirklich eingeschlafen war, bis ... Ob das in Ordnung sei ...? Marimars Augen lächelten, sie nickte. Es war ihm unangenehm, dass er das hatte sagen müssen, bis jetzt war alles in der Schwebe gewesen, sie hatten sich nicht einmal berührt, nur kurz hatte er ihre Schulter angefasst, als er sie beim Aufbruch in der Bar gefragt hatte, ob sie noch etwas trinken wolle, bei ihm zu Hause, für Rose sei es schon spät, er müsse sie ins Bett bringen, aber sie könnten bei ihm noch ... Sie hatte seine Hand sanft abgeschüttelt und spontan Ja gesagt. Juan bemerkte, dass sie ihre schnelle Zusage bereute, und führte die Situation wieder auf neutralen Boden, sprach von Vaterpflichten und morgigen Terminen, erwähnte das merkwürdige Haus, das er vor Kurzem geerbt hätte, mit dem er immer noch fremdeln, das ihm aber viele Geschichten erzählen würde. Darauf war Marimar eingegangen, ja, einen Absacker würde sie gerne noch nehmen, und ein Haus mit vielen Geschichten finde sie spannend. Sie fotografiere leidenschaftlich gerne alte Häuser, vielleicht wäre es ja etwas für ihre Sammlung. Juan hatte gelacht, ich soll dir ein Haus für deine Sammlung zeigen? Und auch Marimar hatte lachen müssen, aber da war immer noch alles in der Schwebe geblieben. Und jetzt hatte er ausgesprochen, worauf die Situation hinauslaufen würde.

Nervös fragte er, was sie gerne trinken würde. Was hast du denn? Er zögerte, ging zur altmodischen schweren Holzanrichte, in der die Bar untergebracht war. Der Boden war mit rotem Samt beschlagen, die Innenwände mit Spiegeln bestückt, sodass die vielen staubigen Flaschen sich ins Endlose vermehrten. Juan zählte auf: Cognac, Wermut, Gin, Wodka, Cinzano ... Aber ehrlich gesagt, weiß ich nicht, aus welchem

Jahrhundert die sind. Marimar lachte. Und Bier? Ein schlichtes kühles Bier? Er nickte. Im Kühlschrank. Sie sprang auf. Ich gehe schon, wo ist der Kühlschrank? Juan beschrieb, wo die Küche war, und folgte ihr mit den Blicken, als sie auf nackten, maronenbraunen Füßen in der Dunkelheit des langen Flures verschwand. Er lehnte sich zurück und fühlte sich mit einem Schlag sehr alt. Und er hatte Rose gegenüber ein schlechtes Gewissen. Er hätte nicht so weit gehen sollen, hätte Marimar diskreter einladen müssen. Von Roses Begeisterung für Marimar geblendet, hatte er nicht bedacht, dass die Trennung der Eltern für seine Tochter immer noch schwer zu akzeptieren war. Er fühlte sich elend. Rose würde ihn am nächsten Morgen bestrafen, wahrscheinlich Bauchschmerzen bekommen, oder akute schlechte Laune oder beides zusammen. Und er? Was hatte er nur dabei gedacht, eine junge Studentin zu sich einzuladen? Seit genau siebzehn Monaten und drei Wochen hatte er nicht mehr mit einer Frau geschlafen, und auch davor war er nicht gerade ein Don Juan gewesen. Er hatte eine ungefähre Ahnung, wie sich das anfühlte, die jetzt, angesichts der tatsächlichen Möglichkeit, immer diffuser wurde. Die letzten Male, die er mit Roses Mutter das Bett geteilt hatte, waren kurz und routiniert gewesen. Es waren keine großen Ereignisse gewesen, aber er war dankbar darüber, dass die großen Dramen mit Weinkrämpfen, Tobsuchtsanfällen und dreifachem Orgasmus am Ende der Versöhnung vorbei waren. Diese Kämpfe hatten ihn immer sehr angestrengt, und er war froh über die stillen, friedlichen Abschiedspaarungen, die die endgültige Trennung begleitet hatten. Sie waren freundschaftlich und melancholisch gewesen, beide hatten auf den anderen geachtet und das eigene Bedürfnis gebremst. Sie hatten sich wie ein vertrautes Geschwisterpaar verhalten, das sich im anderen spiegelt und Angst vor dem Unbekannten, das da draußen lauert, spürt. Das war ganz und gar nicht das, was er mit Marimar erleben wollte. Er horchte in den schwarzen Gang hinein. In der Ferne bellte ein Hund, ein anderer antwortete ihm. Dann war Stille. Vom anderen Ende des langen Flures waren gedämpfte Geräusche zu hören, wie Marimar den Kühlschrank aufmachte, wie Bierflaschen zusammenstießen, wie etwas zu Boden fiel, wie etwas über den Boden wischte. Ansonsten war es vollkommen still im Haus, Rose schien eingeschlafen zu sein.

Juan war durch das heftige Reifenquietschen eines Autos aufgeschreckt worden, das direkt vor ihm zum Stehen kam. Er hatte am Eingang seines Hotels in Berlin-Mitte auf Karla gewartet. Sie hatte ihn in der Nacht zuvor angerufen, betrunken und aufgedreht, und gesagt, sie finde es wichtig, dass er vor dem Abflug seine – ihre und seine – Mutter treffe. Und nun bremste sie vor ihm, schlecht gelaunt, bleich und hinter einer riesigen Sonnenbrille versteckt, und machte mit einem Schwung die Beifahrertür auf. Juan hatte bereits eine Stunde auf sie gewartet, war mit seinem Rollkoffer auf der Straße auf und ab gelaufen und hatte sich über die beiden uniformierten Hotelportiers geärgert, die ihn musterten und nicht recht wussten, was sie von ihm, seinem Hin und Her, den fiesen Geräuschen seiner Kofferrollen und seinem unrasierten Gesicht hinter der tschechischen Sonnenbrille halten sollten. Als Karla endlich vor dem Hotel hielt, war er hastig und entschlossen eingestiegen. Knapp, aber höflich hatte er sich bedankt. Karla hatte gnädig genickt und war rasant losgefahren. Sie hatten die ganze Fahrt über nicht gesprochen. Es hätte sie beide zu viel Kraft gekostet, und er wusste auch nicht, was er hätte sagen sollen. Sein ganzer Mut hatte ihn verlassen. Karla war offensichtlich verkatert und mit anderen Gedanken beschäftigt. Als sie anhielten, hatte Juan die Häuserzeile betrachtet und bemerkt, wie grässlich es war, dass man diese schönen klaren Stuckfassaden in Bonbontönen anpinselte. Sein Trigeminusnerv über dem rechten Auge hatte angefangen zu schmerzen und zu pochen, während Karla angespannt auf zwei vollbepackte Frauen starrte, die auf einen limettengrünen Hauseingang zusteuerten. Eine der beiden hatte einen Haustürschlüssel hervorgeholt und mit der anderen Frau gescherzt. Karla ließ sie nicht aus den Augen, nickte Juan cool zu und machte ihm mit einem ungeduldigen Zeichen deutlich, dass er aussteigen solle. Juan war aus dem Auto geklettert, hatte seinen kleinen Koffer geschnappt und war Karla gefolgt, die geradewegs auf die beiden Frauen zuging. Er war hinter ihr hergeschlichen und hatte den Eindruck gehabt, Karla würde ein Spiel spielen, er wusste nur nicht, mit wem. Plötzlich drehte sich die Frau mit dem Hausschlüssel um, starrte ihn an, wurde kreidebleich und hob sich scharf von der limettenfarbigen Wand ab. Sie nahm Karla gar nicht wahr, doch die andere Frau schloss Karla in die Arme. Karla, wie schön! Karla ließ sich steif umarmen, wandte sich dann aber vorwurfsvoll der Frau mit dem Schlüssel zu und zeigte auf Juan. Er hörte auf zu atmen, das war also seine Mutter, diese biedere, rundliche bleiche Frau, die ihn anstarrte, als ob sie einen Geist sähe. Juan versuchte, seine Atmung wieder in Gang zu setzen, nahm die tschechische Sonnenbrille ab und ging mit schwankenden Beinen auf sie zu. Er empfand nichts. Er registrierte nur, dass seine Beine, trotz Wellengang, einen Schritt nach dem anderen taten und vor dieser Frau mit den unheimlichen Augen anhielten. Dann ging sein Mund selbsttätig auf und setzte zwei Silben zusammen, die er in die Außenwelt losschickte. HO-LA ... Auf einen Schlag erfasste die Frau, die seine Mutter sein sollte, die Situation. Sie schüttelte vehement den Kopf und drehte sich schroff um. Er schaute an seinen Beinen hinunter und wurde sich der Dimension der Katastrophe bewusst: Er stand mit beiden Füßen auf einer Fuge. Von da an nahm er nichts mehr wahr, er machte kehrt und marschierte mit seinem Rollkoffer stumpf in Richtung Flughafen los. Er hatte viel Zeit und einen guten Orientierungssinn. Er lief und lief, bis seine Beine nicht mehr schwankten, achtete dabei peinlich genau darauf, auf keine noch so winzige Rille zu treten. Immerzu sah er ein riesiges bleiches Gesicht vor einer limettenfarbigen Wand mit aufgerissenen dunklen Augen, die ihn verständnislos anstarrten und immer größer und größer wurden, bis sie explodierten. Wieder und wieder verscheuchte er dieses Gesicht und zwang sich, auf den Weg zu achten. Je länger er lief, desto mehr sehnte er sich nach seiner Exfrau. Er hätte ihr gerne erzählt, dass er seine Mutter getroffen hatte und wie sie ihn voller Panik angestarrt hatte. Er wusste nicht, warum, aber er fand, dass sie wissen sollte, dass er versucht hatte, sich seiner Mutter zu stellen, und dann doch nicht mit ihr hatte reden können, es aber nicht seine Schuld gewesen war. Er hätte ihr gerne ein Happy End erzählt, wie seine Mutter ihn lachend und schluchzend in die Arme schloss, wie er sie sofort erkannte, wie sie sich beide bei einem schönen Essen stundenlang ihre Leben nacherzählten ... Aber all das war nicht passiert, und das hätte er eigentlich wissen müssen. Sein Vater hatte ihm kurz vor seinem Tod gesagt: Ich wünschte, ich könnte dir mehr erzählen, aber ich kann nicht. Das hatte Juan ihm nicht verziehen. Auch als er sich nach dem Tod seines Vaters durch dessen Aufzeichnungen, Gedichte und Tagebucheinträge gegraben hatte, auf der Suche nach Antworten, hatte er nur dürftige Hinweise gefunden. Geheimnisvolle einsame Sätze, wie: *Ich stand damals an einer Wegkreuzung, die nur zwei Möglichkeiten für mich bereithielt: Mord oder Flucht. Ich wählte die Flucht.* Was war zwischen seinen Eltern passiert, dass es so enden musste? Was hatte seine Mutter seinem Vater nur angetan, dass er sie derart verleugnen musste? Warum hatte er Juan mit dieser großen Schuld aufwachsen lassen, beladen mit selbstquälerischen Vorwürfen, immer in dem Glauben, er sei für den Tod seiner Mutter und für die Trauer seines Vaters verantwortlich. Nach anderthalb Stunden Marsch durch menschenleere

Straßen mit riesigen Bürgersteigen hatte Juan bemerkt, dass er in der Nähe des Flughafens sein musste. Flugzeuge brausten über seinen Kopf hinweg, und die heulenden Motoren von startenden Maschinen waren immer deutlicher zu hören. Die Straßenlaternen waren angesprungen und rhythmisierten seinen Weg mit regelmäßigen hellen Kegeln. Während Juan abwechselnd in dunkle Schatten und blendende Lichtzonen trat, wünschte er sich, in dieser Nacht abzustürzen. Er stellte sich vor, wie Roses Mutter die Nachricht von seinem Tod erhalten und – trotz allem – um ihn weinen würde, wie sie Rose trösten und nur das Allerbeste über ihn erzählen würde. Juan schnaubte. Wie blöd. Natürlich wollte er nicht sterben. Während er stoisch auf die Eingangshalle des Flughafens zuging, beschloss er, gleich nach der Landung seine Exfrau anzurufen und sich bei ihr zu bedanken.

Als er sie gefragt hatte, ob er Rose den Sommer über mit nach Spanien nehmen dürfte, da er nicht allzu viel zu tun haben würde und viel Zeit mit seiner Tochter verbringen könnte, hatte Roses Mutter erstaunlicherweise sofort zugestimmt und gesagt, es wäre für Rose wichtig zu sehen, woher ihr Vater kam. Er wollte ihr sagen, wie viel es ihm bedeutete, dass sie, wie immer rascher als er selbst, verstanden hatte, dass im Dorf seiner Eltern, auf dem Anwesen seines Großvaters, die Antworten zu finden waren, die er suchte. Aber bisher waren sie ausgeblieben. Ein paar Tage nachdem Juan mit seiner Tochter Rose in das riesige Gutshaus eingezogen war, stieß er auf einen Text seines Vaters, der ihn sehr aufwühlte. Es war eine merkwürdige Kurzgeschichte über eine junge Frau, die ihr Dorf verlässt und nie mehr zurückkehrt, und einen jungen Mann, der die ganze Welt bereist, um sie zu finden. Sein Vater hatte diese Kurzgeschichte, die ein holpriges, abruptes Ende hatte, als ob er nicht gewusst hätte, wie er sie zu Ende schreiben sollte, mit den Worten begonnen: *Schreiben ist der*

Versuch, die Zeit an einem Punkt anzuhalten, der uns besonders kostbar oder schmerzhaft erscheint, es ist der anmaßende Versuch, die Zeit festzuhalten und uns einen in Worte eingefrorenen, unsterblichen Moment zu ergaunern. Und dann folgte die akribische Beschreibung einer Abschiedsszene an einem kleinen Dorfbahnhof, die Juan, während Rose längst schlief und nach anderthalb Rotweinflaschen, in jener Nacht auf dem brüchigen alten Ledersofa des Gutshofsalons gelesen und die ihm Tränen in die Augen getrieben hatte.

Was ist mit dir? Marimar stand mit zwei Bierflaschen in der Hand vor ihm. Was ist los? Juan setzte sich auf. Nichts, wieso? Marimar wurde misstrauisch. Du weinst. Juan wischte sich schnell die Tränen weg. Nein... Marimar stellte die Bierflaschen etwas zu heftig auf den Tisch, lächelte kurz und schaute ihn lauernd an. Juan nahm ein Bier und ließ sich zurückfallen. Okay, ja. Ich habe wohl geweint, trinkst du trotzdem ein Bier mit mir? Marimar nickte und setzte sich, aber nicht zu Juan auf das Sofa, sondern in einen Sessel. Juan setzte ein schiefes Lächeln auf, er fühlte sich hundeelend und abgrundtief müde. Dieses Haus mit seinen vielen Geschichten stimmt mich melancholisch, aber keine Sorge, es ist alles okay, ich bin nicht durchgeknallt oder so was. Marimar erwartete offensichtlich eine Erklärung. Doch er wusste auch nicht, wie es jetzt weitergehen sollte. Wir trinken jetzt ein Bier und dann... Er hob fragend die Schultern, nahm seine Bierflasche und hielt sie Marimar entgegen. Sie knallte ihre schwungvoll dagegen, neigte den Kopf ein wenig und fragte: Und dann...? Sie tranken beide gleichzeitig und ließen sich dabei nicht aus den Augen. Dann kannst du so viele Fotos von dem Haus machen, wie du willst, sagte er. Sie schaute sich um und grinste. Jetzt ist kein gutes Licht, um Fotos zu machen. Juan setzte ein bedauerndes Gesicht auf. Dann musst du wohl bis morgen hierbleiben, vielleicht ist dann besseres Licht; oder bist du eine verzauberte

Prinzessin, die sich bei Anbruch der Dämmerung in Luft auflöst? Marimar lachte. Erzählst du mir die ganze Nacht Geschichten? Juan wurde schlagartig wach. Soll ich? Sie nickte ernst. Er klopfte einladend auf das Lederpolster an seiner Seite. Dann musst du näherkommen. Er war überrascht, dass es keiner weiteren Überredung bedurfte, Marimar setzte sich neben ihn. Juan begann, die Geschichte der Frau zu erzählen, die ihr Dorf verließ und nie wieder zurückkehrte. Marimar hörte aufmerksam zu. Juan erzählte gut in dieser Nacht und nahm den schwierigen Momenten das Dramatische, sodass Marimar, obgleich gebannt von der Geschichte, immer wieder aufatmen konnte. Kurz bevor er das unbefriedigende Ende erreichte, hielt er inne. Marimar wurde ungeduldig. Was ist? Wie geht es aus? Findet er sie? Er beugte sich zu ihr, willst du es wirklich wissen? Marimar nickte. Ohne zurückzuweichen, hielt sie seinem Blick stand. Juan wurde übermütig. Er entschloss sich, einen tollkühnen Angriff zu wagen. Hier und jetzt. Er rutschte auf dem Leder in ihre Richtung und sagte, die Fortsetzung gibt es erst bei Tagesanbruch. Marimar spielte die Empörte, beschwerte sich, das sei hinterlistig, sie wolle ihr Geld zurück, bis Juan sie lachend stillküsste. Er umfing sie und wollte sie zu sich ziehen, doch er hatte ihren Schwung unterschätzt und rutschte mitsamt Marimar vom Sofa auf den dichten Perserteppich. Sie landete auf ihm und wurde von zwei riesigen fransigen Sofakissen zugedeckt. Juan fühlte sich beraubt, jeglicher Übermut war verflogen. Er lugte vorsichtig zwischen die Kissen und sah direkt in Marimars schwarze Augen. Hast du dir wehgetan? prustete sie los. Juan verneinte und fragte zurück, ob sie sich wehgetan habe. Sie schüttelte den Kopf, konnte gar nicht mehr aufhören zu lachen. Juan stieß die Kissen zur Seite, hielt ihren Kopf mit beiden Händen fest. Marimar erkannte seine Angst und wurde still. Sie führte seine linke Hand an ihr Herz. Er spürte es schlagen, lauschte mit seiner Hand dem Pochen. Je schneller Marimars Herz schlug, desto ruhiger wurde Juan. Er begann sie zu erkunden. Sie schob sich ihm entgegen und legte eine Hand in seinen Schritt. Juan bremste sie, nach so vielen Monaten Enthaltsamkeit wollte er auf gar keinen Fall eine peinliche Überraschung. Er schob seine Hände in ihre Jeans und bahnte sich einen Weg. Als sich Marimars Oberschenkel um seinen Unterarm pressten und ihre Atmung schneller wurde, wusste er, dass er sich auf dem richtigen Weg befand.

Esperanza

Die beiden Schwestern saßen da und lauschten in die Nacht. Sie hingen ihren Gedanken nach, waren satt und berauscht vom Orujo. Marta hatte Esperanza doch noch einmal nachgeschenkt und sich dann auch ein »vorletztes« Gläschen genehmigt. Sie hatten sich wortlos darauf geeinigt, von anderen Dingen zu sprechen. Esperanza begann, sich Sorgen um Karla zu machen. Als sie die Nachricht ihrer Tochter erhielt, seufzte sie ärgerlich, doch Marta nahm ihre Nichte in Schutz. Lass sie doch, sie ist noch jung, sie soll sich amüsieren. Esperanza setzte an zu sagen, dass Karla eigentlich nicht mehr so jung war, aber ihr fehlte die Kraft. Sie nickte nur. Sie sprachen von Nachbarn, von den Wohnungspreisen, von der Krise, von der Jugend, die wieder auswanderte, nach Mexiko, nach Buenos Aires, nach Berlin ... Esperanza erzählte, auf den Berliner Straßen würde man jetzt viel Spanisch hören, junge Leute, die ganz anders wirkten und sich bewegten als sie damals ... Sie verstummte abrupt, sie wollten ja nicht davon sprechen. Marta spürte die Befangenheit ihrer Schwester und missverstand den Grund. Sie fragte Esperanza, ob sie jetzt offiziell in Rente sei. Esperanza sagte, jein, sie habe ihre Abschiedsfeier zwar hinter sich, aber eine echte Rentnerin sei sie erst ab nächstem Monat. Sie erzählte, dankbar für dieses unverfängliche Thema, von ihrer Verrentungsfeier in Berlin. Wie ihre Freundin Renate ihr die Augen zugehalten und sie kichernd, an all den Kolleginnen vorbei, in einen Raum geführt, die Hand vor Esperanzas Augen weggenommen und übermütig gerufen hatte: So, jetzt! Auf einem Tisch, neben vielen Geschenken mit Grußkarten ihrer Kolleginnen, standen ein riesiger roter Blumenstrauß und ein vergrößertes Schwarzweißfoto von Esperanza als junger Frau mit dem jungen Carlotto, der jungen Renate und einem weiteren jungen Mann. Sie trugen ein selbstgemaltes Transparent und grinsten breit in die Kamera, Esperanza reckte die geballte Faust in die Höhe. Sie hatte lächeln müssen. Auf der Rückseite des Fotos stand in Renates vorwitziger, geschwungener Schrift: *Septemberstreiks 1969. Vergiss nie die wilden Sechziger und uns. Alles Liebe zur Rente wünscht Dir Deine Renate.* Esperanza war gerührt gewesen, Renate hatte sie angestrahlt und auf einen Umschlag gezeigt, der im Blumenstrauß steckte. Von allen Kolleginnen, für dich.

Was Esperanza ihrer Schwester jedoch nicht erzählte, war, dass sie diesen Umschlag aufgemacht und einen Überraschungsschrei ausgestoßen hatte. Ein Flug nach Madrid! Wie kommt ihr denn da drauf? Esperanza hatte nicht gewusst, was sie davon halten sollte, und dennoch begonnen, sich zu bedanken, als sie, zu ihrer großen Erleichterung, mitten im Satz unterbrochen wurde. Die Kolleginnen und der Betriebsrat, alle wollten auf Esperanza anstoßen. Selbst der Abteilungschef hatte sich ein Gläschen Sekt genommen, es erhoben und eine dieser austauschbaren Reden angestimmt, die Esperanza normalerweise hasste, die sie in diesem Moment aber davon befreite, weiter über die Möglichkeit nachzudenken, nach Spanien zu fliegen. Esperanza hatte einen großen Schluck Sekt genommen. Sie wusste noch genau, wie das Sektglas in ihrer Hand geglitzert hatte, wie dann plötzlich alle geklatscht hatten. Die Rede musste vorbei sein, und sie war wieder zu sich gekommen. Renate hatte schwungvoll mit ihr angestoßen. Also, meine Liebe: Auf die Freiheit! Auf die Freiheit …, hatte Esperanza nachdenklich wiederholt. Ja, dachte sie, es geht alles so schnell, und plötzlich ist die Rente da. Wo waren all die Jahre hin, die wilden Pläne? Die aufgeschobenen Wünsche? Sie fühlte sich alt und jung gleichzeitig, sie fand es merkwürdig, dass manches ihr vorkam, als wäre es erst vor ein paar Tagen geschehen, und anderes ihr so fremd war, als gehörte es zu einer anderen Person. Sie kannte sich nicht mehr aus. Seit dem Anruf ihrer Schwester waren die Erinnerungen durcheinandergekommen, hingen drohend über ihr und schlugen aus dem Hinterhalt zu. Sie und Renate hatten eine Weile geschwiegen, eine melancholische Pause war entstanden. Dann hatte Renate sich zusammengerissen und erneut ein Lachen aufgesetzt. Na komm, jetzt wird erstmal gefeiert! Sie hatte Esperanza zu den Kolleginnen geschoben, die sie sektfröhlich umringten. Alles Gute! Na, Frau Katzbach, was machste nun ohne uns? Na, mich langweilen! Alle lachten. Willste denn zurück nach Spanien? Esperanza schüttelte den Kopf und antwortete mechanisch. Nee, mein Mann hat, Gott sei Dank, noch Arbeit, die Kinder sind hier, und meine Enkel … Die Kolleginnen hatten sich weiter lautstark unterhalten. Ohne dass die anderen es hören konnten, hatte Esperanza zu Renate gesagt: Komisch, seit ich hier bin, fragen mich alle, wann ich wieder zurückwill. Seit zweiundvierzig Jahren werde ich das gefragt. Esperanza hatte ihren Sekt ein wenig zu hastig getrunken und abwesend die Blasen fixiert, die unruhig im Glas perlten.

Marta legte ihr eine Hand auf den Unterarm. Espe! Esperanza drückte die Hand ihrer Schwester. Espe, du machst mir Angst. Esperanza fragte erstaunt: Wo sind nur all die Jahre hin? Ihre Schwester seufzte verständnislos, ja, wir waren alle mal jung … Das Telefon klingelte. Marta sprang auf, schien froh, der merkwürdigen Stimmung ihrer Schwester zu entkommen. Esperanza konnte es ihr nicht verübeln, sie wusste selbst nicht, wohin mit sich. Kurz nachdem Marta in das dunkle Haus eingetaucht war, verstummte das Telefon, dann war Stille. Ein Licht wurde eingeschaltet. Esperanza spürte einen heftigen, schneidenden Schmerz im Bauchraum und horchte, doch Martas Stimme drang nicht bis nach draußen. Esperanza wurde unruhig. Dabei war es bestimmt ein ganz harmloser Anruf, eine Nachbarin oder eine Cousine in Plauderlaune, Esperanza stand auf und ging auf und ab. Immer noch Stille. In der Ferne war ein Motorrad zu hören, das aufheulte und knatternd davonfuhr. Dann wieder Stille. Sie würde es nicht verkraften, wenn Karla etwas zustieß, dann würde sie sterben oder Amok laufen oder sich ins Bett legen und nie wieder aufstehen. Schließlich hielt sie es nicht mehr aus, ging ins Haus und rief: Marta, wer ist es? Ihre Schwester antwortete prompt. Es ist Carlotto! Esperanza lächelte erleichtert, da kam ihr Marta auch schon entgegen und flüsterte ernst. Er ist stinksauer, hattest du ihm wirklich nicht gesagt, dass du hier bist? Esperanza schüttelte nur aufmüpfig den Kopf, sie war so froh, dass Karla nichts passiert war. Martas vorwurfsvoller Blick konnte ihr nichts anhaben. Sie nahm den Hörer in die Hand und begann schuldbewusst eine Erklärung. Ihr Mann unterbrach sie mit einem wütenden Wortschwall. Esperanza verstand ihn so gut, wahrscheinlich war er wahnsinnig vor Sorgen gewesen, bis er soeben mit Marta gesprochen und erfahren hatte, dass sie hier bei ihr war. Esperanza tat es jetzt leid, dass sie nicht hinterlassen hatte, wohin sie wollte. Es war ein kindischer Impuls gewesen, der Wunsch, er solle leiden und sich Vorwürfe machen. Esperanza entschuldigte sich. Aufrichtig. Und mit unsicherer Stimme versuchte sie zu erklären, wie die ganze Geschichte sie so plötzlich überrollt hatte. Karl-Otto brauste wieder auf. Was heißt hier »plötzlich«? Dein Sohn ist schon dreiundvierzig. Dreiundvierzig! Du hättest mir das doch sagen können! Ich hätte doch nie… Esperanza erwiderte kleinlaut, sie habe es ja versucht. Dann schwieg sie wieder. Diesmal wartete Karl-Otto, Esperanza gab sich einen Ruck. Ich konnte nicht, ich hatte Angst, dass… Karl-Otto klang fassungslos. Wie, Angst? Nach allem, was wir zusammen… Nach all dem! Esperanza hielt inne, horchte in den Hörer hinein. Er redete sich in Rage. Ich kenne meine eigene Frau nicht! Wie konntest du nur all die Jahre mit mir lachen, reden, aufwachen ... Wie geht das? Kannst du mir das mal verraten? Wie geht das? Ich weiß es nicht, gab Esperanza zu. Karl-Otto wurde noch lauter. Wieso hast du mir nie etwas erzählt? Darauf wurde auch Esperanza heftiger. Wieso hast du mich nie gefragt? Er brüllte in den Hörer. Du hast doch nie gerne über dein Dorf geredet. Was hätte ich denn fragen sollen? »Hast du eine dunkle Vergangenheit?« oder was?! Und nach deinem Selbstmo..., nach dem Putschversuch wolltest du erst recht nicht darüber reden. Das habe ich respektiert! Esperanza verstummte. Er hatte ja Recht, sie hätte ihm von Anfang an alles erzählen müssen. Aber als sie ihn kennenlernte, in ihrer Anfangszeit in Deutschland, war sie wie eingeschlossen in einem Eisblock. Erst dank Renate war sie aufgetaut.

Die neue Freundin hatte sie an einem trüben Freitagabend im Oktober nach vielem Zureden zu einer Gewerkschaftsfete mitgeschleppt. Esperanza war unsicher und auch ein wenig aufgeregt, untergehakt bei der forschen, hübschen Renate in das Lokal gegangen und hatte alles aufgesogen. Die Gerüche der leicht vernachlässigten, weitläufigen Fabriketage und der staubigen, mit Flugblättern, Plakaten und Ordnern vollgestopften Regale. Die Gesichter der vielen fremden Leute, die herumstanden und redeten, lachten und sich freudig begrüßten. Die laute Musik, die Sprache, die für sie noch aus einigen wiedererkennbaren Brocken und vielen fremden Worten bestand und ihr große Anstrengungen abverlangte. Esperanza war es ganz schwindelig geworden. Gleich am Anfang war ihnen auf dem Gang ein junger Mann entgegengekommen. Er stürmte freudestrahlend auf Renate zu und küsste sie. Renate kürzte die Begrüßung ab und stellte die beiden einander vor. Esperanza, das ist Heinz. Und zu ihm gewandt. Das ist meine Freundin Esperanza. Nachdem Heinz Ich-hol-uns-was-zu-trinken posaunt hatte und verschwunden war, fragte Renate Esperanza aufgeregt, wie sie ihren Freund finde. Esperanza zuckte verlegen mit den Schultern. Ich weiß nix … er sehr blond. Renate lachte. Und im Bett erst, da ist er vielleicht blond. Strahlend blond! Esperanza war es peinlich, aber sie war auch neugierig. Du hast … mit ihm? Renate schaute sich um, bevor sie es zugab. Ja. Und du? Zum Glück musste Esperanza nicht antworten, denn auf einmal stand ein anderer Mann vor ihnen und hielt ihnen ein paar Flugblätter unter die Nase. Kolleginnen, schließt euch einer guten Sache an, wir brauchen jede Stimme. Es geht um unsere, um eure Mitbestimmung in den Betrieben. Esperanza schaute in bernsteinfarbene Augen, die sie durch dunkelbraune, leicht wellige Haarfransen hindurch schelmisch anblinzelten. Renate reagierte schlagfertig. Ja, *claro*, und das willst du mit uns auf der Couch diskutieren?! Esperanza hatte über ihre freche Freundin grinsen müssen, doch der Kerl war nicht aus der Ruhe zu bringen und ging auf Renates zweideutigen Ton ein. Ja, das wäre dufte, wir könnten eine Intensivschulung machen! Renate lachte kokett. In diesem Moment tauchte Heinz mit zwei großen Gläsern Berliner Weiße mit Schuss auf, die er Renate und Esperanza überreichte, und pflaumte den jungen Mann an. Mensch, Karl-Otto, lass die Mädels in Ruhe mit deiner Agitation, die wollen sich amüsieren. Karl-Otto ruderte zurück, nicht ohne Esperanza zuzuzwinkern und frech zu lächeln, nahm Heinz etwas zur Seite und redete auf ihn ein. Esperanza beobachtete neugierig, wie er ein paar Mal auf seine Flugblätter zeigte und eindringlich mit seinem Kumpel sprach und wie Heinz aufmerksam zuhörte und nickte. Renate ihrerseits redete auf Esperanza ein. Du musst mehr ausgehen, Espe, du bist schon zu lange allein. Das ist doch nicht gut, so viele Wochenenden allein, das macht hässlich. Esperanza schlürfte verlegen an ihrem Glas. Du musst dir einen »Kartoffel« angeln, dann lernst du schneller Deutsch. So hab ich Spanisch gelernt, die schnellste Sprachschule, sag ich dir! Renate lachte vergnügt, während Esperanza beobachtete, wie

Karl-Otto mit seinem Flugblattstapel weiterzog. Heinz steckte ein Flugblatt in die Hosentasche, kam zu ihnen zurück, fasste Renate besitzergreifend um die Taille und drückte sie an sich. Renate reichte ihr Glas an Esperanza weiter und zog Heinz auf die Tanzfläche. Verstohlen verfolgte Esperanza, wie Karl-Otto, trotz Musik und Trubel, unermüdlich seine Flugblätter unter die Leute brachte. Als er nur noch ein einziges in der Hand hielt, kam er zielstrebig auf sie zu. Hier, mein letztes, wenn ich das nicht loswerde, hab ich mein Soll nicht erfüllt. Esperanza zögerte, sie hatte ihn nicht verstanden. Karl-Otto setzte einen flehenden Hundeblick auf und streckte ihr das Papier entgegen. Bitte. Esperanza musste über seinen Ausdruck lachen und nahm ihm das Flugblatt ab. Karl-Otto betrachtete sie begeistert. Woher kommst du? Griechenland? Esperanza verneinte. Italien? Nein, warte: Jugoslawien? Esperanza lachte. Noo, Spanien. Karl-Otto machte eine alberne Bewegung. Ah, España, olé. Esperanza nickte knapp. Karl-Otto ließ nicht locker. Willste tanzen? Kann nix, sagte sie trocken. Du kannst nicht tanzen? Glaube ich dir nicht, das kann doch jeder, tanzen. Karl-Otto nahm ihr die Gläser ab, stellte sie auf den Boden und zog Esperanza an einer Hand zur Tanzfläche. Sie ließ sich mitziehen. Renate, die immer noch mit Heinz tanzte, nickte ihr aufmunternd zu. Während sie sich im Rhythmus der Musik drehten, fragte sie ihn, ob er wirklich so hieß, und verwandelte dabei seinen Namen in ein »Carrlotto« mit rollendem Klang. Er bestätigte: Ja, Karl-Otto, scheußlich, nich? Und du? Sie nannte ihm ihren Namen. Es-pe-ran-sa, sprach er nach. Ja, sagte sie, ist: Offnung. Ach so, Hoffnung, schöner Name, erwiderte Karl-Otto. In diesem Moment ging die Musik in einen Cha-Cha-Cha-Schlager über. Sofort nahm Carlotto die klassische Paartanzstellung ein, packte Esperanza forsch um die Taille und legte mit den ersten, gut gelaunten Cha-Cha-Cha-Schritten los. Mit einer Heftigkeit, die sie selbst erstaunte, riss sie sich los und ging schnell von der Tanzfläche. Carlotto war völlig verdutzt. Esperanza setzte sich verkrampft auf einen Stuhl und suchte Renate mit dem Blick, doch die Freundin war nirgends zu sehen. Carlotto kam näher, zögerte, setzte sich dann aber doch neben sie. Esperanza, entschuldige. War ich zu grob? Es war nicht meine Absicht…, sagte er unsicher, weißt du, ich tanze so gerne. Tanzen. Nur tanzen. Ich wollte nicht… Esperanza beruhigte sich langsam. Nicht du… ich…, versuchte sie zu erklären. Das macht doch nichts, wenn du nicht tanzen kannst. War eh ein grauenvoller Schlager, von vorgestern, sagte er schnell. Esperanza schaute ihn fragend an. Der Mief von vorgestern. Er machte eine Grimasse dazu. Sie äffte ihn belustigt nach. Derr-miefon-vor-ges-terrn? Da hatte er grinsen müssen. Ja, der Mief, Muff. Er hatte sich an die Nase gefasst, sie gerümpft und dabei einen Satz gesagt, der Esperanzas Erinnerung wie ein Stempel aufgedrückt worden war, obwohl sie erst viel später erfahren hatte, was es mit diesem Satz auf sich hatte: »Muff von tausend Jahren.« Damals hatte sie ihm amüsiert nachgesprochen, ohne ein Wort zu verstehen: Muffon-tausend-jarren? Carlotto hatte aufgelacht und sie korrigiert. Muff, nicht Muffon, »Unter den Talaren der Muff von tausend Jahren«. Und Esperanza hatte ihr Bestes gegeben: Derr-muff-von-tausend-jarren.

Esperanza, bist du noch dran? fragte Karl-Otto am anderen Ende der Leitung. Esperanza tauchte wieder auf und murmelte in den Telefonhörer hinein, ja, tschuldige, ja, ich höre. Karl-Otto schien unsicher. Und, wieso antwortest du nicht? Esperanza versuchte, ruhig zu bleiben, sich zu konzentrieren. Was hatte er sie gefragt? Dann hörte sie ihre eigene Stimme: Dieser Mörder, dieses Dreckschwein, das immer dasaß, in seinem Korbsessel vor dem Haus, der in der Kneipe unbekümmert Karten spielen konnte und Wermut trinken, ohne dass ihm jemand auch nur ein Härchen krümmte. Er saß da, machte Späße und hörte Cha-Cha-Cha… Sie sprach leise weiter, während sie ihre Schwester in der Küche hantieren hörte. Ich hatte immer gedacht, wenn Franco endlich stirbt… Aber dann passierte nichts, einfach nichts! Das Schwein starb friedlich zu Hause, in seinem Bett, dieses verfluchte Bett! Ich konnte es einfach nicht ertragen, ich wollte nicht mehr daran denken. Karl-Otto horchte auf, setzte an, verstummte wieder. Esperanza schaute aus dem Wohnzimmerfenster in die Nacht. Zum ersten Mal nach langer Zeit sprach sie wirklich mit ihm, mit ihrem alten Carlotto. Vielleicht war es am Telefon einfacher, ihm zu sagen, was sie ihm schon vor langer Zeit hätte sagen müssen. Ich hatte Angst, dich zu verlieren, alles, was ich in Berlin hatte… Du warst mein Leben, meine neue Heimat. Karl-Otto schwieg überrumpelt. Dann sagte er, er habe so eine Schweineangst gehabt, dass sie eine Dummheit macht. Er sei froh, dass sie bei ihrer Schwester sei. Esperanza lächelte, ja, es war dumm von mir, dir nicht zu sagen, wo ich bin. Mach dir keine Sorgen, ich komme bald zurück, ich weiß noch nicht genau, wie lange ich bleiben muss, aber bald sind wir wieder da. Sie wollte noch hinzufügen, dass sie ihm dann, zu Hause, alles erzählen würde, aber sie war sich nicht sicher, ob sie das wirklich einlösen könnte. Stattdessen sagte sie, sie sei froh, dass Karla bei ihr sei. Karl-Otto lachte auf, ja, das sei ungemein beruhigend, er wüsste nicht, um wen er sich mehr Sorgen machen müsse und wer verrückter sei, die Mutter oder die Tochter. Esperanza tat empört und wies ihn zurecht, aber er neckte sie so lange weiter, bis sie lachen musste. Plötzlich wusste sie wieder, warum sie ihn liebte, noch immer und nach all den Jahren. Warum nur fiel es ihr so schwer, es ihm zu sagen? Es war doch nicht kompliziert, drei Worte auszusprechen, in jedem zweiten Film sagen die Figuren irgendwann diese drei Worte und fallen sich schluchzend oder selig in die Arme. Sie konnte ungemein gut mit Carlotto streiten, ihn bei der Arbeit unterstützen, ihn bekochen, mit ihm tanzen, lachen, sie hatte bei ihrer Hochzeit laut, mit ihrem starken spanischen Akzent und voller Überzeugung »Ja, ich will« gesagt, aber sie hatte eine tiefe, verwinkelte Scheu davor, ihm ihre Liebe zu gestehen. Karl-Otto fragte versöhnlich, Espe, kannst du mir noch kurz Karla geben? Esperanza war es etwas unangenehm. Nein, Karla ist nicht da, sie ist noch tanzen gegangen, aber ich sage ihr, dass sie dich morgen anrufen soll. Karl-Otto grummelte. Tanzen gegangen, natürlich, was denn sonst! Sie ging nicht darauf ein und sagte unvermittelt, Carlotto, weißt du, ich war wie ein wurzelloser Baum, bevor ich dich kennenlernte. Karl-Otto wurde ganz still. Esperanza lauschte in den Telefonhörer hinein. Sie hörte ihn atmen, atmete im selben Rhythmus, liebte ihn sehr, dann sagte er, nein, Espe, du hattest ganz tiefe, starke Wurzeln, deswegen bist du nie umgefallen. Esperanza fröstelte, die angenehme Wirkung des Orujo hatte schlagartig nachgelassen. Ich weiß nicht, sagte sie, vielleicht, aber ohne dich wäre ich ein Baum ohne Triebe und ohne Früchte geblieben.

Nach dem Telefonat half Esperanza ihrer Schwester, die Küche aufzuräumen. Dann kroch sie todmüde ins Bett wie ein Tier in seine Höhle. Sie hatte Angst, dass die Erinnerungen sie wieder aus der Dunkelheit heraus anfallen könnten, und ließ das Nachttischlämpchen an. Die Sorgen um Karla schob sie weg. Sie würde einfach einschlafen, und am nächsten Morgen wäre Karla in ihrem Bett und würde irgendwann mit verstrubbelten Haaren und schlechter Laune in die Küche schlurfen und sich ein Omelett machen. Doch sie kam nicht zur Ruhe. Sie konnte nicht aufhören, an Karl-Otto zu denken. Warum war es so schwer, ihm alles zu sagen, ihm zu erzählen, wie alles wirklich gewesen war? Carlotto wusste von der Ermordung ihres Onkels und auch davon, dass Marta und sie schon vor vielen Jahren versucht hatten, ihm ein würdiges Begräbnis zu geben. Aber wie es für sie wirklich gewesen war, hatte sie ihm nie erzählt. Die Geschichte hatte früher angefangen und später aufgehört. Sie hatte Carlotto nie erzählt, dass sie als Kind die Erschießung von Onkel Ramón mitangesehen hatte. Und auch nicht, dass Alfonso ihr damals das Leben gerettet hatte, mit seinen eiskalten Kinderfingern. Und dass Alfonsos Vater ... Plötzlich war sie hellwach.

Carlotto strahlte sie an, sie sah seinen lächelnden Mund, diesen Mund, den sie so gut kannte, der sich damals noch hinter einem Schnurrbart versteckte, sie sah, hell und überdeutlich, wie dieser schöne Mund sich näherte, immer größer wurde und sie küsste. Sie erwiderte den Kuss. Er knabberte an ihrem Mund und tastete sich vorsichtig mit der Zunge voran. Sie erinnerte sich daran, wie ihr Bauch angefangen hatte zu glühen, und sie dachte, ihre Bauchdecke müsse explodieren, wenn Carlotto sie weiter küsste. Carlotto küsste sie weiter, und ihre Bauchdecke explodierte, ihr Unterbauch zuckte und schickte Wärmewellen in ihren ganzen Körper. Esperanza hatte innegehalten und diesem neuen Gefühl, das mit solcher Wucht über sie hereinbrach, nachgespürt. Sie hatte sich entspannt und matt gefühlt, und alles hatte gestimmt, sie, Carlotto, selbst sein komischer Schnauzer, der sie am Mundwinkel kitzelte, sein Junggesellenbett, das nach selbstgedrehten Zigaretten und vertrockneten Apfelbutzen roch, einfach alles. Sie war sehr müde, ihre Augenlider waren schwer geworden, aber Carlotto hatte sie weiter geküsst, unermüdlich hatte er sich vorgetastet. Esperanza wusste, worauf das hinauslaufen würde, und zum ersten Mal in ihrem Leben wünschte sie sich, dem Drängen nachzugeben. Sie wollte mehr von diesen Wellen, viel mehr. Ihr Bauch fing wieder an zu glühen. Doch Esperanza hörte plötzlich auf, ihn zu küssen, und stoppte Karl-Otto mit einer Handbewegung. Er schaute sie überrascht an. Was ist? Willst du nicht ...? Esperanza hielt seine Hand fest. Ja, ich will, aber ich will etwas dir sagen. Carlotto hatte sie aufmerksam betrachtet, während sie in Worten herumstocherte, das

Deutsche fiel ihr noch schwer. Weißt du ... begann sie ernst. Er unterbrach sie lächelnd. Ist es so schlimm? Esperanza schüttelte den Kopf. Nein. Na ja, ich muss dir sagen ... Wieder unterbrach er sie übermütig. Du hast deine Großmutter ermordet, um an das Erbe zu kommen. Esperanza musste lachen. Neeiin! Was dann? Dein eifersüchtiger Ehemann will mich ermorden lassen. Sie wurde sauer. Neeiin, Carlotto, Ernst. Okay, dann schieß los. Sie starrte ihn entsetzt an. Er versuchte zu erklären. Schieß los, das heißt, fang an, sage es mir. Esperanza fasste sich ein Herz. Ich bin, ich bin kein Mädchen ... Da schaute sie Karl-Otto entgeistert an. Bitte? Esperanza wand sich, kein Mädchen. Ich bin ... Sie machte eine nebulöse Handbewegung. Ich bin Frau. Carlotto lachte befreit auf. Ja, eine wunderschöne Frau. Esperanza schüttelte heftig den Kopf. Nein! Du nicht verstehen. Ich bin kein Mädchen, kein Mädchen mehr. Frau. Carlotto hatte endlich verstanden. Er nickte vorsichtig und nahm sie in den Arm. Das macht doch nichts. Dann fügte er belustigt hinzu. Ich bin auch schon ein Mann. Esperanza lächelte erleichtert und nickte. Gut. Carlotto hatte Esperanza dann geküsst, und sie war froh gewesen, dass sie nicht mehr dazu hatte sagen müssen.

Warum war sie damals nicht einen Schritt weiter gegangen und hatte ihm alles erzählt? Es hätte alles kaputtgemacht, ich war glücklich und wollte nichts mehr von all dem anderen wissen, dachte Esperanza. Und danach war ich zu verliebt, der richtige Zeitpunkt war vorbei. Ich hatte ihn verpasst wie eine Haltestelle, an der man vorbeifährt und die sich dann jahrelang im Umbau befindet, bis man schließlich ganz vergisst, dass man irgendwann da hätte aussteigen wollen. Aber warum hatte er nicht nachgefragt? Darüber hatte Esperanza noch nie nachgedacht. Was Carlotto damals durch den Kopf gegangen sein musste, vermochte sie sich überhaupt nicht vorzustellen.

Irgendwann hatte sie nicht mehr an das Herrenhaus in ihrem Dorf gedacht, die Erinnerung daran verblasste. Selbst nach dem Anruf ihrer Schwester an Karl-Ottos Geburtstag hatte sie sich zunächst noch gegen die Macht der vergangenen Bilder wehren können. Erst als sie Alfonsos Todesanzeige in der Hand hielt und auf die schön gestalteten Buchstaben starrte, die den Namen ALFONSO SALCEDO bildeten, und unten auf die kleineren Lettern, die den Satz formten: *Tu hijo Juan no te olvida* Dein Sohn Juan vergisst dich nicht, erst da war ihre Verteidigungsfront vollständig zusammengebrochen. Esperanza starrte auf die Wände der Schlafkammer. In der Anzeige stand nur der Nachname seiner Mutter, Salcedo. Ob Alfonso den Nachnamen seines Vaters schon früher abgelegt hatte? Wann? Als er nach London ging? Wie sehr hatte sie ihn vermisst! Ganz besonders am Anfang, als sie in Berlin ankam, aber auch später hatte sie immer wieder an ihn gedacht, auch wenn sie ihn in ihrer Erinnerung nie mit dem Dorf in Verbindung brachte, sondern mit einem zeitlosen Ort, der nur ihnen beiden gehörte. Sie vermisste seine Stimme, wenn er ihr vorlas, und seinen Geruch nach gestärkter Wäsche, Pomade und Bücherstaub. Esperanza spürte wieder den lang anhaltenden spitzen dünnen Schmerz im Magen, der ihr schon vertraut war. Er blieb diesmal etwas länger als üblich, als würde er ihr leise zuflüstern: Siehst du, hier bin ich, mich sollst du nicht vermissen, ich werde dafür sorgen, dass du nicht alleine bist, ich leiste dir Gesellschaft und werde dich nie verlassen. Das machte sie wütend, was bildete dieser Schmerz sich ein. Er sollte gefälligst verschwinden!

Karla

Karla war nicht tot umgefallen. Die Welt hatte nicht aufgehört, sich zu drehen, ganz im Gegenteil, im Moment drehte sich alles recht heftig. Karla war nassgeschwitzt, aufgewühlt und hochgradig erregt, das Tanzen hatte daran nichts geändert, und die Gintonics hatten alles nur noch schlimmer gemacht. Die anderen drängelten, sie waren müde und wollten ins Hotel. Karla war froh darüber, sie wollte es nicht in die Länge ziehen und war fest entschlossen, nicht erst im Morgengrauen bei ihrer Tante aufzutauchen. Aber der Meermann schien zu schwanken. Als sie aus dem Club kamen, sagte er den anderen, die sich bereits Richtung Auto bewegten, sie würden gleich nachkommen. Karla machte das Spiel mit, zog ihn in eine dunkle Ecke und drückte sich mit ihm hinter einen Mauervorsprung. Die anderen riefen hinterher, hey, gleich heißt gleich, sonst fahren wir ohne euch ab! Der Meermann rief, ja, Moment, nur zwei Minuten. Karla lachte, zwei Minuten? So schnell, na, mal sehen … Sie zog seinen Kopf an den Haaren zu sich herunter, während sie ihr Becken an seinen Oberschenkel presste. Ihre Brüste spannten, ihr Becken pochte fordernd, die Situation war eindeutig, aber irgendetwas stimmte nicht. Sie wusste nur nicht was. Ihr Kopf fuhr Karussell. Das wunderte sie, sie hatte nicht besonders viel getrunken, vielleicht ein wenig durcheinander, aber nicht so viel, dass sich nun alles drehen müsste. Dann fiel ihr ein, dass sie nichts gegessen hatte. Seitdem sie bei der Kapelle der lächelnden Madonna gewesen war, hatte sie nur noch getrunken. Sie umklammerte gierig seinen Hintern, aber ihr Meermann machte nicht mit, hielt mit beiden Händen ihren Kopf fest und zwang sie, ihn anzuschauen. Karla. Ja, das war sie. Sie musste ihm wohl ihren Namen gesagt haben. Aber wie hieß er noch mal? Sie konnte sich nicht daran erinnern. Und am nächsten Morgen würde sie es erst recht nicht mehr wissen, sie konnte nie die Namen behalten. Sie speicherte nur Fragmente, ein ganz bestimmtes Lächeln oder den ersten Blick, den Ort, wo sie gelegen hatten, ob sie ein oder zwei Mal gekommen war, manchmal auch, was sie danach getan hatten. Und auch diese Bilder verblassten sehr schnell. Nur Maxim hatte es bisher geschafft, sich immer wieder in Erinnerung zu rufen. Seinen Namen hatte sie behalten, und sogar seinen Nachnamen, aber selbst bei ihm hatte sie den vollen Namen erst nach drei Monaten erfahren.

Karla schaute ihren Meermann überrascht an. Doch, sie wusste, wie er hieß. Nach den ersten Küssen auf der Tanzfläche hatte er sie gefragt. Merkwürdigerweise hatte sie ihm ihren wirklichen Namen genannt und nicht irgendeinen, wie sie es sonst machte. Aber noch merkwürdiger war, dass sie seinen Namen hatte wissen wollen. Jetzt erinnerte sie sich. Der Meermann hieß Nacho. Nacho schaute sie streng an und sagte: Hör auf. Das Karussell drehte sich und drehte sich, und sie musste lachen. Aber er hielt ihren Kopf weiterhin fest. Er redete ihr zu wie einem Kleinkind, dabei war er eindeutig jünger als sie. Hör auf, das stimmt nicht. Karla war verblüfft. Er hatte Recht, irgendetwas stimmte nicht, nur was bloß? Nacho sagte noch strenger: Ich bring jetzt mein Aschenputtel nach Hause, du gibst mir einen Schuh, und morgen suche ich den passenden Fuß. Karla musste noch mehr lachen, aber ihr Lachen klang furchtbar. War er vollkommen übergeschnappt? Stand er auf perverse Rollenspiele? Wollte er ihr einen Zeh abhacken? Nacho packte sie am Handgelenk und zog sie hinter sich her. Karla bekam Angst, wehrte sich. Aber sie hatte keine Chance. Nacho hatte kräftige Hände, und sie war in einem ganz und gar nicht stabilen Zustand, er griff noch fester um ihr Handgelenk und beschleunigte seine Schritte. Karla beschimpfte ihn und versuchte, ihre Hand zu befreien, doch Nacho zerrte sie bis zum Auto. Er schob sie zu den anderen auf den Rücksitz und sagte trocken: Aschenputtel geht es nicht gut, sie muss nach Hause. Dann ging er wütend nach vorne, ließ sich auf den Beifahrersitz fallen und sagte finster, wir können jetzt losfahren. Karla war völlig aufgelöst. Die Frau in ihrem Alter quetschte sich neben sie und versuchte, sie zu beruhigen. Alles gut, keine Angst… wir fahren jetzt ins Dorf und setzen dich zu Hause ab. Karla protestierte. Das ist nicht zu Hause, das ist bei meiner Tante! Das Auto fuhr los. Die Frau legte einen Arm um Karlas Schultern und sagte betont ruhig. Okay, wir setzen dich bei deiner Tante ab, dann fragte sie Nacho vorwurfsvoll, was hast du mit ihr gemacht? Nacho konterte. Ich hab gar nichts mit ihr gemacht! Das ist wahrscheinlich das Problem! Karla stürzte sich sofort auf seine Provokation. Sie war fast dankbar dafür, dass er ihr einen Vorwand lieferte, ausfallend zu werden. Da ihr Spanisch nicht gut genug dafür war, griff sie auf eindeutige englische Ausdrücke zurück und beschimpfte ihn derart unflätig, dass alle erschraken. Die Frau neben ihr rückte ein Stück ab, so viel, wie sie auf einem Autositz, auf dem vier Personen eng an eng saßen, von ihr abrücken konnte, und wies sie zurecht. Karla verstummte. Alle anderen auch. Nacho starrte betont abwesend auf die Straße. Die Fahrerin schob nach einem Moment der allgemeinen Fassungslosigkeit eine CD ein. Die Musik dämpfte die Spannung und gab der ganzen Situation etwas Künstliches. Niemand sprach mehr, bis sie im Dorf ankamen. Karla beteuerte, sie bräuchten sie nicht nach Hause zu fahren, sie könne auch vom Zentrum aus laufen, damit sie keinen Umweg mehr machen müssten. Sie hatte den Eindruck, dass Nacho zögerte, aber die anderen ließen es sich nicht zweimal sagen. Immerhin stieg die gleichaltrige Frau mit ihr aus und fragte, ob sie wirklich zu Fuß gehen wolle. Karla nickte und begann, sich zu entschuldigen. Die Frau unterbrach sie, schrieb eine Telefonnummer auf eine Quittung, die sie aus ihrer Hosentasche zog, und drückte ihr das zerknautschte

Papierstückchen in die Hand. Hier, für alle Fälle. Karla bedankte sich und fragte: Wie heißt du eigentlich? Die Frau lachte. Willst du es wirklich wissen? Karla fand es unheimlich, wie sehr diese Frau sie durchschaute. Sie nickte. María, sagte die Frau daraufhin, aber das hier ist Nachos Nummer.

Karla war erschöpft. Jetzt bereute sie, dass sie darauf bestanden hatte, zu Fuß zu gehen. Es waren mindestens noch zwanzig Minuten bis zum Haus ihrer Tante. Ihr Kopf drehte sich noch, aber allmählich waren die Karussellrunden langsamer geworden, sie würde sich nicht übergeben müssen. Sie schaute sich um, versuchte sich zu orientieren. Nach zwei oder drei Fehlversuchen fand sie eine lange Gasse, die sie wiedererkannte. Sie konzentrierte sich, um möglichst unauffällig geradeaus zu gehen, und nahm Kurs auf den äußeren Rand des Dorfes. Sie ging schneller, sie wollte endlich ins Bett. An einer Ecke stieß sie fast mit einer jungen Frau zusammen. Karla entschuldigte sich. Nach dem ersten Schreck lächelte die junge Frau erleichtert, warf ihr ein aufgeräumtes »hasta luego« hin und verschwand in der Dunkelheit. Karla gefiel diese junge Frau, die offensichtlich genau wusste, wo sie hingehörte. Ob sie wohl aus dem Dorf war? Oder zu Besuch? Ob sie hier Familie hatte? Sie hatte sich mit der Selbstverständlichkeit von Menschen bewegt, die sich nicht ständig fragen, ob sie sich am richtigen Ort befinden. Karlas Handy brummte, sie erschrak, sie wollte nicht ausgerechnet jetzt eine Standpauke ihrer Mutter hören. Es war eine SMS von Maxim. *Karla-Katze, wo steckst du? Ich vermisse dich!* Karla schnaubte. Das fehlte ihr noch, ein weinerlicher Maxim, der ihr hinterherlief, weil sie unangekündigt weggefahren war.

An dem Tag, als ihre Mutter mit den Tupperschüsseln in der Hand vor ihrer Wohnungstür gestanden und Maxim in seiner Unterhose neugierig gemustert hatte und Karla dann mit ihr in ein Café gegangen war, hatte sie sich gewünscht, er wäre ihr hinterhergekommen. Später war sie, nachdem sie ihre Mutter zur U-Bahn begleitet und eine Runde am Landwehrkanal gedreht hatte, wieder einigermaßen eingerenkt nach Hause gekommen und hatte sich sogar auf Maxim gefreut. Doch die Wohnung war leer. Auf dem Frühstückstisch lag ein abgerissener Zettel mit eilig hingeschmierter Schrift. *Karla-Katze, wo steckst du? Bin schon unterwegs, Technik checken. Maxim.* Karla hatte hasserfüllt Ach, fick dich! gebrüllt. Sie hatte den Zettel zerknüllt und ihn aus dem Fenster geworfen. Dann war sie wie ein eingesperrter Tiger in der Wohnung auf und ab gelaufen, hatte sich stundenlang im Kreis gedreht, hatte geschnaubt und geknurrt und sich geschworen, Maxim nie mehr in ihre Wohnung zu lassen. Sie hatte den ganzen Abend bis tief in die Nacht an einer Installation gebaut, die sie Karla-Katze nannte. Ein Riesenmobile, das von der hohen Altbaudecke hing und fast den Boden berührte. Am Ende bestand es aus mehreren Stufen. Verschiedenste Katzen-, Tiger- und Löwenkuscheltiere, in denen Pfeile steckten, baumelten daran. Aus den Wunden sickerte Blut. Karla war sehr großzügig mit der roten Farbe gewesen, alle Kuscheltiere sahen aus wie durchspießte, blutüberströmte Fellknäuel. Als sie bei Morgengrauen ins Bett ging, war sie zwar noch nicht zufrieden mit ihrer Installation, hatte sich aber immerhin beruhigt und schlief sofort ein. Zwölf Stunden später wachte sie hungrig auf. Die fahle Abendsonne fiel schräg in die Küche. Verschlafen machte sich Karla ein Omelett. Die Eier, die sie in die Pfanne haute, wurden schnell kompakt, bildeten weißgelbe Hügel und verklumpten. Karla versuchte fahrig zu retten, was zu retten war, schleuderte dann aber wutschäumend die Pfanne samt misslungenem Omelett in die Ecke. Die Eierklumpen spritzten an die Wand. Karla hatte gerade den Kochlöffel hinterhergeschleudert, als es plötzlich klingelte. In dem Glauben, es sei Maxim, machte Karla auf. Doch es war nicht Maxim, sondern ein düsterer Typ, der mit ihr nur Spanisch und Englisch gesprochen, ein verstörendes Foto dabeigehabt und sich im Laufe des Abends als ihr Halbbruder Juan geoutet hatte. Seitdem hatte sie Maxim nur noch einmal gesehen und eigentlich genau gewusst, dass es aus war. Die Lichter an der Spree hatten sich in tanzenden Strahlen im Wasser gebrochen, und die U-Bahn war wie eine leuchtende Raupe müde über die Oberbaumbrücke gekrochen. Auf der Schienenkurve hatten die U-Bahn-Räder schmerzhaft schrill gequietscht. Karla hatte nichts gesagt, aber sie war sicher gewesen, auch Maxim wusste, dass es vorbei war. Seitdem hatten sie nichts voneinander gehört.

Karla vermisste ihn nicht, während der Busfahrt mit ihrer Mutter hatte sie sich endgültig von ihm verabschiedet. Sie wusste nicht genau, wie das gekommen war, aber es war so. Sie las noch einmal seine SMS. Sie war wahrscheinlich nicht einmal gelogen, wahrscheinlich fehlte sie ihm tatsächlich, auf seine unergründliche Art. Sie hatte Maxim nie verstanden. Sie hatte nie verstanden, was er wollte, nie verstanden, was er für ein Leben führte. Jetzt aber, mitten in der Nacht, in einem fremden spanischen Kaff, und mit einer aufsteigenden Übelkeit kämpfend, musste sie lachen. Warum wollte sie ihn überhaupt verstehen? Wozu? Karla tippte eine Nachricht: *Ich fahre Karussell, warte nicht auf mich. Adieu …* Nein, sagte Karla halblaut. Sie löschte das letzte Wort und schrieb: *Adiós, mein Kater!* Das fühlte sich gut an, obwohl ihr übel war. Sie beschleunigte ihre Schritte, und als sie um die nächste Straßenecke bog, sah sie das Haus ihrer Tante. Alles war dunkel, nur am Eingang brannte das Licht neben der Hausnummer und zog Karla freundlich an. Sie freute sich, dass ihre Mutter und ihre Tante schon schliefen, kramte den Haustürschlüssel heraus, schloss vorsichtig auf, schlich durch die Küche und öffnete den Kühlschrank. Nach kurzem Stöbern fand sie ein Stück

Manchego, das sie in sich hineinstopfte. Dazu rupfte sie ein paar Pfefferminzblätter, die in einem Wasserglas standen, von ihren Stängeln und schob sie hinterher. Sie sah Nachos Gestalt vor sich. Er war ein guter Tänzer, nicht auffallend, aber er hatte Spaß am Tanzen. Und er war ausdauernd. Der Duft der Minze vermischte sich mit dem Geschmack des Käses und dem Wellengang, den Karla immer noch verspürte, der aber nicht mehr bedrohlich war, zu einem großen Gefühl. Karlas Lungen wurden weit und weiter. Nachos Augen schauten sie an, machten wieder schwuummm-schwuummm ... Irgendetwas hatte nicht gestimmt. Erschrocken griff sie in die Hosentasche, doch, der Zettel mit der Telefonnummer war da, sie nahm beruhigt noch ein paar Minzeblätter in den Mund und ließ ihre Augen im Inneren des Kühlschranks herumwandern.

An dem Abend, nachdem sie ihre Mutter von der Brücke geholt und dann lange mit ihren Eltern in der Küche gesessen hatte, wagte sie nicht, nach Hause zu gehen. Es war spät gewesen, und sie wollte ihren Vater nicht mit ihrer Mutter allein lassen. Er hatte mit dankbaren Augen genickt, als sie sagte, sie sei zu müde, sie wolle jetzt nicht Auto fahren. Sie hatte sich in ihr schmales Jugendbett gelegt, sich in die Sommerbettdecke eingerollt wie in einen Kokon und war bald erschöpft eingeschlafen. Irgendwann, draußen war es längst hell, fiel eine Tür ins Schloss. Es war nur ein zartes Geräusch, aber Karla war sofort wach. Sie ließ die kindliche Plüschtigerkatze fallen, die sie mit einer Hand umklammert hatte, und ging dem Geräusch nach. Sie starrte auf die Wohnungstür, eilte dann ins Schlafzimmer, fand auf dem Ehebett den Brief ihrer Mutter und rief laut: Oh, Mann! Dann startete sie sofort den Computer und durchstöberte die E-Mails der Mutter. Es war ihr nicht peinlich, schließlich war es ein Notfall und Gefahr in Verzug, sie musste unbedingt wissen, ob ihre Mutter tatsächlich vorhatte wegzufahren, wie es ihr Brief ankündigte und der ausgerupfte Kleiderschrank bestätigte. Und außerdem, wer ein Mailprogramm ohne Passwort einrichtet, der will ja wohl, dass alle mitlesen. Sie klickte sich von Mail zu Mail, bis sie tatsächlich auf eine Flugbestätigung nach Madrid stieß, um 11:30 mit Lufthansa, Abflug vom Flughafen Tegel. Ohne weiter nachzudenken, ergatterte sie einen der letzten Plätze. Genauso schnell wie sie die E-Mails durchforstet hatte, duschte sie, zog sich an, stopfte alte Klamotten, die immer noch im »Kinderzimmer« aufbewahrt wurden, wild durcheinander in eine Reisetasche und stürmte zum Auto. Sie raste viel zu schnell in ihrer klapprigen Karre zum Flughafen, überholte hupend mehrere Taxis, fand einen Parkplatz und rannte zum Gate. Wie sie es geschafft hatte, tatsächlich den Flieger zu erreichen, war ihr einigermaßen schleierhaft. Wahrscheinlich hatte der Flug Verspätung. Auf jeden Fall eilte sie als Letzte an Bord, von der Stewardess mit einem tadelnden Blick begrüßt, und suchte ihren Sitz. Was, wenn alles nur ein Hirngespinst war, wenn ihre Mutter gar nichts mit diesem Flug nach Madrid zu tun hatte? Wie hatte sie nur so überstürzt diesen Flieger besteigen können? Als sie endlich ihre Mutter entdeckte, lächelte sie triumphierend und erleichtert. Sie empfand ein geradezu schadenfroh-glückliches Gefühl dabei, die heimlichen Pläne ihrer Mutter durchkreuzt zu haben. Karla wusste überhaupt nicht, was sie erwartete, aber sie ahnte, dass diese Reise notwendig war. Wenn es sein müsste, würde sie die Mutter fesseln und knebeln, aber sie würde ihr nicht von der Seite weichen, bis sie herausfand, wo der Anfang war. Sie hatte sich schwungvoll auf einen Sitz in der Nähe ihrer Mutter plumpsen lassen, ihren entsetzten Blick ignoriert und sie genüsslich begrüßt.

Damit hatte ihre gemeinsame Reise begonnen, ins Unbekannte, in dieses Dorf mitten im Nichts. Karla schaukelte unmerklich vor und zurück, stierte in den Kühlschrank und fühlte sich betrogen.

Juan

Juan schlief, atmete und schlief und wachte kein einziges Mal auf. Er musste nicht, wie sonst, mitten in der Nacht eine eiskalte Milch trinken, mehrmals die Toilette aufsuchen, mit den Sternen Zwiesprache halten, sich herumwälzen und sinnlos in neurologischer Fachliteratur blättern. Er musste sich nicht ängstigen wie sonst. Sein Herz schlug regelmäßig und friedlich, sein Atem kam und ging und kam erneut, geduldig, von alleine, als sei es das Selbstverständlichste der Welt, tagein, tagaus Sauerstoff in Kohlendioxid zu verwandeln. Er musste sich um nichts kümmern, es geschah.

Esperanza

Als Esperanza hörte, dass die Tür ging und Karla endlich durch den Flur schlich, atmete sie auf. Sie hatte nicht einschlafen können. Sie hatte die ganze Zeit wachgelegen und gehofft, dass Karla nicht so spät nach Hause kommen würde. Und sie hatte sich immer mehr geärgert, je später es wurde. Sie wusste genau, dass sie nicht einschlafen würde, bevor ihre Tochter zurück war. Es war lächerlich, Karla lebte schon seit dreizehn Jahren nicht mehr bei ihnen, und sie dachte natürlich keine einzige Nacht daran, dass ihre Tochter unterwegs sein könnte und sich bis früh morgens wer weiß wo herumtrieb. Aber jetzt waren sie unter einem Dach. Noch schlimmer, unter ihrem alten Familiendach. Sie konnte nicht anders.

Eine junge Frau geht mit einem Tablett hinkend einen Flur entlang, ein Vorhang flattert an einem der offenen Fenster. Draußen scheint grell die Sonne, während der Hausflur schattig und kühl ist. Sie wird von der Sonne geblendet, die durch eine Bewegung des Vorhangs kurz hereingelassen wird, dann wird der Flur wieder dunkel.

Esperanza schüttelte sich. Sie stand abrupt auf und sah aus dem Fenster auf die stille Dorfgasse. Es dämmerte. Die Laternen, die Häuserfassaden, die heruntergelassenen Rollos bekamen allmählich Konturen, die Nacht gab sie wieder frei. Wie oft hatte sie in Berlin auf ihrer Brücke über den Bahngleisen gestanden und in die Ferne geschaut, dahin, wo die Schienen am Horizont verschwanden. Am liebsten stand sie in der Abenddämmerung dort, wenn nach und nach die Lampen angingen, das Abendlicht allmählich verblasste und dann, ohne dass man den genauen Zeitpunkt festhalten konnte, die dunkle Nacht hereinbrach. Oft hatte sie eine halbe oder dreiviertel Stunde einfach nur dagestanden. Je länger sie in Berlin lebte, sich dort häuslich einrichtete, je weniger sie in der sperrigen Stadt fremdelte, umso größer wurde das Heimweh. Es war ein geteiltes Heimweh, eines, das anzog und abstieß. Esperanzas Mund war trocken, und als sie hart schluckte, spürte sie im Magen wieder diesen langanhaltenden dünnen Schmerz. Wenn sie wieder in Berlin war, müsste sie endlich zum Arzt gehen... Sie hielt die Luft an, setzte sich vorsichtig auf die Bettkante und drückte beide Hände auf den Magen. Dann, als der Schmerz etwas nachließ, ging sie zum Fenster und machte es auf, atmete begierig die laue Morgenluft ein. Plötzlich hatte sie ihre treue Freundin Renate im Ohr: Espe, ich weiß nicht, was los ist, aber es bringt nichts wegzurennen... Jetzt hast du die Zeit, mach was... fahr hin... Wenn was ist, ruf mich an, ja? Renate redete immer viel und laut, manchmal ermüdete Esperanza angesichts ihres Redestroms, aber wenn es drauf ankam, hatte Renate stets die richtigen Worte. Bei ihrer ersten Begegnung wurde Esperanza zwischen Aufbruchsstimmung und Abschiedsschmerzen hin- und hergeworfen. Damals dachte sie, Renate sei Dolmetscherin. Nach wochenlangem Warten auf ihre Ausreise- und Arbeitspapiere hatte Esperanza endlich den Bescheid bekommen, dass sie in einer Konservenfabrik in Berlin arbeiten könne, sie hatte nicht genau gewusst, wo Berlin lag, geschweige denn, dass es ein West- und ein Ostberlin gab, aber sie war überglücklich gewesen, Arbeit zu haben und endlich weg zu können, weit weg. Sie hatte der Mutter versprochen, sich immer warm anzuziehen, regelmäßig zu schreiben und der Familie Geld zu schicken, dann war sie aufgewühlt und mit dem aufregenden Gefühl, in die Freiheit aufzubrechen, losgefahren.

Eine junge Frau steigt in einen Zug. Sie hat einen verschnürten Koffer und eine Reisetasche dabei und trägt über ihren schwarzen Haaren ein gepunktetes Kopftuch, das unter dem Kinn zusammengebunden ist. Sie schaut aus dem Fenster und versucht, ihr Reisefieber zu verbergen. Ihre Mutter und ihre Schwester stehen am Bahnsteig, strecken sich zu ihr, versuchen, sie noch einmal zu küssen. Die Mutter weint, die junge Frau versucht, sie zu trösten, aber ihr Herz hüpft vor Ungeduld. Sie will so schnell wie möglich weg, raus, ganz weit weg. Sie hat ein schlechtes Gewissen, verspricht, bald zu schreiben. Die Schwester macht ihr ein heimliches Zeichen. Die junge Frau schaut verstohlen in die Richtung, sucht das Gleis ab, kann nichts erkennen. Der Zug ruckelt und setzt sich langsam in Bewegung, die junge Frau lehnt sich weit aus dem Fenster, um der Mutter und der Schwester zu winken. Da setzt ihr Herz aus, verstolpert sich, weigert sich für einen Moment, weiter zu schlagen. Ein junger Mann steht am Ende des Bahnsteiges und filmt sie mit einer Schmalfilmkamera. Dann lässt er die Kamera sinken und schaut ihr in die Augen. Die junge Frau legt die Hände flach auf die Fensterscheibe. Er steht ganz still da, rührt sich nicht, auch nicht, als die Mutter und die Schwester ihn anstarren. Tränen laufen ihm über das Gesicht.

Alfonso, dachte Esperanza. Alfonso mit dem melancholischen Blick und den eiskalten Kinderfingern ... Er hatte nicht gewollt, dass sie wegging. Aber er konnte nichts dagegen tun. Die erste Station ihrer Reise in die Freiheit war Madrid. Esperanza hatte mit ihrem verschnürten Koffer und einer speckigen Reisetasche mit abgewetzten Lederkanten in einer Schlange gestanden, und das große Freiheitsgefühl war kleiner geworden, immer kleiner, bis es so winzig war wie eine übriggebliebene Erbse von einem aufgegessenen Eintopf. Am Anfang der Schlange, an einem schlichten Bürotisch, saß der deutsche Unternehmensvertreter, ein langer, hagerer Mann mit starrem Gesicht, und hatte die Listen der angeworbenen Gastarbeiter kontrolliert. Neben ihm schlank, lebendig und brünett eine junge Frau, die seine Fragen und die Antworten der Gastarbeiter übersetzte. Ihr Spanisch war zwar nicht sehr gut, aber sie machte die Wissenslücken durch ausdrucksstarke Gesten und viel Charme wieder wett. Schließlich war auch Esperanza an der Reihe. Sie hatte dem Unternehmensvertreter ihren Pass und ihre Papiere übergeben. Der hatte gelangweilt auf seine Liste geschaut, ihren Namen gefunden, genickt und sie abgehakt. Ausdruckslos hatte er die Papiere zurückgeschoben und ihr mit einer Handbewegung bedeutet, ins Nebenzimmer zu gehen. Esperanza hatte sich in einem schlichten, als Untersuchungszimmer hergerichteten Raum wiedergefunden, der den Frauen vorbehalten war. Hier konnten sie ihr Gepäck endlich absetzen und mussten sich dann in zwei Reihen aufstellen, um vor einem Arzt ihre körperliche Tüchtigkeit zu beweisen. Eine Krankenschwester gab ihnen bestimmt und per Zeichen Kommandos, und die Frauen bemühten sich, alles richtig zu machen. Wenn die Krankenschwester merkte, dass die Frauen sie nicht richtig verstanden, turnte sie die Übungen vor und wiederholte knurrig ihre gepressten Anweisungen. Esperanza gab sich bei den Übungen alle Mühe, ihr Hinken zu kaschieren. Bei den Kniebeugen hatte sie Probleme. Sie überlegte schon, wie sie der Krankenschwester sagen sollte, dass sie aufgrund einer Verletzung keine Kniebeugen machen konnte, als plötzlich die brünette Frau neben ihr stand und ihr mit starkem deutschen Akzent leise auf Spanisch zuflüsterte: Du musst machen, sonst kein Arbeit. Nix sagen, einfach machen. Esperanza war sie wie eine gute Fee erschienen, die sie beschützte, weil sie verstanden hatte, was auf dem Spiel stand. Esperanza verzog das Gesicht, das Bein schmerzte, aber sie schaffte es. Plötzlich standen der Arzt und die Krankenschwester direkt vor ihr. Der Arzt sagte etwas Unverständliches. Sie machte große Augen, da griff ihr die Krankenschwester ins Gesicht und zog ihre Kiefer auseinander. Der

Arzt leuchtete in ihren Mund und sagte überdeutlich: Aahhh. Esperanza war froh, dass sie auf Anhieb verstand, was sie tun sollte, und sagte eifrig noch überdeutlicher: Aaahhhh. Der Arzt nickte, er schien zufrieden zu sein mit dem, was er sah. Esperanza war erleichtert. Die Krankenschwester notierte etwas auf ihrer Liste. Dann untersuchte der Arzt Esperanzas Ohren und Augen. Erneut nickte er und sagte etwas Längeres, das Esperanza nicht einordnen konnte. Sie machte große fragende Augen und suchte die brünette Frau, um sie um Hilfe zu bitten, als sie bereits von der Krankenschwester hinter einen Vorhang geschoben wurde, der notdürftig einen gynäkologischen Stuhl verdeckte, bei dessen Anblick sie sofort ein lähmendes Gefühl beschlich, das sich im ganzen Körper breitmachte. Vor dem Stuhl stand eine Frau, die sich den Rock zurechtzupfte und den Reißverschluss hochzog. Sie sah auf und lächelte sie aufmunternd an, während sie den Kopf komplizenhaft hin- und herwiegte, als ob sie sagen wollte, alles halb so schlimm, wir haben Furchtbareres erlebt. Esperanza wusste noch genau, wie sie ihr tapfer zugenickt und sich vorgenommen hatte, nur noch nach vorne zu schauen. Die Krankenschwester schob Esperanza zum Stuhl und sagte etwas. Sie begleitete die fremden Laute mit ein paar zackigen Handbewegungen, um deutlich zu machen, dass Esperanza alles ausziehen solle. Esperanza zog den Rock aus, behielt jedoch die Unterwäsche an. Die Krankenschwester zog ihr ungeduldig die Unterhose herunter, als sei sie ein unfolgsames Kind, und zeigte auf den Stuhl. Esperanza kletterte hinauf. Ein anderer Arzt kam herein, und ohne jegliche Vorankündigung begann er, sie zu untersuchen. Er war nicht grob, eher konzentriert, so wie man beim Reparieren einer Uhr vorsichtig und umsichtig vorgeht, um den Mechanismus nicht zu zerstören. Esperanza versteifte sich, das Einführen des Spekulums schmerzte, sie verzog das Gesicht, wollte aber nicht wehleidig sein und schaute nach oben auf die hohe weißgraue Decke, wo an einer

Ecke eine dicke schwarzbraune Spinne in einem perfekten Netz dabei war, eine Fliege auszusaugen. Esperanza glaubte, die Schmatzgeräusche zu hören. Der Arzt zog das Spekulum wieder heraus, untersuchte sie manuell weiter. Sein Gesicht wurde immer ernster und – plötzlich, aber immer noch, ohne Esperanza anzuschauen –, kam aus seinem Mund ein langer Wust von Geräuschen, aus denen Esperanza nur das Wort Episiotomie heraushören konnte, woraufhin die Krankenschwester hektisch hinter dem Vorhang hervorrief: Fräulein Renate, kommen Sie bitte! Dieser Ruf ging ihrer Freundschaft voraus. Er stand am Anfang, als Renate Esperanzas Zukunft rettete. Aber nie, nie sprachen sie über das, worum es – nachdem Renate herbeigeeilt war – gegangen war. Bis heute nicht. Die Krankenschwester hatte Renate mit einem vorwurfsvollen Gesicht etwas an den Kopf geschleudert und auf Esperanza gezeigt. Renate war verunsichert an Esperanza herangetreten, die immer noch mit gespreizten Beinen auf dem gynäkologischen Stuhl lag, und hatte sie gefragt, ob sie ein Kind habe. Esperanza wurde bleich vor Schreck und nickte. Ja, sie hatte ein Kind geboren. Daraufhin war der Arzt eilig hinausgegangen, und Esperanza hatte Renate verständnislos angeschaut. Renate antwortete leise und hastig: Du sagen Kind gut in Spanien, Kind nicht nach Deutschland kommen, gar nicht, sonst kein Arbeit. Der Arzt kam mit dem Unternehmensvertreter wieder herein. In einer Anwandlung von Menschlichkeit warf die Krankenschwester schnell ein Handtuch über Esperanza, um sie notdürftig zu bedecken. Der Unternehmensvertreter redete harsch auf Esperanza ein, und Renate erklärte, so gut sie konnte, dass er wissen wollte, wo das Kind sei und warum sie ihr Kind zurückgelassen habe und in Deutschland arbeiten wolle. Da hatte Esperanza tonlos gesagt: Das Kind starb bei der Geburt. Renate hatte Esperanza entsetzt angeschaut und stockend ins Deutsche übersetzt.

Esperanza stand immer noch da und sah aus dem Fenster auf die Gasse. Sie hörte, wie Karla versuchte, möglichst geräuschlos durch die Küche in ihr Zimmer zu gelangen, wie sie trotz aller Vorsicht herumpolterte, beim Öffnen des Kühlschranks etwas fallen ließ und wenig später schwerfällig auf ihr Bett plumpste. Esperanza seufzte amüsiert. Der Schlafmangel ließ sie ein wenig torkeln, der stechende Magenschmerz meldete sich wieder, aber das war ihr jetzt gleichgültig, sie war froh, dass ihre Tochter zurück war.

In Deutschland angekommen, hatte sie das erste Mal Schnee gesehen. Sie hatte in die Schneeflocken geschaut, es war ihr schwindelig geworden, weil die Flocken so auf sie herabstürzten, dass es aussah, als würde der Himmel näherkommen. Esperanza war stehengeblieben, hatte nach oben gestarrt, sich dem Schwindel hingegeben und gedacht, das ist mein neues Leben, der Himmel kommt auf mich zu. Wie alle anderen Gastarbeiter, die mit ihr in dem Zug nach Berlin gefahren waren, hatte sie ein Schild um den Hals, mit dem Namen der Fabrik, für die sie arbeiten sollte, und einer Nummer. Am Bahnsteig hatten mehrere Firmenvertreter mit einem entsprechenden Schild in der Hand ihre neuen Arbeiter erwartet. Alle waren nach und nach aus der großen Menge herausgeklaubt worden, aber Esperanza hatte so abwesend ausgesehen, vertieft in die Betrachtung des Flockentanzes, dass keiner darauf gekommen war, sie für eine Gastarbeiterin zu halten. Nach und nach legten sich der Lärm und das Chaos auf dem Bahnsteig, die Firmenvertreter, deren Listen komplett waren, zogen mit ihren Arbeitern ab. Es war immer leerer geworden. Esperanza hatte um sich geschaut, hatte niemanden gesehen, der Anstalten gemacht hätte, sie abzuholen, und war sich schlagartig bewusst geworden, dass sie mutterseelenallein auf dem Bahnsteig einer fremden Stadt stand, um ihren Hals ein Nummernschild, dessen grobe Schnur eine feine rote Linie in ihre Haut gekratzt hatte, und sie statt der erhofften Freiheit einen Riesenkloß im Hals spürte, an dem sie zu ersticken glaubte. Sie stand mit ihrem verschnürten Koffer und ihrer alten Reisetasche auf dem inzwischen schneeweißen Bahnsteig. Ihre sommerlichen Stoffschuhe mit der geflochtenen Bastsohle waren vom Schnee durchweicht. Esperanza hatte zwar vorsorglich dicke Wollsocken angezogen, denn sie hatte sich gedacht, dass es im Norden kalt werden würde, aber außer diesen *Alpargatas* besaß sie lediglich ein paar schwarze Sonntagsschuhe, und die wollte sie auf gar keinen Fall unterwegs schmutzig machen. Doch die Kälte, die sie jetzt in den nassen, eisigen Zehen spürte, hätte sie sich niemals ausmalen können. Als sie nach der ärztlichen Untersuchung endlich im Zug von Madrid nach Paris saß, gemeinsam mit all den anderen, die ebenfalls für arbeitstauglich befunden worden waren, hatte sie, neben der Müdigkeit und Erleichterung auch Vorfreude empfunden. Und als nach etlichen Stunden Fahrt der Zug die spanisch-französische Grenze endlich erreicht und Esperanza auch diese Hürde genommen hatte, ungläubig ihren abgestempelten Pass in der Hand hielt und der Zug sich wieder in Bewegung setzte und am Grenzschild Irún-Hendaye vorbeiruckelte, zog sie kräftig die beiden Metallgriffe eines Gangfensters nach unten und steckte ihren Kopf hinaus. Die Morgenluft war frisch, Esperanzas Müdigkeit verflog. Als der Zug immer schneller wurde und seine normale Fahrtgeschwindigkeit aufnahm, flatterten Esperanzas Haare, trotz Kopftuch, wild aus dem Fenster. Sie musste die Augen schließen, genoss den starken Wind, der ihr fast das Tuch vom Kopf riss. Sie ließ es am langen Arm aus dem Fenster wehen. Der Fahrtwind schlug es mehrmals heftig an die Scheibe, wirbelte es ihr aus der Hand und trug es davon. Der Grenzstein und das gepunktete Kopftuch wurden immer kleiner und Esperanzas Vorfreude immer größer. Doch als sie schließlich auf dem großen Berliner Bahnhof gestanden und in die Schneeflocken geschaut hatte, die auf sie herunterstürzten, hatten ihre Zehen vor Eiseskälte geschmerzt. Sie hatte nicht gewagt, sich zu rühren. All ihre Abenteuerlust war verflogen.

Karla

Karla schlich in ihre kleine Schlafkammer. Das Bett war bezogen, das flauschige Kopfkissen perfekt aufgeschüttelt. Die Tante hatte ihr sogar Schokolade auf das Kissen gelegt. Auf dem Nachttischchen stand eine Karaffe mit frischem Wasser sowie eine schmale Vase mit einer duftenden, rosaroten Rose. Karla warf sich auf das Bett und verschlang die Schokolade, während sie sich die Rose an die Nase hielt. Sie versuchte, den Schwindel zu ignorieren, wollte unbedingt den Augenblick des Einschlafens festhalten, erleben, wie der Schlaf begann. Ihre Muskeln entspannten sich. Sie schloss die Augen, kurz, nur für einen winzigen Moment, und verpasste den Zeitpunkt ...

Karla schlief. Sie hatte sich auf die linke Seite gerollt, den Rücken an die Wand gepresst, und bewegte sich unruhig im Schlaf. Sie träumte von Wellen in einem aufgepeitschten, verärgerten Meer, die immer höher wurden, immer höher, bis sie auf die Apartments zukamen, die steil am Strand aufragten. Sie flüchtete von einem Stockwerk zum anderen, die Wellen kamen näher. Sie rannte und rannte, sah durch die Fenster, wie die Wellen ihr folgten, es war, als ob sie sie auslachen würden, die Gischt auf dem Wellenkamm formte sich zu einem breiten Grinsen. Sie rannte mit aller Kraft, doch es war, als ob sie auf der Stelle treten oder im Moor stecken würde. Nach einer Ewigkeit erreichte sie das Dach, breitete die Arme aus und sprang. Die Fluten zogen sich zurück und lachten sie hämisch aus. Sie fiel und fiel und sah, wie das Wasser sich unter ihr teilte und sie aus einer schwindelerregenden Höhe auf den Meeresgrund zuraste, der aus zerklüftetem Felsenboden und schwarzen, spitz zulaufenden Gesteinsformationen bestand.

Juan

Juan blinzelte. Ein Sonnenstrahl hatte sich einen Weg zwischen den Vorhängen gebahnt und traf direkt auf sein linkes Auge. Für einen kurzen Augenblick wusste er nicht, wo er sich befand. Er spürte ein übermächtiges Gefühl der Verlorenheit, und gleichzeitig wunderte er sich, weil irgendetwas Diffuses ihm sagte, dass er gar keinen Grund dafür hatte. Er machte das linke Auge zu und schaute sich mit dem rechten um. Neben ihm, auf der linken Seite des Bettes, war das Laken zerknittert und das Kissen eingedrückt. Auf einen Schlag wusste er wieder alles. Marimar. Sie hatten sich gehalten, sie hatten sich verkeilt. Mehrmals. Sie hatten gestöhnt, geschwitzt, gelacht, gezittert. Als der Himmel anfing, blassgelb zu werden, hatte Marimar mit rauer Stimme gesagt, ich muss etwas schlafen, ich muss morgen arbeiten. Juan hatte erschöpft genickt, sie in die Arme genommen und war sofort eingeschlafen. Jetzt setzte er sich im Bett auf, versuchte, dem aufdringlichen Sonnenstrahl aus dem Weg zu gehen, und rief nach ihr. Keine Antwort. Er wurde unruhig und rief erneut. Marimar?! Er hörte Schritte, aber das war nicht Marimar. Es waren kleine, verschlafene Schritte von Füßchen, die gezwungenermaßen trippeln mussten, weil die dazugehörigen Beine in ein viel zu großes Nachthemd eingewickelt waren. Rose stand in der Tür und hielt das lange Stoffende in einer Armbeuge wie eine überdimensionierte Schleppe. Sie trippelte zum Bett, ließ sich darauf plumpsen, kuschelte sich an ihren Vater und fragte vorwurfsvoll: Wo ist Marimar? Juan antwortete verlangsamt: Ich weiß es nicht.

Esperanza

Sie musste schließlich doch eingeschlafen sein und tauchte nun etwas verwundert aus einem schweren und friedlichen Schlaf auf. Esperanza warf sich eine leichte Baumwolljacke über und ging ins Bad. Ihre Schwester war schon in der Küche, Esperanza hörte sie dort hantieren, sie liebte diese Geräusche, das hatte sie schon immer geliebt. Früher, als Kind, hatte sie das Privileg der kleinen Schwester genossen, ein paar Minuten länger im Bett bleiben zu dürfen, während Marta das Waschwasser und die Milch auf das Feuer stellte. Erst wenn die Milch dreimal aufgekocht war und wieder abkühlte, im Winter draußen auf der eiskalten Fensterbank, im Sommer auf dem kühlen Steinfußboden, und wenn der Waschzuber mit lauwarmem Wasser gefüllt war, erst dann musste Esperanza aufstehen, sich waschen, die Kleidung überstreifen. Nachdem die Schwestern ihr Brot, das sie in reichlich Olivenöl tunkten, hinuntergeschlungen und der Mutter beim Vorkochen des Mittagseintopfs geholfen hatten, brachen sie, sobald die Sonne durch das obere Drittel des kleinen Küchenfensters schien, gemeinsam zur Feldarbeit auf.

Esperanza wusch sich das Gesicht und schaute dabei in den Spiegel, prüfte ihre Augen. Sie waren ruhig, und die schwarzen Wellen, die in den Tagen seit Martas Anruf ihre Pupillen umzuckten, hatten sich gelegt. Esperanza hatte keine Lust zu duschen, das würde sie später tun, wenn es heiß wurde. Sie hatte es nicht eilig, wenngleich sie genau wusste, was im Laufe des Tages auf sie zukommen würde. Während sie mechanisch ihr Gesicht abtrocknete, fragte sie sich, ob es ihrer Schwester all die Jahre nichts ausgemacht hatte, immer als Erste aufzustehen. Sie hielt inne, hob erstaunt die Augenbrauen. Musstest du tatsächlich fünfundsechzig Jahre alt werden, um dich das zu fragen ... Wie war es möglich gewesen, dass es ihr, die bei Ungerechtigkeiten jeder Art ihr Leben lang so dünnhäutig und vehement reagiert hatte, nicht aufgefallen war, dass sie selbst nie die Selbstverständlichkeit in Frage gestellt hatte, mit der ihre Schwester jeden Tag eine Viertelstunde ihres Schlafes geopfert hatte, um ihr diesen bescheidenen Luxus zu ermöglichen? Marta hatte nie geklagt, sie hatte diese fünfzehnminütige Ungerechtigkeit hingenommen wie schlechtes Wetter oder einen angeborenen Leberfleck. Es gehörte für sie so sehr zum Ablauf eines normalen Tages, dass sie nicht einmal auf die Idee kam, etwas anderes zu fordern. Nur einmal, als Marta, nachdem sie von ihrem langjährigen Verlobten wegen einer Städterin aus Cáceres verlassen worden war, das Bett hüten musste und gegen hohes Fieber ankämpfte, hatte Esperanza ihre Aufgaben übernommen. Sie war früher aufgestanden als sonst und hatte sich um Feuer, Wasser und Milch gekümmert, während die Mutter ihre Näharbeiten noch schneller besorgt hatte, um Martas Lohnausfall auszugleichen. Am siebten Tag war das Fieber abgeklungen. Am achten Morgen war Marta wieder zur gewohnten Zeit aufgestanden und hatte wortlos das Feuer angezündet. Esperanza war liegen geblieben und hatte Marta angespannt beobachtet, wie sie den großen Kessel mit Wasser gefüllt und auf die Feuerstelle gewuchtet hatte. Sie war unsicher gewesen, ob sie auch aufstehen sollte oder ob sie wie zuvor ihr Privileg auskosten durfte. Als ob Marta ihre Gedanken gelesen hätte, nahm sie, nachdem sie das dampfende Wasser in den Waschzuber geschüttet hatte, die Milchkanne von ihrem Haken an der Küchendecke und hielt sie Esperanza ohne jeden Vorwurf hin. Ich kümmere mich um das Wasser, du um die Milch. Von diesem Tag an stand Esperanza immer einige Minuten nach ihrer Schwester auf und übernahm das Aufkochen und Schaumigrühren der Milch. Nie wieder hatte Marta ein Wort über ihren Verlobten verloren, war nie aus dem Elternhaus ausgezogen. Sie hatte die Stellung gehalten. Nach dem Tod des Vaters hatte die Mutter den beiden Töchtern das Elternschlafzimmer überlassen und war selbst in die Kammer gezogen. Seitdem Esperanza nach Deutschland ausgewandert war, hatte Marta das alte holzgezimmerte Ehebett für sich alleine gehabt. Sie hatte sich in dem engen Schlafzimmer und ihrem kleinen Leben eingerichtet und der Mutter den Haushalt geführt. Alles Zureden half nicht, sie wollte nicht arbeiten gehen, nicht unter Leute kommen, nichts von der Welt sehen. Wenn ich unter Leute will, gehe ich auf den Markt, sagte sie, und von dieser Welt habe ich genug gesehen, nichts als Tränen und Mühsal und Ungerechtigkeit für unsereins. Das da draußen war definitiv nicht ihre Welt. Große Worte wie Vaterland, Kreuzzug oder Caudillo verabscheute sie, und die Worte, die nach dem Tod des Diktators aufkamen, Monarchie, Übergang, Öffnung, machten sie misstrauisch, aber sie hätte auch nicht gewusst, wie man sie hätte anders machen sollen, diese Welt. Als die Mutter nicht mehr nähen konnte, hatte Marta ihre Näharbeiten übernommen, so blieb die Einnahmequelle erhalten, und Marta musste dennoch nicht außer Haus arbeiten. Die beiden Frauen führten ein ruhiges, friedliches Leben. Nie hatte Marta über die Mutter geklagt, selbst dann nicht, als diese krank wurde und Marta sie jahrelang bis zu ihrem Tod pflegte. Esperanza hatte sich auch darüber kaum Gedanken gemacht. Sie war froh gewesen, dass sie die Mutter in guten Händen wusste. Zwar hatte sie oft an ihre Mutter und Marta gedacht, aber sie war erst wieder hingefahren, als die Mutter immer schwächer und schließlich bettlägrig geworden war. Sie war immer alleine gefahren und hatte es so eingerichtet, dass es wie ein Abstecher war, sodass sie nie den Eindruck hatte, im Dorf gewesen zu sein, sondern lediglich ihre Mutter auf der Durchreise besucht zu haben. Doch nie hatte sie sich gefragt, wie es für Marta war, im Elternhaus zu leben, die Mutter zu pflegen und dabei genau zu wissen, dass die kleine

Schwester nicht zurückkehren würde, denn Marta wusste es, sie wusste alles, und sie schützte Esperanza, indem sie ihr nie vorwarf, dass sie so selten kam und sie mit der kranken Mutter allein ließ ... Als der Diktator endlich starb, hatte Marta kurz gehofft, Esperanza könne sich doch mit dem Dorf aussöhnen. Aber bald wurde ihr klar, dass zwar die Fassaden neu übertüncht wurden, die tragenden Balken darunter jedoch vor sich hinfaulten und nur hier und da, wenn es gar nicht anders ging, durch neue ersetzt wurden. Es ändert sich viel und nichts, sagte Marta, wenn Esperanza sie aus Berlin anrief und fragte. Dennoch atmete sie auf und legte die schwarze Trauerkleidung ab. Zwei Jahre nach dem Tod des Diktators begann sie sogar, in einer Änderungsschneiderei im Dorfzentrum zu arbeiten, und ging manchmal mit den beiden Kolleginnen aus. Wenn Esperanza diese kleinen Veränderungen aus ihren Telefongesprächen heraushörte, hoffte sie insgeheim, ihre Schwester würde vielleicht doch noch irgendwann ein eigenes Leben führen ...

Espe! Marta rief nach ihr. Langsam legte sie das Handtuch weg und ging in die Küche. Ihre Schwester goss ihr tiefschwarzen Kaffee ein. Dankbar nahm Esperanza die warme Tasse in beide Hände. Marta war aufgekratzt, plapperte über dies und das, reichte ihr frisch getoastetes Brot, Olivenöl, Tomaten, Salz. Esperanza beobachtete sie durch den Kaffeedampf hindurch. Etwas war im Aufbruch, sie spürte eine freudige Unruhe, deren Ursprung sie sich jedoch nicht erklären konnte. Um alles möglichst rasch hinter sich zu bringen, wollte sie noch an diesem Tag das Säckchen mit der Babylocke und dem Milchzahn des Onkels abgeben und dann schnell nach Berlin zurückreisen, in ihr selbstgewähltes Zuhause – zu Carlotto. Sie musste an seine Hände denken, groß und glatt und lang wie auf den Bildern von El Greco, die Alfonso so geliebt und deren traurige Schönheit Esperanza so verstört hatte. Sie musste an Carlottos Herzschlag denken. Als sie das allererste Mal erschöpft an seiner Brust gelegen hatte, war sein Herz ganz laut gewesen, laut und pochend. Esperanza hatte gelauscht und gelauscht, tief eingeatmet und ohne darüber nachzudenken gesagt: Du hast kein schwarzes Herz, dein Herz klingt ... dann stockte sie erschrocken, spürte, dass sie dabei war, eine Schwelle zu übertreten. Sie wollte frei sein, nur nach vorne schauen und feste, sichere Schritte machen. Sie würde nicht untergehen, und sie würde nicht verrückt werden, das versprach sie sich in diesem Moment. Karl-Otto hatte sie belustigt gefragt, wie klingt mein Herz? Da hatte sich Esperanza wieder unter Kontrolle gehabt, hatte Carlotto aus ihrem Dorf und ihrer Vergangenheit ausgesperrt und lachend gesagt, dein Herz klingt gefherrlich.

Marta erzählte dies und das aus ihrem Alltag, Esperanza hörte sich alles geduldig an. Es hatte etwas Beruhigendes. Das heiße Wetter, die steigenden Gemüsepreise, die Geschichten der Marktfrauen, die immer gleichen Beschwörungsformeln lullten Esperanza ein, gaben ihr ein aufgeräumtes Gefühl von Normalität. Schluckweise trank sie den dampfenden Kaffee, der sich in ihrem Bauch ausbreitete. Esperanza schaute auf, Marta hob die Augenbrauen, Espe, ich habe dich etwas gefragt. Esperanza lächelte, entschuldige, was hast du gesagt? Marta stöhnte. Ich wollte wissen, wie es Miguel geht. Esperanza nickte, ach ja, Miguel ... Ich glaube, Miguel geht es gut.

Karla

Karla wachte atemlos auf und schnappte nach Luft. Sie schaute um sich, ihr Kopf pochte. Aus der Küche hörte sie die Stimmen ihrer Mutter und ihrer Tante und seufzte, erleichtert und genervt zugleich. Dann hatte sie alles wieder vor Augen. Die Bar, das Lächeln, die Wimpern, das Tanzen und den Nachhauseweg... Beruhigt stellte sie fest, dass ihr nicht mehr schwindelig war, ihr Kopf dröhnte, aber sie konnte ohne zu schwanken aufstehen und geradeaus laufen. Sie wollte nicht allein sein, sie wollte nichts Meerblaues spüren, sich keine Vorwürfe machen. Verstrubbelt und mürrisch setzte sie sich an den Küchentisch. Tante Marta strahlte sie an und setzte ihr eine Tasse Kaffee vor die Nase. Ihre Mutter ignorierte sie. Karla erwartete, vorwurfsvoll gefragt zu werden, wo sie so lange gewesen sei, und bereitete sich innerlich darauf vor, nicht allzu pampig zu antworten, aber ihre Mutter schien ganz woanders zu sein, warf ihr nur ein knappes »Guten Morgen« zu, wie aus weiter Ferne, und kaute weiter auf ihrem Tomatenbrot herum. Neugierig fragte Tante Marta, na, war es schön heute Nacht? Karla fand darauf keine Antwort, sie wollte ihre Tante nicht enttäuschen, aber sie konnte auch nicht sagen, wie es gewesen war, das wusste sie selbst noch nicht. Ihre Mutter nahm ihr die Entscheidung ab und sagte leise, aber sehr deutlich: Es war nicht schön, aber es musste wohl sein. Karla durchzuckte ein Stich. Sie blinzelte, einmal, zweimal, dreimal. Das Gefühl rannte bis in die Fingerspitzen der linken Hand. Ihre Hand wurde taub, Karla blieb kurz die Luft weg. Sie nahm vorsichtig einen Schluck Kaffee, wobei sie ihre Mutter und ihre Tante verstohlen musterte. Die beiden hatten offensichtlich nichts bemerkt. Der Kaffee tat gut, die Finger fühlten sich nicht mehr taub an. Fast wäre Karla davongekommen, ohne sich erklären zu müssen, doch ihre Tante schaute auf, wollte etwas sagen und erschrak. Karla, was ist mit dir? Du bist ja so blass! Karla nickte sofort schuldbewusst, um abzulenken, ja, ich weiß, ich hab wohl ein bisschen zu viel getrunken. Ihre Tante schüttelte den Kopf: Aaayyy, diese Jugend ..., und schlug dann fürsorglich vor, ihr eine Hühnerbrühe mit Ei zu machen. Das fand Karla übertrieben und rührend zugleich. Sie nickte versöhnlich. Ihre Tante machte sich sofort daran, eine Brühe zu kochen. Das resolute Klappern der Kochtöpfe und das rhythmische Schneiden der Zwiebelstücke beruhigten Karla. Sie trank noch einen Schluck Kaffee, alles blieb friedlich, ihr Herz schlug regelmäßig und verlässlich. Im Kaffeedunst tauchten ein paar Augen mit überlangen Wimpern und ein meerblaues Lächeln auf. Sie war so bescheuert, sie hatte nichts begriffen, Nacho hatte ihr viel erzählt, hatte beim Tanzen mehrmals Angebote gemacht, die über den Moment hinausgingen, aber sie hatte das nicht wahrhaben wollen. Erst jetzt erinnerte sie sich, dass er gesagt hatte, und darin schwang eine Frage, er würde in den nächsten Wochen nicht in der Gegend sein. Doch Karla hatte nicht geantwortet, sie hatte getanzt, gelacht, ihn geküsst und geschwiegen.

Karla, sagte ihre Mutter, Marta und ich müssen nachher weg, etwas erledigen ... Ihre Tante rührte in der Brühe und nickte vielsagend dazu. Karla explodierte aus dem Stand. Was heißt das denn schon wieder? Ich bin doch nicht hierher mitgekommen, um am Ende wieder vor verschlossenen Türen zu stehen! Sie hätte ihre Mutter am liebsten geschüttelt, so wie sie als Mädchen früher ihre Puppen gegen die Wand geschlagen hatte, bis ihnen die Plastikaugen aus den Höhlen gesprungen waren. Tante Marta, die zwar ihre deutsche Tirade nicht verstanden hatte, aber wohl dennoch genau wusste, worum es ging, versuchte zu vermitteln. In einem langsamen und deutlichen Spanisch sprach sie auf Karla ein, wir wissen ja auch noch nicht, was die nächsten Schritte sind, wir wollen erstmal nur nachfragen, was überhaupt zu tun ist. Dieser getragene Tonfall machte Karla rasend. Ja, wunderbar, dann komme ich mit und erfahre auch endlich, »was die nächsten Schritte sind«! Ihre Mutter wollte etwas erwidern, doch Karla ließ sie gar nicht erst zu Wort kommen, sie kippte den Rest des Kaffees hinunter und sagte trocken, ich bin so weit, von mir aus können wir. Tante Marta war vollkommen durcheinander und wusste nicht, was sie mit der Brühe, die noch eine halbe Stunde köcheln und dann durchziehen musste, machen sollte. Mühsam riss sich Karla zusammen und versicherte ihr, dass sie die Brühe nachher trinken würde und dass sie sicher auch dann noch ganz köstlich schmecken würde. Ihre Tante machte den Herd aus und ging mit eiligen Schritten in ihr Zimmer, um sich fertigzumachen. Karla sah ihre Mutter feindselig an und wünschte sich, sie würde endlich aus ihrem Leben verschwinden.

Juan

Juan und Rose frühstückten in der kühlen, dunklen Küche. Rose mampfte mit vollen Backen ihre Cornflakes und ließ nicht locker. Ist Marimar nicht verliebt? Juan schaute seine Tochter nachdenklich an, hob die Schultern. Rose bohrte nach: Aber du bist doch verliebt, wieso ist sie nicht verliebt? Juan musste lächeln, obwohl ihm elend war. Er fühlte sich schlimmer als damals, als er die Doktorarbeit abgegeben hatte und mit Roses Mutter und seinen beiden besten Freunden die ganze Nacht um die Häuser gezogen war. Sie hatten durchgemacht bis weit in den nächsten Tag, und als sie endlich ins Bett fielen, schliefen sie fünfzehn Stunden am Stück. Beim Aufwachen hatte Juan schwarze Kreise und bunte Lichter gesehen und sich zwei Stunden lang übergeben. Danach hütete er den ganzen Tag das Bett, alle Glieder schmerzten, aber am schlimmsten war der heftige Muskelkater vom Würgen. Und doch war er glücklich gewesen. Roses Mutter war den ganzen Tag bei ihm geblieben, hatte ihm Tee eingelöffelt und vorgelesen, wahrscheinlich englische Liebesgedichte aus dem 18. Jahrhundert oder etwas ähnlich Abwegiges, und als es allmählich schon wieder hell wurde und Juans Magenmuskelkater einem diffusen Schmerz gewichen war, hatten sie das getan, was sie seit Tagen eigentlich hatten tun wollen, sie hatten sich zum ersten Mal geliebt. Von da an waren sie vor allem damit beschäftigt gewesen, ernsthaft glücklich zu sein. Sie hatten Bücher getauscht und sich geliebt, sie waren ins Kino gegangen und hatten sich danach geliebt, sie waren nach Schottland gereist, wo sie herkam, und hatten unterwegs angehalten und sich im Auto geliebt. Sie waren bei Esseneinladungen von Freunden überhastet aufgebrochen und hatten sich, kaum zu Hause angekommen, auf dem langen, dicht gewebten Teppich geliebt, bis die Nachbarn von unten mit dem Besen gegen die Decke geklopft hatten. Dann waren sie müde und liebestrunken zum Inder an der Ecke gegangen und hatten eine riesige Portion Chicken Tikka bestellt, dazu Mangolassi und lauwarmes Bier. So war es unendliche Monate gegangen. Danach hatte er angefangen zu arbeiten und sie ihre Doktorarbeit fertiggeschrieben, sie hatten Rose bekommen und waren zusammengezogen.

Rose, die mittlerweile zwölfjährige Rose, ließ nicht locker, glaubst du, Marimar kommt wieder? Juan sagte das Erste, was ihm in den Sinn kam, ich wünsche mir, dass sie wiederkommt, und ich wünsche mir, das sie sich verliebt hat, aber … Er hielt erschrocken inne und schaute seine Tochter an. Sie schien nicht befremdet von dem, was er gesagt hatte, aber Juan fand es unpassend, so mit seiner Tochter zu sprechen. Er fragte sie, was sie davon hielte, mit zur Arbeit zu kommen. Rose war begeistert und hüpfte durch die Küche. Kann ich dann auch wieder was arbeiten? fragte sie voller Tatendrang. Juan überlegte, ja, warum nicht, ich könnte heute eine gute Assistentin gebrauchen. Rose klatschte in die Hände, raffte das überlange Nachthemd schwungvoll zusammen und rannte in ihr Zimmer, um sich anzuziehen. Juan war froh, er wollte sich jetzt nicht von ihr trennen und musste einiges erledigen, außerdem würde ihm die Arbeit guttun, das wusste er aus der Erfahrung des letzten Jahres. Während er hin und her ging, alles aufräumte, die Frühstücksreste im Kühlschrank verstaute, spürte er einen schmerzhaften Muskelkater in den Pobacken. Fast musste er lachen. Muskelkater an dieser Stelle hatte er schon Jahre nicht mehr gehabt. Wäre Marimar jetzt hier, hätte sie mit ihm und Rose gefrühstückt, wäre es ein schöner Schmerz, er würde ihn genießen, ihn als spürbaren Beweis seines Glücks betrachten, aber jetzt war er nur peinvoll. Rose kam wieder in die Küche, sie hatte ein geblümtes Sommerkleid und dazu ein paar gestreifte Espadrilles angezogen, die so gar nicht zum Blumenmuster des Kleides passen wollten, und eine quietschgrüne Häkelmütze über den Kopf gestülpt, die sich nicht entscheiden konnte, ob sie eine Hommage an die 20er-Jahre oder an eine spießige Klorollenhülle sein wollte. Juan lächelte, er legte keinen Wert auf exklusive oder schicke Kleidung, aber es war ihm ein Bedürfnis, gewisse Farb- und Formharmonien herzustellen, das hatte er wohl von seinem Vater, der stets sehr viel Sorgfalt auf seine Erscheinung verwendet hatte. Rose kam da eher nach ihrer Mutter, die Hippieelemente mit britischer Extravaganz wild mischte. Juan legte den Arm schützend um seine Tochter und schob sie zum Ausgang.

Im Auto plapperte Rose munter drauflos, das tat Juan gut, es lenkte ihn von Marimar ab. Irgendwann fragte sie, was soll ich denn heute als Assistentin machen? Mal sehen, sagte Juan und überlegte. Er musste E-Mails beantworten, Anrufe tätigen, zahlreiche Anfragen von Angehörigen bearbeiten, die nach ihren verschwundenen Großeltern, Großtanten oder Großonkeln fahndeten. Es gab selten Anfragen nach Eltern, Eheleuten oder Geschwistern, die meisten nahen Familienangehörigen der verschwundenen Opfer waren inzwischen selbst verstorben. Oft suchten erst die Enkelkinder oder Großnichten und -neffen und wunderten sich darüber, dass die Familie vieles wusste und schwieg oder vieles nur ahnte und ebenfalls schwieg. Juan war sich nicht sicher, was schlimmer war. Bevor er das Testament seines Vaters öffnete, hatte er weder gewusst noch geahnt. Er hatte um ein labiles Vater-Sohn-Verhältnis getrauert, mit seiner Situation als Vollwaise gehadert und gleichzeitig gespürt, wie lächerlich es war, sich als erwachsener, getrennt lebender Vater einer Tochter als Waisenkind zu fühlen.

Kaum hatte er sich, viel zu spät, seinem scheuen Vater angenähert, kaum hatte der einsame, alternde Poet seinem Sohn die Tür einen spaltbreit geöffnet, wurde er krank und war innerhalb eines Jahres von einem extrem aggressiven Krebs aufgefressen worden. Obwohl Juan ihn monatelang gepflegt und den unaufhaltsamen Verfall Tag für Tag vor Augen gehabt hatte, war er fassungslos gewesen, als der Vater eines Nachts starb. Er hatte nie mit dem Tod gerechnet, immer geglaubt, sein Vater würde den Krebs doch noch besiegen, schließlich war er nicht alt, jedenfalls nicht alt genug, um zu sterben. In seinem Alter gingen andere noch auf Pilgerfahrt oder machten Kreuzfahrten oder begannen eine Karriere als Kommunalpolitiker. Doch er hatte nicht mit der Sturheit seines Vaters gerechnet, der entschieden hatte, nicht siebzig zu werden, weil er nie und nimmer dieses unwürdige Alter erreichen wollte, wie er immer wieder mit seinem feinen, spöttischen Lächeln betonte. In dieser Nacht warf Juan seinem Vater vor, nicht gekämpft zu haben, und als er endlich weinen konnte, dachte er, endgültig alles verloren zu haben. Ein paar Tage später setzte er sich an das Grab, öffnete das Testament seines Vaters und schämte sich. Das Testament umfasste siebenundzwanzig Seiten und war sehr sorgfältig, fast literarisch geschrieben. Juan wusste zunächst nicht, ob er seinen Vater für seine stilistische Eleganz bewundern oder ob seiner dandyhaften Eitelkeit verachten sollte. Doch nach wenigen Seiten war er vollkommen von der Person gefesselt, die ihm da entgegentrat und die nur marginal mit seinem Vater zu tun hatte. Alfonso hatte sehr viel länger gegen den Krebs gekämpft, als Juan bewusst war. Juan begriff, dass die spöttische Attitüde seines Vaters, nicht älter als siebzig werden zu wollen, nichts anderes war als der verzweifelte Trotz, dem Krebs gegenüber nicht als Verlierer dazustehen. Aber was ihn buchstäblich umwarf, war die Tatsache, dass im selben Moment, in dem er seinen Vater beerdigte, seine Mutter auferstand. Alfonso teilte ihm in knappen Sätzen mit, dass seine Mutter nicht bei seiner Geburt verstorben, sondern am Leben war und in Berlin wohnte. Er bat Juan um Verzeihung, hoffte aber, wenn Juan alles wüsste, würde er verstehen und ihm diese Lüge vergeben. Das war zu viel für Juan. Er war direkt neben dem Grab seines Vaters umgekippt. Bis zur Geschichte mit Onkel Ramón war er da noch gar nicht gekommen. Mühsam kam er wieder auf die Beine, fuhr nach Hause, kühlte die riesige Beule am Hinterkopf mit Roses Eisbeutelpinguin, ließ sich auf das Sofa fallen und rauchte das ganze Haschisch auf, das sein Vater nie mehr benötigen würde. Erst in diesem Zustand wagte er, das Testament zu Ende zu lesen. Die kurze Lektüre erschöpfte ihn. Bis dahin hatte er nichts von seinem Großonkel gewusst, aber als er las, was sein Vater über ihn geschrieben hatte, wusste er sofort, wie alles gekommen war, was für ein Mensch dieser Ramón gewesen und auch für welche Träume er gestorben war. Es war also keine freie Entscheidung Juans gewesen, sich beinahe zwanghaft mit dem Spanischen Bürgerkrieg zu beschäftigen, es hatte so kommen müssen, weil Ramóns Geschichte noch ein Ende brauchte. Einen Schlusspunkt und einen neuen Läufer, der den Stab übernahm. Juan hatte schon als Schüler alles über diesen Krieg gelesen. Er hatte mit fünfzehn Jahren Orwells *Mein Katalonien* entdeckt, und von da an hatte ihn das Thema nicht mehr losgelassen. Er hatte Enzensbergers *Der kurze Sommer der Anarchie* gelesen, sich alle Standardwerke einverleibt, sowohl marxistische und anarchistische als auch solche, die sich um einen bürgerlichen Mittelweg bemühten, er hatte englische Fachliteratur und spanische Memoiren gelesen, sich für den Anarchosyndikalismus begeistert und für die Landkollektivierung interessiert. Dabei hatten ihn die Parallelen zwischen Gesellschaft und Gehirn zunehmend fasziniert. Zu einer Zeit, als in der Biologie nur wenige Wissenschaftler ernsthaft die Plastizität des Gehirns erforschten, hatte Juan bereits wilde Analogien zwischen revolutionären Umbruchsituationen und selbstheilenden neuronalen Prozessen hergestellt. Er verglich vorrevolutionäre Situationen mit pathologischen Hirnbefunden und entwarf Muster, die aufzeigen sollten, wie gesellschaftliche Korrekturmechanismen von Revolutionen mit dem inhärenten Streben des menschlichen Denkens nach Ausgleich und Kausalität korrelierten. In dieser Phase verstanden nur noch wenige Kommilitonen, was er trieb, aber er hatte das Glück, dass ein Professor, der kurz vor seiner Emeritierung stand, ihn gewähren ließ, oder vielmehr mit der Gelassenheit eines alt gewordenen Trotzkisten ihn anspornte, und ihm die materielle und organisatorische Infrastruktur zur Verfügung stellte, die es Juan erlaubte, zwei ganze Jahre an diesen Mustern zu arbeiten und seine Doktorarbeit zu vollenden. Sein Vater hatte ihn zwar immer unterstützt und ihm ab und an Geschichten aus Spanien erzählt, aber Juans Begeisterung für die Korrelation von historischen und neuronalen Vorgängen hatte er nie nachvollziehen können. Während Juan sich mit der Herausbildung von kollektiven Gedächtnisprozessen in postdiktatorischen Gesellschaften beschäftigte, steckte Alfonso in der Welt seiner eigenen Erinnerungen fest und schrieb Gedichte, die nie veröffentlicht wurden. Juans Vater war ein beliebter Dozent, doch er litt unsäglich darunter, britischen Studenten spanische Literatur nahezubringen und sie für den Siglo de Oro zu begeistern und dabei selbst nicht über hastige, zerrissene Zeilen hinauszukommen. Aber er schrieb Tagebuch, jeden Tag, jahrelang.

Juan trat auf die Bremse, riss reflexartig seinen rechten Arm hoch und hielt ihn wie eine Bahnschranke vor Rose, damit sie nicht gegen die Windschutzscheibe knallte, und fluchte, weil er den Wagen dabei abwürgte. Fast hätte er einen Hund überfahren, der über die Straße geschlendert war. Hinter ihm hupte ein Auto. Juan ließ den Arm erleichtert sinken, aber Rose schrie auf. Papa, Papa! Da ist Marimar, da! Juan schaute in die Richtung, in die Roses aufgeregter Finger zeigte, suchte sie mit den Blicken. Papa! Da! Nein, jetzt ist sie weg, rief

Rose enttäuscht. Bist du sicher, dass es Marimar war? fragte Juan. Rose war empört, natürlich war sie sicher, das waren Marimars Locken, ihr Gang und vor allem die bunte Tasche mit den runden Spiegeln und den Glitzerperlen drauf. Hinter ihnen hupte es ungeduldig. Juan zwang sich, ruhig zu bleiben und den Motor zu starten. Während der restlichen Fahrt schwiegen sie und hielten Ausschau nach Marimar, Rose freudig und Juan frierend. Als sie beim Verein ankamen, wusste er, dass er sie anrufen musste, vorher würde er sowieso nichts zustande bringen. Er schloss auf. Das Büro war noch leer, so konnte er Rose in Ruhe erklären, was heute zu tun war, und ungestört telefonieren. Rose ging zielstrebig zum Schreibtisch ihres Vaters, setzte sich auf seinen Drehstuhl und startete den Computer, schaute ernsthaft auf die Zeitschriften, Artikel und Papierstöße, die sich, nach Themen sortiert, dort stapelten. Juan musste lächeln, sie wirkte so konzentriert und geschäftig. Er erklärte ihr, wie sie die Post sortieren musste, nach Thema und Dringlichkeit. Ältere Angehörige bevorzugten immer noch den postalischen Weg, und offizielle Anfragen oder Antwortschreiben sowie manche Artikel wurden ihnen per Post zugesandt. Juan wusste, dass Rose Postsendungen kurios fand. In ihrem Leben spielten WhatsApp und YouTube eine Rolle, aber dass Menschen noch von Hand geschriebene Briefe in Umschläge steckten, mit einer Briefmarke versahen und sie dann wildfremden Menschen anvertrauten, um sie zu verschicken und auszuteilen, war für sie der Inbegriff von »last century«. Seine Tochter entdeckte zwei knallrote Ordner und wollte wissen, was da drin war. Juan fluchte innerlich, das war typisch Rose, sie spürte immer, wo es interessant war. Er versuchte sie abzulenken, aber sie ließ nicht locker, bis er nachgab. In einem der Ordner befanden sich Artikel über die bisher beantragten und stattgefundenen Exhumierungen in Extremadura. In dem anderen waren die Opfer der franquistischen Repression gesammelt worden, dort wurden alphabetisch alle Personen aufgelistet, die in Extremadura während des Bürgerkriegs oder nach dem Bürgerkrieg ermordet worden beziehungsweise verschwunden waren. Es war eine lange Liste, die bis in die 1950er-Jahre hineinreichte. Die Letzten auf dieser Liste waren Onkel Ramón und seine Gefährten Federico und Ladislao. Rose fragte erstaunt, wieso wurden so spät noch Leute ermordet, war der spanische Bürgerkrieg nicht schon 1939 vorbei? Juan erklärte ihr, dass Repression und politische Racheakte noch lange nach Ende des Bürgerkriegs stattgefunden hatten. Erst Ende der 40er-Jahre waren sie langsam verebbt, und ab Mitte der 50er war in Extremadura wahrscheinlich niemand mehr ermordet und kein Häftling mehr erschossen worden, zumindest nicht in direkter oder indirekter Folge des Bürgerkriegs. Doch so genau könne man das nicht sagen, schließlich gab es immer noch keine offizielle Erhebung über die Opfer des Franquismo. Das Franco-Regime hatte erst 1969 ein Dekret erlassen, das Straftaten, ob tatsächliche oder vermeintliche, die mit dem Bürgerkrieg in Zusammenhang standen, ad acta legte. Das galt natürlich nicht für die Verbrechen der Franquisten, die wurden ja nicht als Straftaten betrachtet, sie waren qua Macht legitimiert. Straftäter waren nur die Verlierer. Damit beendete Juan seine Lektion. Er fand Rose eigentlich zu jung für dieses Thema. Außerdem wollte er unbedingt mit Marimar sprechen. Er lenkte ihre Aufmerksamkeit auf eine Geschichte, die sie bereits kannte. Juan musste sie ihr immer wieder erzählen, was er auch gerne tat, weil diese Geschichte ausnahmsweise gut ausgegangen war. Es war eine von diesen Geschichten, die sich gut für Filme eignen, dachte Juan, weil es ein Happy End gibt und man den Zuschauer auf eine zumutbare Art und Weise leiden lässt, um ihn am Ende mit sich und der Welt zu versöhnen. Zu dumm, dass diejenigen, die im Straßengraben oder im Massengrab gelandet waren, all das nicht erleben durften. Keine Katharsis, keine Genugtuung und auch keine Versöhnung. Der rote Ordner war voll von Geschichten, die kein Happy End hatten, die genaugenommen überhaupt kein Ende hatten und in einer quälenden Schwebe verharrten, bis sich jemand erbarmen und ihnen wenn schon kein glückliches, so doch wenigstens ein eindeutiges Ende schenken würde. Er holte einen anderen Ordner heraus, blätterte, bis er das Foto fand, das er suchte. Es zeigte einen glatzköpfigen Mann mit einer Zigarette im Mund, der neben einem Hund kniete und ihn lächelnd kraulte. Schau, sagte er zu Rose, das ist der *topo*, von dem ich dir schon erzählt habe. Dieser Mann, den die Bewohner des Dorfes den Dachmaulwurf nannten, weil er fünfzehn Jahre lang von seiner Mutter und seiner Schwester in einem Dachverschlag ihres Hauses versteckt worden war und erst 1951 entdeckt wurde, war einer der Letzten auf der Liste der Geschichten, die gut ausgegangen waren. Der Mann war zwar nach seiner Entdeckung ins Gefängnis gekommen und sollte eine Strafe von dreißig Jahren absitzen, weil er in den Augen des Regimes das schwere Verbrechen begangen hatte, sich nach dem Putsch der Generäle den republiktreuen Milizen anzuschließen, war aber schließlich begnadigt und nach sechs Wochen wieder entlassen worden. Er hatte die restlichen zwanzig Jahre seines Lebens in Freiheit, wenn auch unter der franquistischen Käseglocke, weiterleben dürfen. Am Schönsten fand Juan, dass dieser Mann in den einsamen Jahren, die er aufgrund der geringen Höhe des Dachverschlages fast nur sitzend oder liegend verbringen konnte, Tag um Tag, Monat um Monat, mit Lesen verbracht hatte und am Ende dieser Zeit ganze Passagen des *Don Quijote de la Mancha* auswendig konnte. Diesen Teil der Geschichte kannte Rose noch nicht, und Juan wusste, dass er sie damit begeistern würde, denn Don Quijote war für Rose wie ein Familienmitglied.

Ihr Großvater Alfonso hatte jedes Semester ein Seminar über den kauzigen Windmühlenritter abgehalten, und ihre Mutter, die ihrem Schwiegervater ansonsten nicht viel zu sagen hatte, hatte regelmäßige Diskussionen mit ihm über die Bedeutung des cervantinischen Erbes für die moderne Literatur geführt, die Rose gebannt belauscht hatte. Das alles wusste Juan, seit er mit Rose für die Spanienreise gepackt und sie darauf bestanden hatte, nicht nur ihre englische Comicausgabe *The Ingenious Gentleman Don Quixote of la Mancha*, sondern auch die ledergebundene spanische Ausgabe, Teil I und Teil II, mit einzupacken, die sie vom Großvater zu ihrem elften Geburtstag bekommen hatte. Es handelte sich um eine mit Lithografien versehene, kostbare Ausgabe aus dem 19. Jahrhundert, und Juan hatte versucht, ihr auszureden, ein so schweres und wertvolles Buch mit auf die Reise zu nehmen. Doch Rose hatte getobt und geschrien und war so außer sich gewesen, dass Juan ratlos gefragt hatte, warum sie um alles in der Welt ausgerechnet diesen alten Schinken mitnehmen wollte. Da hatte ihn seine Tochter wieder einmal überrumpelt und geschimpft, das sei kein alter Schinken, sondern ein universelles Werk, und sie wolle es irgendwann auf Spanisch lesen, und wenn schon Opa tot sei und Mama nicht mitkomme, müsse sie wenigstens dieses Buch bei sich haben. Juan hatte sich zwar geärgert, weil er aus ihren Worten die Attitüden seiner Exfrau herauszuhören meinte, aber er hatte schließlich nachgegeben.

Das Telefon klingelte. Juan schreckte auf, sein Herz fing an zu rasen, er zwang sich zu einem sachlichen Tonfall und meldete sich mit *Asociación para la Memoria Histórica, sección Extremadura, buenos días*. Seine Ohrmuschel kroch förmlich in den Hörer hinein, doch es war nicht Marimar. Eine Frauenstimme lachte auf und sagte, na, du meldest dich ja heute förmlich! Es war Pilar, die hauptamtliche Kraft der Asociación. Eine ruppige, aber humorvolle und patente Historikerin, die den Laden am Laufen hielt. Juan war erleichtert und enttäuscht zugleich. Pilar wollte mit ihm den Tagesablauf besprechen, weil sie sich etwas verspäten würde. Aber Juan beruhigte sie, er würde gut vorankommen, er hätte heute eine hervorragende Assistentin. Rose reckte sich geschmeichelt.

Nachdem alles Nötige mit Pilar besprochen war, ging Juan endlich in den Nebenraum, machte die Tür zu und umkreiste das Telefon. Er hatte Marimars Nummer aus der Mitarbeiterliste herausgeschrieben, und während er auf den Zettel starrte, überlegte er, was er ihr eigentlich sagen wollte. Er kreiste immer und immer wieder um die ersten Worte. Er sah aus dem Fenster, starrte in den sengenden weißen Himmel. Die Luft um das Kabelgewirr, das sich von einem Straßenufer zum anderen hangelte, flirrte schon jetzt am Vormittag. Juans rechte Hand zuckte, einmal, zweimal, dreimal. Da wusste er, er würde improvisieren müssen. Er wunderte sich sehr, wie sein Gehirn zu diesem ungewöhnlichen Entschluss gekommen war, aber es schien nun eine beschlossene Sache, er würde einfach das sagen, was ihm als Erstes in den Sinn käme. Juan griff zum Telefon, atmete tief ein, wählte. Das Handy war vorübergehend nicht erreichbar. Ohne große Hoffnung wählte er die Festnetznummer. Als das Telefon am anderen Ende der Leitung abgehoben wurde, meldete sich eine noch junge, sonore männliche Stimme. *Sí, dígame.* Juan legte sofort auf. Er war doch immer wieder unglaublich naiv. Wie hatte er auch nur eine Sekunde lang glauben können, dass eine junge, schöne und ausnehmend leidenschaftliche Frau wie Marimar allein in der Welt herumspaziert. Natürlich war sie in festen Händen, wahrscheinlich sogar in liebenden, verständnisvollen Händen, die ihr ab und an eine kleine Eskapade erlaubten, um sie anschließend umso heftiger zu lieben. Juan rieb sich erschöpft die Augen.

Esperanza

Esperanza beobachtete, wie Karla ihrer Schwester nachschaute, die in ihr Zimmer geeilt war, um sich anzuziehen. Traurig überlegte sie, warum Karla sich so einmauern musste. Ihre Tochter verbaute sich so viele Türen mit ihrer Unnachgiebigkeit. Sie fühlte Karlas Blick, wollte sie anlächeln, aber als sie in Karlas kaltwütende Augen schaute, blieb das Lächeln auf halbem Wege stecken. Esperanza fürchtete, dass ihr Versuch zu lächeln sich in eine abfällige Grimasse verwandelt hatte, aber sie konnte es nicht ändern, das machte sie noch trauriger. Ihre Tochter war noch immer so unfertig und unstet, mit ihren dreiunddreißig Jahren wirkte sie wie eine Schiffbrüchige auf der Suche nach einem unerreichbaren Schatz. Warum nur war Karla so nörgelig, so unzufrieden? Sie hatte doch alles gehabt, eine schöne Kindheit, ein sorgenfreies Leben, sie hatten ihr ermöglicht zu studieren, hatten sie unterstützt und ermutigt. Esperanzas Wut wurde größer und größer. Sie drehte sich um und räumte die Sachen weg, die noch auf dem Küchentisch standen. Esperanza empfand es als Affront, dass Karla so unglücklich war. Dass sie so gar nicht die starke Tochter war, die sich Esperanza erträumt hatte, dass sie sich so gar nicht für die Dinge außerhalb ihrer kleinen Berliner Welt interessierte ... Aber irgendetwas ließ sie jetzt zweifeln, ein unbekanntes Gefühl schlich sich ein. Auf einmal war sie nicht mehr so sicher, ob sich Karla für andere Dinge interessierte oder nicht. Sie spürte Karlas zerstörerische Blicke in ihrem Rücken, aber sie hatte nicht die Kraft, sich umzudrehen.

Karla

Schweigend folgte Karla ihrer Tante und ihrer Mutter, oder vielmehr verfolgte sie die beiden Frauen. Sie misstraute ihnen. Wahrscheinlich würden sie sie an der nächsten Ecke abhängen und versuchen, diese mysteriöse Mission ohne sie zu Ende zu bringen. Karla beobachtete sie aufmerksam. Tante Martas Gesicht war hochkonzentriert, ihre Mutter wirkte abwesend und fahrig. Nach Karlas Ausbruch am Frühstückstisch war alles sehr schnell gegangen. Mutter und Tante hatten eingewilligt, sie mitzunehmen. Karla hatte versucht, ihnen Genaueres zu entlocken, aber sie bekam lediglich zur Antwort, sie müssten etwas bei einem Verein abgeben, der sich mit solchen Fällen wie dem von Onkel Ramón beschäftigte. Karla hätte gerne gewusst, was das konkret bedeutet, wie lange alles dauern würde. Könnten die Überreste tatsächlich gefunden und identifiziert werden? Und dann? Doch auch Tante Marta und ihre Mutter schienen nicht genau zu wissen, was auf sie zukam. Karla nahm sich vor, sich nicht täuschen zu lassen. Sie brauchte jetzt Klarheit, und sie hatte die Nase gestrichen voll von düsteren Stimmungen. Nachdem die drei Frauen fast das ganze Dorf durchquert hatten, blieben sie vor einem modernen dreistöckigen Bau stehen. Über der Klingelanlage einer Nebentür war ein schlichtes kleines Schild mit einem bombastischen Namen angebracht. *Verein zur Wiedererlangung des Historischen Gedächtnisses*. Der Kontrast von Form und Inhalt gefiel Karla, sie machte ein Foto mit ihrem Handy, das Akkusymbol blinkte gelb auf, im selben Moment hörte der Türöffner auf zu brummen. Kurz bevor die Tür wieder ins Schloss fiel, schlüpfte sie hinter Tante und Mutter hinein, wobei sie fast zwei dicke, neben dem Eingang aufgetürmte Aktenstapel umwarf. Eine Frau mit einem stacheligen, blondgefärbten

Kurzhaarschnitt, die an einem übervollen Schreibtisch etwas in den Computer eintippte, hob den Kopf, lächelte aufmerksam und grüßte fragend. Tante Marta trat ganz nah an den Schreibtisch heran, senkte die Stimme und erklärte, sie kämen wegen Onkel Ramón, sie wisse schon, der Fall bei den drei Steineichen, sie hätten schon telefoniert ... Während ihre Tante redete, fiel Karlas Blick auf den anderen Schreibtisch im Hintergrund, der ebenso mit Papieren und Akten beladen und von Regalen und Plakaten umringt war. Dort saß ein Mädchen und lochte Briefe und Artikel, die sie sorgfältig auf verschiedene Stapel verteilte. Karla fand es furchtbar albern, wie das Mädchen versuchte, erwachsen auszusehen und ernsthaft zu arbeiten. Sie ließ ihren Blick weiter schweifen und bemerkte eine Pinnwand voller ausgeschnittener Artikel aus verschiedenen spanischen Zeitungen zum Thema Exhumierungen von Opfern des Bürgerkrieges. Auch das Foto von Onkel Ramón, das ihr Juan in Berlin gezeigt hatte, hing da. Karla erkannte es sofort und fühlte sich hintergangen. Wo steckte eigentlich Juan? Wieso war er verschwunden, ohne irgendeine Fährte zu hinterlassen? Onkel Ramón zu begraben, war ihm so wichtig gewesen, es konnte doch nicht sein, dass er aufgegeben hatte? Die blondgefärbte Frau führte ihre Mutter und ihre Tante ins Nebenzimmer. Karla folgte ihnen, blieb jedoch unschlüssig an der Tür stehen. Sie war müde. Die letzte Nacht steckte ihr noch in den Knochen, und sie war ganz und gar nicht auf das vorbereitet, was sie nun erwartete. Auf einem Holzstuhl saß eine sehr alte Dame und hielt ihren Mund weit auf, während ihr ein Mann, der ihnen den Rücken zukehrte, mit einem Stäbchen Speichel von der Zunge abschabte und sorgfältig in ein kleines rundes Plastikdöschen übertrug. Karla war die Situation unangenehm, obwohl sie ahnte, dass es ein ganz normaler Vorgang war, aber sie empfand die Tatsache, dass eine Frau, die wie eine runzlige Rosine aussah, ihren Mund aufsperren musste, damit man tote Verwandte identifizieren konnte, als gruselig, geradezu obszön. Die blondgefärbte Frau unterbrach Karlas Gedanken, John, hier sind zwei Damen, die eine DNA-taugliche Probe abgeben wollen, die Sache bei den drei Steineichen. Der mit John angesprochene Mann fuhr herum und starrte sie alle entsetzt an. Esperanza, die ihm das Säckchen mit der Locke und dem Zahn überreichen wollte, hielt mitten in der Bewegung inne. Dann ließ sie das Säckchen auf eine Ablage neben der erstaunten alten Dame fallen und rannte an Karla vorbei, hinaus auf die Straße. Tante Marta stürmte hinter ihr her. Karla starrte Juan immer noch mit offenem Mund an. Wie bescheuert, dachte sie, die Rosine und ich sperren den Mund auf, und Juan schaut von einer zur anderen und schnappt nach Luft. Karla hörte, wie die Tante rief. Espe! Espe, warte! Karla versuchte zu reagieren, überlegte, was das alles bedeuten könnte. Sie freute sich, Juan zu sehen, sie wollte ihn umarmen, ihn ohrfeigen, aber ihre Gedanken bewegten sich in Zeitlupe. Juan entschuldigte sich bei der alten Dame und raste an Karla vorbei, sodass sie fast umfiel und sich an der Tür festhalten musste. Gut, das mit der Freude und den Vorwürfen schob sie wohl erstmal auf. Sie rannte ihm nach.

Draußen hatte Juan sich ihrer Mutter in den Weg gestellt und musterte sie angriffslustig. Diese versuchte, an ihm vorbeizukommen, als ob er nicht da wäre, und zischte dabei Tante Marta an. Du wusstest das, du hast alles extra arrangiert. Marta schwieg schuldbewusst, schüttelte aber den Kopf. Ihre Mutter versuchte, sich an Juan vorbeizudrücken, doch Juan wich nicht von der Stelle. Sieh mich an. Sieh mich doch wenigstens an! Sie sah ihn kurz an und wandte dann schnell den Blick ab. Juan ging einen Schritt auf sie zu. Wieso kannst du mir nicht wenigstens in die Augen sehen?! Durch Karlas Mutter ging ein Ruck. Willst du wissen, warum? Willst du es wirklich wissen? Juan nickte entschlossen und sah sie provozierend an.

Sie verstummte für einen Augenblick, als ob sie es sich anders überlegt hätte, doch dann schnappte sie nach Luft und schrie ihn mit einer unheimlichen, irren Stimme an, die Karla noch nie gehört hatte. Weil du der Sohn eines Mörders bist, eines ekelhaften Mörders! Ich habe dich nicht einmal nach der Geburt anschauen können. Ich habe dich gehasst, wie ihn... Marta schien entsetzt, sie wusste wohl genau, was jetzt kommen würde, und versuchte, ihre Schwester zu bremsen. Espe, nicht! Hör auf! Doch Karlas Mutter war jetzt nicht mehr zu halten. Ja, ich habe euch gehasst, und ich habe mich gehasst. Ich habe mich dafür gehasst, dass der Mörder meines Onkels mich besaß... Sie lachte bitter auf, fuhr zunächst fort,... wie eine Kriegstrophäe..., und machte dann eine Pause, stierte ihn an: Bist du jetzt zufrieden? Wolltest du das wirklich hören? Karla verstand nicht alles. Sie wusste nicht recht, ob das, was sie zu hören glaubte, stimmen konnte. Es war verrückt. Noch vor wenigen Minuten, als Juan sich zu ihnen umgedreht hatte, hatte sie sich gefreut. Da war er ja, ihr schöner Halbbruder. Jetzt erst wurde ihr klar, dass sich ein Kreis schloss, dass sie endlich dabei war, etwas Grundlegendes zu erfahren. Sie wollte auf ihn zugehen, vermitteln, doch er wehrte ihre Annäherung heftig ab und ging aggressiv auf ihre..., nun ja, wohl auch seine, Mutter zu. Nun bekam Tante Marta wiederum Angst um ihre Schwester und versuchte, den schäumenden Juan von Esperanza zu trennen. Er brüllte, und seine Stimme wurde dabei schrill. Du lügst, du lügst doch! Mein Vater war kein Mörder, wie kannst du nur! Plötzlich klang Karlas Mutter müde, sehr müde, ihre normale Stimme kehrte zurück. Das stimmt, Alfonso war kein Mörder, aber Alfonso war nicht dein Vater. Das war selbst für Karla unmissverständlich. Ein lastendes Schweigen entstand. Juan schaute düster zu Tante Marta, die traurig nickte. Die Mutter, die kaum noch stehen konnte, zwang sich weiterzusprechen. Alfonso war dein Halbbruder, sein Vater war der, der..., ihr habt denselben Vater. Juan konnte oder wollte es nicht glauben. Aber du … und Alfonso? fragte er voller Hoffnung. Sie flüsterte, Alfonso war mein Freund, der beste Freund, den ich je hatte. Juan krümmte sich, sein Blick erlosch. Karla konnte ihre Augen nicht von ihm wenden. Er stand da, als ob er die Finger in eine Steckdose gesteckt hätte und nun, zitternd und gelähmt, unfähig wäre, sich zu lösen. Doch dann wendete er sich abrupt ab und ging mechanisch in Richtung Verein. An der Tür drehte er sich noch einmal um und sagte tonlos: Ich werde Onkel Ramón aus dem Scheißschatten der Steineichen herausbuddeln und ihm ein Grab verpassen, Alfonso wollte es so, und ich werde es für ihn tun, für ihn, der mir alles war, Vater und Mutter, alles … Esperanza schaute stumpf auf den Boden. Stille. Hitze. Karla hatte ein heftiges Rauschen in den Ohren. Der Kreis hatte sich geschlossen und legte sich drückend um ihre Brust.

Juan

Juan betrat das Büro, ging geradewegs auf die alte Dame zu, entschuldigte sich höflich und nahm seine Arbeit wieder auf, als sei nichts geschehen. Rose und Pilar, die von der Tür aus die ganze Szene verfolgt hatten, sahen ihm fragend nach. Rose wollte zu ihm, doch Pilar bremste sie mit einer Handbewegung und ging selbst ins Nebenzimmer. *John*, alles in Ordnung? Was war denn? Juan antwortete diszipliniert und sehr um einen sachlichen, freundlichen Ton bemüht. Nichts. Erzähle ich dir nachher, ich mache erstmal das hier zu Ende. Pilar spielte mit, ging zu Rose, zuckte mit den Schultern und lächelte sie beruhigend an. Erzählt er uns nachher. Ich weiß auch nicht... Juan wusste, dass er sich etwas ausdenken musste, Rose würde ihn nicht so einfach davonkommen lassen. Er schabte ein letztes Mal, sicher ist sicher, lächelte er die alte Dame an, die geduldig ihren Mund wieder aufmachte, bedankte sich und geleitete sie am Arm hinaus. Nachdem sie mit ihrem Rollator kopfwackelnd und krumm, aber dennoch majestätisch davongerollt war und bevor Rose oder Pilar auch nur eine einzige Frage stellen konnten, bat Juan seine Kollegin, Rose nach Hause zu bringen, er würde so bald wie möglich nachkommen. Im Gesicht seiner Tochter braute sich ein Gewitter zusammen, sie begann empört zu protestieren, doch Juan zeigte sich unnachgiebig. Rose, es muss sein. Sie schaute ihren Vater überrascht an, so entschlossen und eindeutig kannte sie ihn nicht. Juan flehte Pilar an, bitte, ich erklär dir alles morgen, aber... Bitte! Pilar begriff. Juan hielt sich nur noch mühsam aufrecht. Er wusste, dass er sich auf sie verlassen konnte, Pilar war streng, aber sie wusste genau, wann eine Bitte eine Zumutung war und wann eine Notwendigkeit. Und sie konnte das Wesentliche vom Unwesentlichen unterscheiden. Sonst hätte sie diesen Verein nicht so viele Jahre am Leben halten und immer wieder verteidigen können, gegen Geldknappheit, gegen träge Mitarbeiter, gegen politische Anfeindungen, gegen schlechte Presse und eitle Politiker. Juan schätzte sie dafür sehr, auch wenn er sie am Anfang als allzu prosaisch und vielleicht auch als zu kompromissbereit empfunden hatte. John...? Pilar hatte ihm eine Hand auf die Schulter gelegt und sah ihn fragend an. Da er keine Reaktion zeigte, sagte sie entschieden: Okay, John, ich fahre jetzt Rose nach Hause, nehme mir Arbeit mit und bleibe bei ihr, bis du kommst, mach ganz in Ruhe. Juan schluckte und nickte dankbar, er fuhr Rose übers Haar und beteuerte, ohne dass seine Stimme auseinanderbrach: Roseschatz, du musst jetzt geduldig sein, ich erzähle dir morgen alles, versprochen. Rose drückte seine Hand und nickte tapfer, während Pilar ihre Tasche und ein paar Akten einsammelte und ihn herausfordernd und streng fragte: Kommst du vor oder nach Mitternacht? Wenn du nach Mitternacht kommst, hole ich noch meine Zahnbürste und Wechselkleidung, ich mach nämlich keine Nächte mehr durch, aus dem Alter bin ich raus. Juan wunderte sich über sich selbst, aber er musste tatsächlich schmunzeln. Vor Mitternacht, versprochen, aber Rose muss um neun ins Bett. Das kriegen wir hin, nickte Pilar zuversichtlich und manövrierte das Mädchen resolut aus dem Raum. Juan ging bis zum Ausgang mit, wartete, bis sie im Auto saßen und Pilar den Motor startete, dann drehte er sich langsam um und ging wieder zurück.

Das Geräusch des abfahrenden Wagens hallte nach. Er horchte in sich hinein, er fand nichts, keine Regung, kein Gefühl, keinen Schmerz, rein gar nichts. Nichts. Er setzte sich neben das Telefon und wartete. Er starrte auf die Ziffern und wartete. Nichts. In der nächsten Stunde klingelte es ein paarmal. Juan nahm ab, sprach, beantwortete Fragen, machte Notizen für Pilar, gab Auskunft über die Arbeit des Vereins. Dann wartete er wieder. In der zweiten Stunde wurden die Anrufe seltener, es ging auf die Mittagspause zu. Juan hatte keinen Hunger. Er nahm das Säckchen, das Esperanza hingeworfen hatte, holte die Babylocke und den Milchzahn mit einer Pinzette heraus, legte beides in ein Plastikdöschen, das er sorgfältig beschriftete, versiegelte und in einen Umschlag steckte, den er lochte und in den Ordner zu den Onkel-Ramón-Akten einsortierte. Er legte den Ordner zuoberst auf seinen Schreibtisch. Anschließend zog er das Telefon zu sich heran und wartete. Das Nichts bröckelte ein wenig. Er fröstelte, obwohl die Mittagshitze auch im Haus zu spüren war. Sein Kopf begann zu schmerzen. Darüber freute er sich, denn Kopfschmerzen waren besser als nichts. Er nahm den Telefonhörer in die Hand, wählte Marimars Festnetznummer. Es klingelte lange. Er zählte mit. Neun, zehn, elf... Endlich wurde abgehoben. Juan nahm Anlauf, holte Luft, die junge sonore Männerstimme meldete sich, diesmal mit einem knappen *Sí?* Juan fragte nach Marimar, versuchte, den Tonfall der Antwort zu deuten, aber er kam zu keiner Schlussfolgerung. Sie sei bei der Arbeit, hieß es nur knapp. Nach weiterer Nachfrage und weil ihm gerade noch rechtzeitig einfiel, er müsse sie wegen des Steineichenprojektes sprechen, bekam er die Nummer von der Bar in Cáceres, wo sie in den Semesterferien jobbte. Marimar war nicht überrascht über seinen Anruf, eher angespannt. Juan vermasselte den Anfang und begann förmlich, geradezu hölzern. Er müsse die Ausgrabungen planen, und er wolle wissen, ob sie weiterhin dabei sei. Sie zögerte kurz, bevor sie antwortete. Ich bin auf jeden Fall dabei, egal, was jetzt ist... Lag etwa Unsicherheit in ihrer Stimme? Das ertrug er nicht und lenkte um. Du hast vergessen, das Haus zu fotografieren, für deine Sammlung, sagte er vortastend. Sie lachte leise auf. Soll ich das nachholen? Ja, unbedingt, dachte er, aber er fragte nur: Hast du Hunger?

Esperanza

Esperanza kniff die Augen zusammen und ließ das Nachmittagslicht, das durch einen Spalt ins Zimmer fiel, zwischen ihren Wimpern tanzen. Sie war ohne Worte. Sie hatte sich verkrochen und war nicht zu bewegen gewesen, das Zimmer wieder zu verlassen. Sie lag auf ihrem Bett und wollte nichts als Stille. Die tanzenden Lichtpunkte wurden weiß, orange oder rot, je nachdem, wie fest sie ihre Augen zusammenkniff.

Die junge Esperanza geht mit einem Tablett, auf dem sich eine Kaffeekanne, eine verzierte Zuckerdose, eine passende Mokkatasse und ein Silberlöffelchen befinden, hinkend den Flur entlang. Durch die Tür am anderen Ende des Flurs ertönt ein ungeduldiges »Esperanza!« Ein Vorhang flattert an einem der offenen Fenster. Esperanza wird kurz von der Sonne geblendet, dann liegt der Flur wieder kühl und schattig vor ihr. Sie bleibt vor einer Tür stehen, es ertönt noch einmal ein lautes »Esperaaanza!«. Sie holt tief Luft, setzt ein neutrales Gesicht auf, öffnet die Tür. Aus dem Zimmer ertönt Cha-Cha-Cha. Esperanza fragt, noch in der Tür stehend: Ja, Sie wünschen? Alfonsos Vater dreht die Musik noch lauter. Dann wendet er sich aus dem Sessel heraus zu ihr, überaus freundlich. Das weiß doch mein süßes Mädchen, was ich wünsche, nicht wahr? Esperanza nickt. Es wird gleißend hell.

Karla

Karla saß mit dem Rücken an der Wand auf dem Bett in der kleinen Kammer. Ihre Mutter hatte den ganzen Nachmittag mit niemandem sprechen wollen, auch nicht mit ihrem Vater, der mehrmals angerufen hatte. Sie war nicht einmal zum Mittagessen erschienen. Schweigend hatten Karla und ihre Tante am Tisch gesessen, bis sie die Brühe gelobt hatte, das war ehrlich gewesen, die Brühe hatte Karla magisch von innen gewärmt, und genau so hatte sie es ihrer Tante gesagt: Deine Brühe ist magisch. Die Tante hatte weise gelächelt, und dann hatten beide wieder geschwiegen. Nach dem Essen hatte sich Karla zurückgezogen, hatte das alte Foto ihrer Mutter zusammen mit einem eigenen Foto und anderen Gegenständen zu einer dreidimensionalen Collage arrangiert und Dosenbier dazu getrunken. Dann hatte sie lange mit angezogenen Beinen auf ihrem Bett gesessen, den Kopf zwischen den Knien vergraben.

Irgendwann gab sich Karla einen Ruck, robbte vom Bett, ging leise den Flur entlang, klopfte zaghaft an. Niemand antwortete. Sie machte die Tür auf und schaute ins Zimmer. Ihre Mutter lag auf dem Bett. Sie hatte sich mit einem leichten Überwurf zugedeckt und bewegte sich nicht. Karla fragt leise: Mama? Die Mutter antwortete nicht. Karla schaute genauer hin, der Überwurf hob und senkte sich leicht und regelmäßig. Das beruhigte sie. Sie sprach sie wieder leise an, doch ihre Mutter reagierte nicht. Karla ging ins Wohnzimmer und setzte sich zu Tante Marta, die gebannt eine Telenovela verfolgte. In der Werbepause fragte Karla, ob sie nicht spazieren gehen wollten. Tante Marta tätschelte ihre Hand und sagte, Karla solle ruhig ein bisschen rausgehen, aber sie wolle ihre Schwester nicht alleinlassen, nicht jetzt. Karla ärgerte sich über sich, natürlich, wie hatte sie nur fragen können. Sie versprach, nur kurz wegzubleiben. Die Tante nickte und schaute wieder auf den Fernseher, wo sich die Hauptfigur gerade die Augen aus dem Kopf weinte, weil ihr Liebster Probleme mit der Justiz hatte und ihre Eltern nun die Hochzeit verhindern wollten. Tante Marta seufzte ergriffen.

Draußen war es drückend heiß. Karla atmete schwer, die Hitze schlug ihr ins Gesicht, als ob sie eine physische Präsenz hätte. Während sie ziellos umherlief, holte sie den zerknitterten Zettel mit Nachos Handynummer heraus, wendete ihn unschlüssig hin und her und steckte ihn wieder in die Hosentasche. Dann wählte sie die Nummer ihrer Eltern in Berlin. Es klingelte nicht einmal, da war ihr Vater schon dran. Sie sprach lange mit ihm, so wie sie als Kind mit ihm gesprochen hatte, als sie alles, was sie erlebte, mit ihm teilte, als sie noch nicht alle Fragen abblockte und beide sich noch nicht darauf zurückgezogen hatten, mit flapsigen Dialogen Pingpong zu spielen. Sie erzählte ihm von dem Wiedersehen mit Juan und vom furchtbaren Auftritt ihrer Mutter, und erst während sie erzählte, welche Ungeheuerlichkeiten sie erfahren hatte, dämmerte ihr, dass das Ungeheuerliche noch eine Umdrehung mehr umfasste. Als ihr Vater anfing, merkwürdig zu atmen, um nicht zu weinen, wurde ihr bewusst, was sich wenige Stunden zuvor *wirklich* abgespielt hatte. Was es bedeutete, dass ihre Mutter ausgerechnet dem Mörder ihres Onkels ausgeliefert gewesen war, und das wahrscheinlich über einen längeren Zeitraum hinweg. Wie viele Scherbenhaufen hatte ihre Mutter wegräumen, wie viele Gefühle im letzten Winkel ihrer Seele vertäuen müssen? Karla versuchte, ihren Vater zu beruhigen, fand nicht die rechten Worte, stammelte ungelenk, bis sie auf einen richtigen Satz traf: Du liebst sie sehr, nicht wahr? Nach einer kurzen Pause antwortete er leise, ja, aber das ist nicht genug. Karla schnaubte. Doch dann hörte sie ihm einfach zu. Er machte sich Vorwürfe. Spätestens bei Esperanzas Selbstmordversuch hätte er bohren, seinen Ahnungen nachgehen müssen, aber die schwere körperliche Arbeit, die Sorgen mit den kleinen Kindern, die zermürbenden Reibereien des Alltags hatten ihn abgestumpft, er hatte sich ungerecht behandelt gefühlt. Die Verzweiflungsattacken, die Esperanza wieder und wieder heimsuchten, hatten ihm Angst gemacht, und gleichzeitig hatte er immer gehofft, er würde sich da nur etwas einbilden. In den guten Phasen vergaß er alles wieder, Esperanza war ja so schön gewesen, wie von einem anderen Planeten, und sie war zwar schüchtern und oft auch sehr ernst, aber gleichzeitig voller Energie, impulsiv und strahlend. Er konnte oder wollte sich gar nicht vorstellen, was sie alles hatte durchmachen müssen, wobei das paradox war, weil er ja um den Bürgerkrieg und das Francoregime wusste, aber das war etwas anderes, das war ein heroisches und öffentliches dunkles Kapitel, voller Kampf und Parolen und Ideale, auch voller Niederlagen, schrecklicher Verbrechen und Ungerechtigkeiten, ja, aber dennoch kämpferisch, etwas, woran man verzweifeln, worauf man aber auch stolz sein konnte, eine Erfahrung, die sich mit anderen teilen ließ, zumal nach Francos Tod. Aber ein so schmutziges und einsames dunkles Kapitel, er wüsste nicht, wie er das ertragen sollte, wie Esperanza das je hatte ertragen können … Karla wusste es auch nicht.

Juan

Juan fuhr mit versteinertem Gesicht bis zum Eingang des Anwesens. Es war schon spät, aber noch nicht Mitternacht, er hatte sein Versprechen unbedingt einhalten wollen. Nur ein paar Lampen am Weg und im Haus gaben ein spärliches Licht. Als Juan aus dem Auto heraus die Tore öffnen wollte, zitterte seine Hand an der Fernbedienung. Er fuhr den Weg zum Haupteingang hinauf und parkte direkt vor dem Haus. Die Gartenanlage war verwildert, ihre ursprüngliche Strenge wurde von den nicht beschnittenen Sträuchern, den wild gewachsenen Palmen und den an schattigeren Plätzchen wuchernden Kräutern gemildert. Selbst die Geranien hatten der sengenden Hitze getrotzt und blühten nun anarchisch da und dort, wie zufällig ausgelaufene Farbreste, die sich als helle Tupfer in der Dunkelheit abhoben. Nachdem sein Großvater, Alfonsos Vater – welche Abgründe taten sich bei diesem Wort jetzt auf, welch erschreckender Reigen, der Großvater wurde zum Vater, der Vater zum Halbbruder, die Halbschwester zur Verbündeten, die Mutter zur … Hier schüttelte sich Juan und ging weiter –, nachdem also sein »Großvater« gestorben war, hatte Alfonso aus der Ferne das Notwendigste veranlasst, damit der Gutshof nicht verfiel, hatte das Dach instandgesetzt und das herrschaftliche Haus im Winter heizen, im Frühjahr und Herbst lüften und im Sommer sonnendicht verschließen lassen, damit es keinen Schimmel ansetzte. Ansonsten hatte er das Anwesen seinem Schicksal überlassen und nie wieder betreten. In seinem Testament hatte er jedoch verfügt, dass seine Urne im Familiengrab beigesetzt werden sollte, allerdings – und das war mit roter Tinte unterstrichen – wollte er unbedingt neben seiner Mutter bestattet werden und keinesfalls Seite an Seite mit seinem Vater. Das hätte Juan Marimar erzählen wollen, bei einem Mittagessen in Cáceres. Er hätte sie abgeholt und in das schönste Lokal ausgeführt, hätte mit ihr gegessen, ihr gesagt, dass er mit ihr alt werden wollte, obwohl sie viel zu jung für ihn sei, hätte ihr erzählt, dass sein Vater, nein, sein Halbbruder Alfonso neben seiner Großmutter begraben lag, die nun nicht mehr seine Großmutter war, sondern die verstorbene Ehefrau seines Vaters... Aber Marimar hatte keine Zeit gehabt, sie musste arbeiten und konnte sich weder zum Mittag- noch zum Abendessen mit ihm verabreden. Das war vorhersehbar gewesen, aber es hatte ihn doch in sehr verschachtelte Gefühlszustände gestürzt, aus denen er nicht schlau wurde. Er hatte in seinem Lieblingslokal an der Kirche gegessen, die Hälfte des Menüs stehenlassen und war nach einem hastig getrunkenen, sehr schwarzen *café*, und nicht ohne ein stattliches Trinkgeld auf einem schmutzigweißen Steingut-Tellerchen zu hinterlassen, aus dem Restaurant geeilt und, planlos, so lange weitergegangen, bis das Dorf hinter ihm lag. Er ging querfeldein an einzelnen Bäumen und trockenen Büschen vorbei, legte sich schließlich in den Schatten eines Baumes und schlief erschöpft ein. Als er aufwachte, war es schon spät am Abend gewesen.

Juan schloss die Tür leise auf und schlich den dunklen Flur entlang, Pilar hatte ihn wohl dennoch gehört, sie rief leise: John? Juan antwortete ebenso leise, ja, ich bins. Pilar tauchte in der Wohnzimmertür auf, ihr Igelhaarschnitt sah im Gegenlicht noch widerborstiger aus und stach kreuz und quer in den Lichtmantel, der sie umgab. Ist sie eingeschlafen? Pilar nickte. Punkt neun, wie du es befohlen hattest. Juan lächelte. Danke. Aber sie wollte partout nicht in ihr Bett gehen, sie ist auf dem Sofa eingeschlafen, ergänzte Pilar. Ist okay, erwiderte Juan. Dann setzte er unsicher fort. Ich weiß gar nicht wie... Pilar tätschelte beruhigend seinen Arm und unterbrach ihn. Schon gut, John, ich bin jetzt müde, wir sehen uns morgen.

Und streng setzte sie nach. Pünktlich. Juan nickte dankbar, brachte sie zur Tür, versprach glaubwürdig, auf sich und Rose aufzupassen, und eilte durch den Flur zurück ins Wohnzimmer. Ohne das Deckenlicht einzuschalten, trat er vorsichtig ans Sofa und setzte sich zu seiner Tochter, die, in ihr langes Nachthemd und eine leichte Sommerdecke eingewickelt, abenteuerlich auf Sofakissen gebettet, ruhig und regelmäßig atmete. Er betrachtete sie und staunte. Sie sah nicht mehr aus wie ein kleines Mädchen, ihr Gesicht hatte schärfere Konturen bekommen, und der Mund war voller und entschlossener geworden. Über den Sommer waren ihre Haare gewachsen und die kindlichen Bäckchen verschwunden. Wieso hatte er all das bis jetzt noch nicht bemerkt? Der DVD-Player lief noch, und auf dem Fernsehbildschirm wechselten sich die Schwarzweißzeichnungen der englischen Menüoberfläche von *Alice in Wonderland* ab. Die kleinwüchsige und die riesige Alice, der grinsende Kater, der verrückte Hutmacher, die tyrannische Königin. Juan schaltete das Gerät aus. Er küsste seine schlafende Tochter, nahm ihre Hand und murmelte: *My dear, mi amor … My sweatheart …* Dann stand er schnell auf, um sie nicht zu wecken. Die Anstrengung, das Schluchzen zu unterdrücken, schüttelte seinen Körper.

Esperanza

Esperanza konnte nicht schlafen. Sie hatte den ganzen Nachmittag auf ihrem Bett gelegen, unfähig, sich zu rühren. Als Karla in ihr Zimmer gekommen war, so ungewohnt leise und sanft, hatte sie sich schlafend gestellt. Danach war sie tatsächlich eingeschlafen, sie war in eine bleierne Siesta gestürzt, aus der sie erst aufwachte, als die Nacht bereits angebrochen war. Sie hatte sich ein paar wunderbare Sekunden lang an nichts erinnert, dann war ihr das gleißende Licht wieder eingefallen und auch das Blut.

Das Blut fließt in kleinen Rinnsalen in eine Schale, Licht bricht sich darauf, sodass es glitzert und glänzt. Die junge Frau schaut der Haushälterin zu, wie sie gekonnt eine Grautaube packt und ihr mit einem schnellen Griff das Genick bricht. Dann hackt sie mit einem sauberen Beilschlag den Kopf ab. Den Kopf legt die Haushälterin zur Seite auf einen kleinen Haufen mit weiteren Taubenköpfen, während sie den enthaupteten Körper, der noch zappelt und mit den Flügeln schlägt, festhält, halsüber aufhängt und ausbluten lässt. So, jetzt du. Sie reicht der jungen Frau die nächste Taube. Die junge Frau hält das Tier, schließt die Hände um den warmen Hals und dreht beide Hände ruckartig gegeneinander. Die Taube schlägt mit den Flügeln um sich. Die Hand der jungen Frau ist mit rotbraunen, klebrigen Blutresten verschmiert.

Esperanza wusste genau, wann sie sich, zum ersten Mal nach vielen Jahren, wieder daran erinnert hatte, an das Blut an ihren Fingern, das Knacken der Taubenhälse und das hektische Flügelflattern. Es war einige Tage nach dem Telefonanruf ihrer Schwester und kurz vor ihrer Verrentungsfeier gewesen, sie hatte zum allerletzten Mal eine junge Auszubildende an ihrer Stanzmaschine angelernt, an der Maschine, an der sie selbst dreißig Jahre lang gearbeitet hatte, bevor sie sich nur noch der Ausbildung der Lehrlinge gewidmet hatte. Sie hatte neben der verschüchterten jungen Kollegin am Band gestanden und aufmerksam deren Handgriffe beobachtet, geduldig ihre Bewegungen korrigiert, während sie konzentriert auf die vorbeifahrenden Dosen achtete. Esperanza hatte ihr gezeigt, wie man den Hebel betätigen musste, damit die Maschine den Dosendeckel exakt zustanzte. Dann hatte sie zugesehen, wie ihre Auszubildende die Handgriffe wiederholte, aufmunternd genickt und die Maschine übernommen, um ihr die Abläufe noch einmal zu zeigen. Das Band setzte sich in Bewegung, die Lebensmittelkonserven fuhren in regelmäßigen, exakt eingetakteten Abständen an ihnen vorbei. Ein unaufhörlicher Konservenfluss. Es hatte geknirscht und furchtbar geknackt, ein ums andere Mal.

Die junge Frau steht in der großen Küche des Herrenhauses und spült das blutige Beil und das verschmutzte Holzbrett, auf dem zuvor die Tauben geschlachtet worden waren, sowie weitere Töpfe und Küchenutensilien ab. Sie ist geschickt und schnell. Der rötlich verfärbte Seifenschaum spritzt und schlägt wie aufgepeitschte Gischt heftig an das Spülbecken. Der junge Mann kommt herein. Esperanza …? Sie schaut ihn an, nickt, spült aber verschämt weiter. Er fasst sie vorsichtig am Arm, will, dass sie aufhört zu spülen, fragt verständnislos. Was machst du hier? Die Haushälterin kommt herein. Esperanza, setz noch mehr Kaffee … Sie sieht den Sohn des Gutsherrn, wird verlegen. Oh, Herr Alfonso, entschuldigen Sie … Der junge Mann winkt ab und geht schnell hinaus. Die junge Frau spült weiter wie in Trance. Die Haushälterin herrscht sie an. Also, setz noch mehr Kaffee auf, beeil dich. Lass die Herrschaften nicht warten. Die junge Frau serviert im Salon Kaffee und Gebäck. Der Gutsherr und weitere Herren haben es sich in den Sesseln bequem gemacht, rauchen und scherzen. Der Herr schaut Esperanza wohlwollend an. Die junge Frau schaut weg, konzentriert sich auf die Tassen. Ihre Hand zittert leicht, der schwarze Kaffee in den zarten Mokkatassen bildet riesige Wellen.

Renate hatte alles vom Büro aus gesehen und war herbeigeeilt. Ihre Renate, wie immer, zur richtigen Zeit, an der richtigen Stelle. Sie hatte Esperanza gepackt und geschüttelt, hatte geschrien. Esperanza, was tust du da? Espe, mach keinen Scheiß! Esperanza war wieder zu sich gekommen. Sie hatte sich an den Hebel geklammert. Renate hatte in letzter Sekunde verhindern können, dass die Stanzmaschine Esperanzas Hand durchbohrte. Die Maschine machte einen Höllenlärm. Renate schaltete sie aus und schickte die verängstigte Auszubildende in die Pause. Ich weiß nicht, was passiert ist… Ich war wohl kurz weg…, stammelte Esperanza. Renate fuhr sie an. Sag mal! Das war dir wohl zu langweilig, vierzig Jahre ohne Berufsunfall, was? Willste schnell vor der Rente noch nachholen? Esperanza hatte den Griff vom Hebel gelöst und mühsam versucht zu lächeln. Das Knacken und Flügelschlagen hatte sich verzogen.

Das Schlimmste war, dass das Blut angenehm roch, dieser Geruch hätte sie anwidern müssen, aber es roch gut, frisch und warm, und auch die Küche roch gut… Esperanza stand auf, sie würde nicht mehr schlafen können. Sie stellte sich ans Fenster und beobachtete, wie die Nacht erst immer tiefer wurde und ruhiger, wie sie sich ausdehnte, als würde sie niemals enden, und dann, kurz bevor die Verzweiflung und die Nachtfurcht unerträglich wurden, unmerklich und langsam wieder wich, sodass man aufatmen und sicher sein konnte, dass wieder ein neuer Tag anbrach. Sie wusste nicht, wie lange sie schon dort gestanden hatte, als sie spürte, wie Karla ins Zimmer trat und sich ihr vorsichtig näherte. Regungslos blieb sie stehen und drehte ihrer Tochter den Rücken zu. Karla flüsterte: Mama... Doch sie antwortete nicht. Sie machte aber auch keine abwehrende Bewegung, ließ zu, dass Karla sich neben sie ans Fenster stellte. Es war angenehm, sie neben sich zu haben und keine Feindseligkeit zu empfinden. Sie fühlte eine merkwürdige Ruhe und bildete sich ein, dass auch Karla diese Ruhe spürte. Lange Zeit standen sie nebeneinander und schauten auf die Gasse, die nun von der scheuen Morgensonne beleuchtet wurde. Esperanza fragte sich, wie lange sie noch so einträchtig nebeneinanderstehen würden, als Karla zögernd eine Hand ausstreckte und sie auf ihre Schulter legte. Karlas Hand war warm und schwer. Esperanza drehte sich zu ihr, blickte in Augen, die sie entschlossen fixierten. Endlich war die Zeit reif. Sie musste sich aufmachen. Und Karla würde sie begleiten.

Karla

Karla und ihre Mutter näherten sich den Steineichen, deren kräftige, knorrige Äste sich um sich selbst zu winden schienen. Karlas Mutter blieb zwischen den drei Bäumen stehen. Ihre Augen suchten alle Bodenerhebungen ab.

Nachdem Karla im Morgengrauen lange neben ihr gestanden hatte, weil sie nicht wusste, wie sie anfangen sollte, war es endlich hell geworden. Ihre Hand hatte sich selbstständig auf den Weg gemacht und sich auf die Schulter ihrer Mutter gelegt. Mama, ich würde gerne ... Ich meine ... ich würde gerne sehen, wo Onkel Ramón ... wo er liegt ... Dann hatte sie sich wieder zum Fenster gedreht und den fließenden Übergang der nächtlich kühlen Blau- und Violetttöne in ein warmes Morgenlicht betrachtet, das zunächst blassrosa, dann rosenrot wurde und sich schließlich zwischen orangegold und quittengelb einpendelte. Ihre Mutter, die sich ihr kurz zugewandt hatte, schaute wieder aus dem Fenster, sodass Karla schon dachte, sie würde gar nicht darauf antworten. Sie hatte nichts, rein gar nichts empfunden, als ihre Mutter schließlich langsam nickte. Zunächst hatte sie nicht verstanden, dass dieses nachdenkliche verspätete Nicken ihr galt. Doch als ihre Mutter sagte, wir sollten kräftig frühstücken, der Weg ist lang, da wusste Karla, dass sich etwas Fundamentales anbahnte. Ihr Herz galoppierte voraus. Sie hatten mit Tante Marta gefrühstückt und ihr dreimal versichert, zum Mittagessen seien sie wieder da. Dann waren sie mit Wasserflaschen und Sonnenhüten ausgerüstet aus dem Haus gegangen, und Karla hatte voller Entsetzen festgestellt, dass ihre Mutter den Weg zur Kapelle einschlug. Doch zu ihrer großen Erleichterung waren sie daran vorbeigegangen und dann Richtung Norden abgebogen. Karla wollte die Kapelle mit niemandem teilen. Sie war ihrer Mutter dankbar, dass sie den ganzen Weg über schwieg. Nach einer langen Stunde hatte ihre Mutter vor drei großen Steineichen Halt gemacht.

Ihre Mutter suchte, zog engere Kreise um die Steineichen, ging um den größten der drei Bäume herum, bis sie auf einen kleinen, kaum wahrnehmbaren Hügel zeigte und unmerklich in sich zusammensackte. Karla wagte nicht, sich zu bewegen. Hier. Hier fing alles an... sagte ihre Mutter. Dann konnte sie nicht mehr dagegen ankämpfen. Sie kniete nieder, schnappte zitternd nach Luft und versuchte, mit bloßen Händen die Erde des kleinen Hügels abzutragen. Karlas Herz donnerte und drückte gegen ihre Rippen, am liebsten wäre sie weggerannt, doch sie zwang sich, neben ihrer Mutter niederzuknien und sie zu umarmen. Es war ihr, als ob sie zerbrechen würde. Sie hielt sie mit aller Kraft fest, während sie in der einsamen, weitläufigen und kargen Landschaft bei den Steineichen kniete und das Weinen ihrer Mutter die flirrende Mittagsluft erfüllte.

Juan

Alles hatte sich beschleunigt. Seitdem seine Mutter ihm ihren Hass entgegengebrüllt hatte, verdichtete sich die Zeit und umkreiste Juan immer schneller. Mehrere Stunden schon stand er nun zwischen den Steineichen, Pilar hatte bereits am Vorabend die Genehmigung eingeholt – wie sie das in der kurzen Zeit geschafft hatte, war ihm ein Rätsel. Sie hatte den Hügel absperren lassen und trug nun gemeinsam mit dem Helferteam die Erde Zentimeter für Zentimeter ab. Es war ihnen schnell klar geworden, dass sie hier mit dem Bagger nicht viel ausrichten konnten, der nun samt Fahrer in Wartestellung verharrte und im Gegenlicht wie ein riesiges eilig ausgebuddeltes Fossil aussah, an dem noch Erdklumpen klebten. Es war eine mühsame Handarbeit mit kleinen Schaufeln und Miniaturspaten. Juans Hände schmerzten bereits, und doch kam es ihm vor, als ob er gerade erst die Werkzeuge ausgepackt hätte. Die Hauptarbeit lag noch vor ihnen. Bisher hatten sie vier verwitterte Knochenreste gefunden, die sich jedoch allesamt als Tierknochen erwiesen hatten. Außerhalb der Absperrung blieben immer wieder Wanderer oder Schaulustige aus der Umgebung stehen und verfolgten das Ganze mit neugierigen Blicken. Juan richtete sich auf, streckte seinen Rücken, versuchte, die Finger seiner rechten Hand zu lockern, und wollte gerade wieder weiterschaufeln, als er Karla sah, die unschlüssig auf der anderen Seite der Absperrung stand. Er ging sofort auf sie zu. Auch Karla näherte sich, bis beide nur noch durch das rotweiße Absperrband getrennt waren. Karla prustete angespannt, fragte: Wie läuft's so? Verlegen wischte sich Juan eine verschwitzte Haarsträhne aus der Stirn.

Am Vortag hatten sie nur kurz gesprochen, rein sachlich. Karla war im Büro vorbeigekommen, um ihm die Stelle, an der Onkel Ramón verscharrt worden war, genau zu beschreiben. Sie zeigte ihm auch die Fotos, die sie nach den Angaben ihrer Mutter gemacht hatte. Beide hatten über das Schreckliche, das sie am Tag zuvor aus Esperanzas Mund gehört hatten, geschwiegen. Kein Wort, keine Andeutung. Nur Karlas Blick war ihm irgendwie anders vorgekommen. Sie wich ihm nicht aus, wie sonst, sondern ließ sich Zeit. Aber sie war auf Abstand geblieben, als ob sie Scheu hätte, ihn zu berühren. Nur wenige Minuten nachdem Karla eilig das Büro verlassen hatte, ohne Küsschen, ohne Umarmung, war das Wunder geschehen. Das Telefon hatte geklingelt. Juan war mechanisch drangegangen, in Gedanken gerade dabei, alles durchzugehen, was er für die Ausgrabung am nächsten Tag noch organisieren musste, als zwei kurze Worte seine Ohren durchzuckten und dröhnend in seinem Gehirn einschlugen. Hola, Juan. Dann Schweigen. Sie wiederholte ihren Gruß und setzte nach, hier ist Marimar… Ja, klar, Marimar. Er hatte keine Ahnung, wie es nun weitergehen würde, er konnte sich nicht vorstellen, was es bedeuten würde, mit ihr gemeinsam in der Erde zu wühlen. Aber, natürlich, sie würden sich bei den Ausgrabungen sehen, sie hatte es ihm ja schon bestätigt, dass sie weiterhin dabei sei, von ihrem Anruf war er dennoch überrascht. Er brauchte eine Weile, um sich zu sortieren, schließlich brachte er irgendeine Erwiderung hervor, die einigermaßen akzeptabel sein musste, denn Marimar lachte und fragte, aber es war eine spielerische Frage, ob sie lieber später noch einmal anrufen solle. Nein, natürlich nicht, Juan nahm sich zusammen und lud sie ein, mit ihm – und Rose – zu Abend zu essen. Und zu seiner Verwunderung sagte sie zu. Allerdings wollte sie gern noch etwas klarstellen. Juan wusste, was nun kommen würde, und nickte in den Hörer hinein. Er war bereit, auf alles einzugehen, wenn sie nur diesen Abend mit ihm und Rose verbringen würde, diesen einen… Juan?

Marimar fragte nach, ob er zugehört habe. Ja, ja, ich weiß, sagte Juan, natürlich. Marimar musste erneut lachen. Juan preschte mutig vor. Du musst mir nichts erklären, ich habe ja mit ihm gesprochen. Marimar verstand nun überhaupt nichts mehr, und es dauerte ein paar Minuten, bis sie das Missverständnis aufgeklärt hatten. Nein, Juan hatte nicht mit ihrem Freund gesprochen, das war ihr Bruder gewesen, und ja, Marimar habe einen Freund, er sei im Moment verreist, aber – und bei diesem zögernden »aber« hörte Juans Herz kurzzeitig auf zu schlagen – sie wisse im Moment nicht, wie sie zu ihm stehe, und sie wisse auch nicht, wie sie zu Juan stehe, sie wolle ihm nichts vormachen. Das war viel mehr als erhofft, und Juan platzte los, das sei doch wunderbar. Marimar schien befremdet, das war wohl nicht die Reaktion, die sie erwartet hatte. Juan legte nach. Naja, ich weiß ja momentan nicht einmal, wie ich zu mir selbst stehe… Daraufhin nahm sie die Einladung an. Beim Abendessen im Restaurant neben der Dorfkirche hatte er Marimar und Rose von den Steineichen erzählt. Er hatte beinahe alles erzählt, aber eben nur beinahe. In Gegenwart seiner Tochter brachte er es nicht übers Herz, von seiner Mutter zu sprechen. Aber er erzählte alles, was er über Onkel Ramón und seine ungewöhnliche Geschichte wusste. Eine Geschichte, die nicht an sich, sondern wegen des Zeitpunkts ungewöhnlich war. Er und die beiden anderen waren erschossen worden, als das große Morden bereits vorüber war, als die Repressionswelle der 40er-Jahre sich gelegt und in einen alltäglichen Sumpf der Angst verwandelt hatte. Wenn sie ein Jahr länger in den Bergen ausgehalten hätten, oder auch nur ein paar Monate, sie hätten wohl überlebt, vielleicht sogar den Tod des Diktators. Rose hörte aufmerksam zu und stellte kaum Fragen. Nach dem Essen fuhren sie wie selbstverständlich zum Gutshof, Juan holte Cognac und Limonade aus der Küche, und sie ließen sich in die schwere Ledercouch sinken. Rose wich ihnen nicht von der Seite, kuschelte sich eng an ihren Vater und verfolgte aufmerksam, fast lauernd, zäh gegen die Müdigkeit ankämpfend ihr Gespräch. Als Juan sicher war, dass sie fest schlief, trug er sie in ihr Bett und deckte sie mit dem Nachthemd ihrer Mutter zu. Marimar wartete auf dem Sofa auf ihn, sie sah müde aus, ihre Augen schauten ihn forschend an, als ob sie etwas suchten. Juan nahm entschlossen ihre Hand und zog sie mit sich nach draußen. Er ging um das Haus herum bis zur Westfassade mit der kleinen Terrasse, zu der sich Roses Fenster öffneten. Zwar wachte Rose nie nachts auf, aber er wollte für alle Fälle in Rufnähe bleiben. Die Westterrasse wurde an beiden Seiten von Palmen gesäumt und hatte nach vorne einen weiten Blick auf die Landschaft. Sie setzten sich auf die in den Garten abfallende Böschung, wobei Juan Marimars Hand weiterhin festhielt, und schauten in die schwarze Nacht. Das Dorf war nicht zu hören. Nicht einmal das nächtliche Brummen der Landstraße, das man auf der anderen Seite des Hauses vernehmen konnte, kam hier an. Es roch nach staubiger Erde und nach Einsamkeit. Alles schlief. Juan ließ sich nicht entmutigen und setzte leise an: Ich möchte dir das Ende der Geschichte erzählen. Marimar nickte, und Juan erzählte ihr, wie der junge Mann sein Leben lang die junge Frau aus seinem Dorf gesucht und nie wiedergefunden hatte, wie er ihr Kind aufgezogen und als Sohn angenommen hatte. Wie die junge Frau sich ein Leben in der Fremde aufgebaut und versucht hatte zu vergessen. Und dann, übergangslos, erzählte er ihr, wie er seine Mutter und seine Halbschwester zum ersten Mal gesehen und auch davon, was er am Vortag erfahren hatte. Marimar hörte lange zu. Das fiel ihm auf, normalerweise redete sie selbst viel und hörte eher kurz zu. Als er endete, hatte Marimar Tränen in den Augen. Er hielt noch immer ihre Hand. Dann schwiegen sie und drückten sich aneinander.

Als sie am nächsten Morgen mit Rose aus Juans Auto stiegen, bemerkte niemand, dass von ihnen eine Einheit und Spannung ausging, oder vielmehr bemerkte es niemand bis auf Pilar, die, als sie beim Austeilen der Schaufeln Juan eine in die Hand drückte, einen heftigen Schlag abbekam, seinen entrückten Blick sah und sich ihren Teil dachte. Seitdem waren sie dabei, genau die Stelle auszuheben, die Karla ihm beschrieben hatte. Dank ihrer Fotos hatten sie den kleinen Hügel problemlos ausfindig gemacht. Juan wusste, dass es dennoch Tage dauern konnte, bis sie auf die Überreste stießen. Marimar hatte sich weiße Handschuhe übergestreift und tastete sich seit Stunden in der bereits ausgehobenen Grube mit chirurgischer Sorgfalt voran. Und nun stand er seiner Halbschwester gegenüber, die ihn fragte, wie alles so liefe. Gut, also ich hoffe… Wenn deine Mutter – er versuchte, das Wort »deine« krampfhaft locker zu betonen – Recht hatte, müssten wir bald auf die Überreste stoßen. Und du? Wie geht es dir? Seine Frage war ehrlich gemeint, aber Karla tat sie mit einer Handbewegung ab. Gut, gut, wir werden noch bis zur Bestattung hierbleiben, und dann… fahren wir nach Berlin zurück. Juan zögerte, entschloss sich aber doch zu sprechen. Ich bleibe vielleicht etwas länger, Pilar hat mich gefragt, ob ich hier noch ein paar Monate arbeiten will. Es gibt noch eine Menge auszubuddeln… Er grinste schief, fiel dann ins Englische, *but I have to ask my daughter*. Und dabei zeigte er auf Rose, die der Praktikantin zur Hand ging. Karla sah ein junges Mädchen, das lachend und voller Elan mithalf, und hätte das Kind aus dem Verein kaum wiedererkannt, das so übereifrig Büroarbeit gespielt hatte. Sie sagte, *you've got a wonderful daughter*. Juan nickte lächelnd. Karla stand noch etwas unschlüssig herum, nahm schließlich doch Anlauf. *I'm sorry… about…* Sie machte eine hilflose Handbewegung. Juan erwiderte mit einem ebenso hilflosen Nicken. Er wollte jetzt nicht mit Karla über ihre Mutter reden, nicht jetzt und nicht hier. Er musste weiterarbeiten. Karla hatte sich schon ein paar Schritte entfernt, als Juan einen Aufschrei hörte und sah, wie das ganze Team zu Marimar rannte, die aufgeregt auf eine kleine helle Wölbung zeigte, die aus dem Boden ragte. Er sah noch, dass Karla sich umdrehte und nach einem kurzen Zögern wieder bis zum Absperrband zurückkehrte, während er zu Marimar eilte, die sehr sorgfältig etwas Erde mit einem Löffel wegschob und dann mit einer kleinen Bürste das Fundstück freilegte. Alle starrten sie an. Mit präzisen Bewegungen wedelte Marimar die Erde weg, das Fundstück bekam eine immer eindeutigere Form. Es war ein menschlicher Schädel, den sie da freigebürstet hatte und nun feierlich, fast ängstlich Juan überreichte. Juan bemerkte, wie Karla die Absperrung ignorierte, unter dem rotweißen Band durchtauchte und ihm folgte, aber er konnte sich jetzt nicht um sie kümmern. Und er konnte jetzt auch nicht darüber nachdenken, wessen Schädel das wohl sein mochte. Er konzentrierte sich auf das Praktische, fotografierte den Schädel am Fundort, stellte ihn anschließend auf einen Klapphocker, lichtete ihn von allen Seiten ab und verstaute ihn behutsam in einem Pappkarton, den er mit Datum, Uhrzeit und den Worten »cráneo humano« versah. Dann bat er Marimar, ihm die genauen Koordinaten der Fundstelle zu nennen, die er ebenfalls auf dem Karton vermerkte: J 15 / K 16. Erst als er aufschaute und zu Pilar sagen wollte, dass er den Fund zwecks Identifizierung in die Uni bringen würde, bemerkte er, dass sich Marimar und Karla musterten. Kennt ihr euch? fragte er und fügte schnell hinzu, Marimar, das ist Karla, meine Halbschwester, Karla, das ist Marimar, meine ... Er wusste nicht, was er sagen sollte, doch Marimar kam ihm zuvor, küsste Karla herzlich und sagte, als ob die Situation das Natürlichste der Welt wäre, hallo, freut mich, habe schon von dir gehört. Dann stutzte sie, schaute Karla genauer an und fragte, sag mal, sind wir uns nicht neulich nachts begegnet? Karla nickte etwas befremdet. Ja, ich dachte auch schon, dass ich dich irgendwoher kenne. Karla schien Juans Verwunderung zu bemerken, denn sie sagte schnell, wir sind neulich fast zusammengestoßen, als ich auf dem Nachhauseweg zu meiner

Tante war. Dann wandte sie sich wieder an Marimar, ich hoffe, ich habe dich nicht zu sehr erschreckt, ich war hackedicht. Juan fragte sich kurz, woher Karla diesen spanischen Ausdruck kannte, aber der Pappkarton brannte in seinen Fingern, und er wollte ihn so schnell wie möglich in Sicherheit bringen, daher unterbrach er Marimar, die bereitwillig angefangen hatte, auf Karlas Fragen über die Ausgrabung zu antworten, mit der Ankündigung, er würde jetzt den Schädel wegbringen, sie solle bitte die Stelle markieren, an der sie ihn gefunden hatte. Und zu Karla, und das war mehr eine Aufforderung als eine Frage, sagte er, er könne sie mit ins Dorf nehmen. Auf der Fahrt schwiegen sie sich an. Der Karton mit dem Schädel lag auf dem Rücksitz. Karla hatte Juan gebeten, sie am Friedhof abzusetzen, wo sie mit ihrer Mutter und ihrer Tante verabredet war. Juan hatte nicht nachgefragt. Als sie vor dem geschwungenen Gittertor des Friedhofs anhielten, umfasste Karla den Türgriff, stoppte dann mitten in der Bewegung, verharrte unschlüssig zwischen Bleiben und Aussteigen und fragte Juan schließlich vorsichtig, ob sie auch bei den Ausgrabungen arbeiten könne. Juan war verblüfft. Das Letzte, was er von Karla erwartet hatte, war ein so konkreter, gezielter Wunsch. Sie ließ den Griff wieder los und setzte hinterher, sie könne es aber nur machen, wenn sie bezahlt würde, es müsse nicht viel sein, sie könne bei ihrer Tante wohnen und essen, aber sie müsse die Miete in Berlin bezahlen … Er überlegte kurz, bevor er sagte, sie könnte vielleicht ein Praktikum machen, aber er müsse das mit Pilar besprechen. Karla strahlte und umarmte Juan, den dieser Ausbruch vollkommen unvorbereitet traf. Er hatte sich weit aus dem Fenster gelehnt, er hatte keine Ahnung, wie sie das Praktikum finanzieren sollten, und er war sich hundertprozentig sicher, dass Pilar ablehnen würde, es von den öffentlichen Geldern und Spenden zu bezahlen. Er wusste auch genau, was sie ihm an den Kopf knallen würde, sie hätte nicht ihr Leben lang gegen korrupte Politiker gekämpft, um dann selbst Familienmauscheleien zu unterstützen ... Etwas vorsichtiger sagte Juan, ich kann dir nichts versprechen, außer dass ich es versuchen werde. Nachdem Karla aus dem Auto gestiegen und zum Friedhof gegangen war, stand plötzlich die uralte verschrumpelte Dame kopfwackelnd und gebückt an seinem Fahrerfenster und schaute ihn mit forschenden, in Hautfalten gebetteten Augen an. Wer ist das? fragte sie und zeigte mit einem krallenartigen Finger auf den Pappkarton.

Esperanza

Esperanza hatte lange geschlafen, dreizehn Stunden traumlos am Stück, dann hatte sie drei Tassen schwarzen Kaffee getrunken und beschlossen, Alfonso zu besuchen und sich bei ihm zu bedanken. Sie war zu Martas Friseur gegangen und bekam tatsächlich sofort einen Termin. Nach zwei Stunden kam sie mit einem gut sitzenden, kastanienbraun gefärbten Kurzhaarschnitt aus dem Salon, ihren schweren schwarzen Zopf in der Hand. Das Grab fanden sie ohne Mühe. Alfonsos Grabstein war schlicht und weder mit einem Kreuz noch einem Marienbildnis versehen, doch er stand direkt neben der herrschaftlichen Familiengrabstätte, die nicht zu übersehen war. Auf dem Stein waren nur sein Name und das Geburts- und Sterbedatum mit dem Zusatz »London« eingraviert worden. Davor lagen vertrocknete Sträuße, Esperanza bemerkte auch frische Blumen, aber sie wollte nicht darüber nachdenken, wer sie wohl hingelegt haben könnte. Ihre Schwester hielt sich im Hintergrund und wartete schweigend. Nach einer Weile hörte Esperanza den Kies hinter sich knirschen und sah sich um. Als sie Karla auf sich zukommen sah, war es Esperanza plötzlich unangenehm, dass ihre Tochter Zeugin ihrer Opfergabe sein würde. Sie hörte, wie Karla neben Marta stehenblieb, fühlte, wie sich die Blicke ihrer Schwester und ihrer Tochter in ihren Rücken bohrten, und versuchte, sich davon nicht beirren zu lassen. Sie holte ihre alte spanische Ausgabe von *Alice im Wunderland* aus ihrer Tasche und legte sie, zusammen mit ihrem abgeschnittenen Zopf, auf das Grab. Dann strich sie zärtlich mit der Hand über den Grabstein. Als sie die Blumen dabei etwas zur Seite schob, entdeckte sie unten rechts auf dem Stein ein fein eingemeißeltes Zitat. *»Irgendwohin kommst du sicher, wenn du nur lange genug weiterläufst…«* Als sie die Worte las, fast mehr mit ihrer Hand, die darüberfuhr, als mit den Augen, empfand sie einen stechenden Schmerz in der linken Bauchseite. Alfonso, der feine, traurige und zurückhaltende Alfonso, hatte sie voll erwischt. Wo immer er jetzt war, würde er zufrieden lächeln. Er hatte es geschafft, ihr von dort eine Botschaft zukommen zu lassen.

Sie hatte mit ihm in einer abgelegenen Ecke des weitläufigen Gutsherrenhauses eng beieinander gesessen. Alfonso, der immer ein Seidentuch in der Brusttasche trug, täglich langgliedriger, aber auch zarter und durchscheinender wurde und sich mit ungeduldiger Geste die Haartolle, die ihm wieder und wieder in die Augen fiel, aus dem Gesicht strich, las ihr, wie in ihren Kindertagen, wieder regelmäßig vor. Das erste gemeinsame Buch blieb etwas ganz Besonderes, eine eigene Welt, zu der nur sie Zugang hatten. Vieles hatte sich inzwischen verändert, nicht nur Alfonsos Stimme, aber wenn sie ihm beim Lesen zuhörte, vergaß sie alles um sich herum.

»Liebes Cheshire-Kätzchen«, begann sie zaghaft, denn sie war nicht sicher, ob diese Bezeichnung der Katze gefallen würde – aber deren Grinsen wurde nur noch etwas breiter. »Na also, das hat ihr gefallen«, dachte Alice und fuhr fort: »Würdest du mir bitte sagen, wie ich von hier aus weitergehen soll?« »Das hängt davon ab, wo du hinwillst«, erwiderte die Katze. »Wohin ich komme, ist nicht so wichtig …«, sagte Alice. »Dann …«

Esperanza sprach den Satz auswendig zu Ende: *›Dann ist es auch gleich, wie du gehst‹, meinte die Katze.«*

Alfonso fiel ein und sprach ebenfalls auswendig: *›… solange ich nur irgendwohin komme‹, fügte Alice erklärend hinzu.«*

Sie mussten beide lachen. Alfonso wollte weiterlesen, als plötzlich sein Vater lautstark nach Esperanza rief. Die junge Frau zuckte zusammen, sprang auf, doch Alfonso hielt sie zurück. Was will er von dir? Esperanza versuchte, an ihm vorbeizukommen, doch Alfonso wiederholte fordernd: Was will er? Esperanza antwortete matt. Das weißt du ganz genau. Alfonso sagte sanft, du musst das nicht tun. Esperanza lud ihre Angst bei Alfonso ab. Ach ja, und was mache ich dann? Wohin soll ich denn gehen? Du gehörst zu ihnen, ob du willst oder nicht, aber ich ... Wieder rief der Vater nach Esperanza, diesmal lauter. Alfonso ignorierte das Rufen, hielt Esperanza mit einem kräftigen Griff am Arm fest. Esperanza versuchte sich loszureißen. Alfonso zog sie am Arm zu sich. Dann hielt er inne, zitierte die grinsende Katze. *»Irgendwohin kommst du sicher – wenn du nur lange genug weiterläufst.«* Der Satz machte Esperanza tieftraurig. Ja, Alfonso, du ja, aber du ... du hast den Krieg nicht verloren. Sie hatte sich losgerissen und war eilig davongehumpelt. Alfonso hatte ihr hasserfüllt hinterhergebrüllt. Er ist ein Hurenbock! Ein ekelhaftes Schwein!

Esperanza stand starr vor Alfonsos Grab. Hier also war seine Reise zu Ende gegangen. Alfonso, der sie mit seinen eiskalten Fingerchen gerettet hatte, lag jetzt hier, neben seiner Mutter, die er als kleiner Junge so sehr gebraucht hätte, und lachte über seinen gelungenen Streich. Esperanza musste nun doch, gegen ihren Willen, an Juan denken, dann schüttelte sie diesen Gedanken wieder ab. Warum hatte Alfonso sie nie gesucht? Sie hatte ja nichts tun können, sie wusste nicht, wo er war, aber er, er wusste doch, dass sie nach Berlin gegangen war, er hätte sie finden können. Er hätte Juan von ihr erzählen können, er hätte ihn nicht anlügen dürfen, oder wenigstens nur teilweise. Diese Bürde hätte er ihr abnehmen müssen ... Sie sackte zusammen, doch bevor sie aufschlagen konnte, wurde sie gepackt und weggezerrt. Sie sah auf. Ihre Schwester und ihre Tochter hielten sie links und rechts fest wie zwei übermächtige Greifvögel und zwangen sie, sich vom Grab loszureißen.

Karla

Karla hatte das merkwürdige Gefühl, ein Opfer bringen zu müssen. Und obwohl ihr klar war, wie absurd das jetzt für ihre Mutter sein musste, versprach sie sich Linderung für deren aufgepeitschte Nerven, wenn sie die Kapelle mit der friedlichen Madonna besuchten. Tante Marta jedenfalls fand die Idee goldrichtig. Sie hatten Esperanza gar nicht erst gefragt, hatten sie hochgerissen und aus dem Friedhof geschleift, buchstäblich, denn Esperanza hatte die Füße kaum aufsetzen können. Sie hatte kraftlos zwischen ihnen gehangen, und erst als Karla ihre Mutter angezischt hatte, sie solle sich zusammenreißen und sich wie eine erwachsene Frau und nicht wie ein hilfloses Baby benehmen, hatte ihre Mutter reagiert und angefangen, ihre Füße selbstständig zu bewegen. Erschöpft, aber sehr bestimmt hatte Karla gesagt, sie wolle mit ihnen zur Kapelle gehen, sie bräuchten jetzt alle etwas Bewegung und Ruhe. Ihre Mutter hatte eingewilligt und sich – wie erhofft – unterwegs allmählich beruhigt. Die Nachmittagssonne stand sengend am Himmel. Karla hatte natürlich nicht daran gedacht, Wasser mitzunehmen, aber wir sind ja nicht in der Wüste Gobi, sagte sie sich, und zur Not können wir das Taufwasser aus der Kapelle trinken, bevor wir verdursten, und bei dem Gedanken musste sie grinsen. Doch weder Tante Marta noch ihre Mutter verlangten nach Wasser. Als sie die kleine Kirche erreichten, waren sie angenehm matt, die körperliche Anstrengung und der Durst hatten eine wohltuend dämpfende Wirkung. Karla war sich nicht sicher, ob sie die Kapelle betreten sollte, aber da ihre Mutter draußen bleiben wollte, die Tante jedoch darauf bestand, eine Kerze anzuzünden, und Karla ihre Mutter nicht alleine lassen wollte, saß sie nun mit ihr im Schatten eines Granitbrockens und schaute in die Ferne. Während sie auf Tante Marta warteten, lockerte die Hitze ein wenig ihren Griff. Um sie herum breitete sich die herbe Schönheit der ausgetrockneten Landschaft aus. Steineichen, Granitblöcke, karge Büsche und in der Ferne die Konturen einer Bergkette in klarem Licht. Es war friedlich und still, die einzelnen Naturgeräusche waren überdeutlich. Karla steckte sich eine Zigarette an und räusperte sich. Mama, ich muss dir was sagen … Karla wartete ab, ihre Mutter regte sich nicht. Karla holte tief Luft. Ich … ich studiere nicht mehr, schon lange nicht mehr. Ich hätte es dir längst sagen sollen … Ihre Mutter nickte. Ich weiß. Karla konnte es nicht fassen. Du weißt das? Sie nickte erneut. Karla war völlig überrumpelt, schaute einen Moment lang verwirrt in die Weite der Landschaft und lachte dann trocken auf. Ihre Mutter wirkte vollkommen ruhig und aufgeräumt, wie die in der Sonne glänzende glatte Meeresoberfläche nach einem furchtbaren Sturm. Und, was machst du? fragte sie und schien wirklich interessiert. Karla schaute sie herausfordernd an. Müll. Ihre Mutter hob die Augenbrauen. Müll? Karla nickte. Ja, ich mache komische Objekte … aus Müll. Ihre Mutter versuchte zu verstehen. Diese Dinger, die in deiner Wohnung herumstehen? Karlas Mund verzog sich, dann lachte sie auf einmal. Ich … naja, ich stelle aus geschmacklosen Resten der Vergangenheit Gebrauchsdinge her, die sind zwar noch als Reste erkennbar, aber sie haben ein neues Leben … Ihre Mutter beobachtete sie ganz genau. Kannst du davon leben, von diesen … Dingern? wollte sie wissen. Noch nicht wirklich … gab Karla zu. Darauf schwiegen sie. Auch die Landschaft schwieg. Karla wurde unruhig, wo blieb ihre Tante nur so lange? Aus der Ferne waren Glöckchen zu hören, deren leichtfüßiges Bimmeln immer näherkam. Zwei Hirten mit einer Ziegenherde näherten sich und grüßten. Ihre Mutter grüßte ebenfalls. Ermutigt blieben die Hirten stehen und fragten nach einer Zigarette. Karla gab dem Älteren der beiden ihre Schachtel, der Mann nahm nur eine für sich und eine weitere für seinen Begleiter heraus, bedankte sich höflich und gab Karla die Schachtel zurück, und während die Ziegen Karla und ihre Mutter umringten und die spärlichen braunen Büschel des Hochsommers abknabberten, begann er ein Gespräch über die extreme Trockenheit, die dieses Jahr herrschte, und über die Wölfe, die vor Kurzem wieder zwei Ziegen gerissen hätten. Als ihre Mutter sachkundige Bemerkungen einstreute und dann wissen wollte, ob die *cañada*, die alte Herdentrasse, noch benutzt werde, die hinter der Kapelle Richtung Norden führe, stutzte der Hirte und fragte sie misstrauisch, ob sie aus der Gegend sei. Ihre Mutter holte tief Luft und sagte, ja, ich bin aus dem Dorf, aber ich war sehr lange weg. Das entspannte die Männer, die nun ausriefen, dann werden Sie das Dorf nicht wiedererkannt haben, es hat sich ja so viel verändert! Sie lächelte vielsagend und pflichtete ihnen bei. Dann setzten die Hirten ihren Weg fort. Als ob ihre Unterhaltung gar nicht unterbrochen worden wäre, sagte Esperanza, du musst dranbleiben, auch wenn du jetzt nicht davon leben kannst, wenn es dir wichtig ist, musst du dranbleiben. Karla war dankbar, aber es gab noch etwas zu klären. Merkwürdigerweise fing ihr Herz an zu klopfen, als sie in die Weite hinein sprach. Mama, ich werde noch etwas länger hierbleiben. Ihre Mutter schaute erstaunt. Karla fuhr fort, ich werde Juan bei den Ausgrabungen helfen, ich muss. Ihre Mutter fragte ungerührt, ob sie darüber schon mit Tante Marta gesprochen hatte. Karla wurde unruhig, sagte unwillig, ja, klar, nein, aber mach ich, und fühlte sich ertappt. Als sie gerade aufspringen wollte, um nach der Tante zu sehen, sagte ihre Mutter unvermittelt, wir wussten nie genau, wo sich Onkel Ramón und die anderen versteckten, er wollte es uns nicht sagen, damit wir nicht erpresst werden konnten. Alles, was ich wusste, war, dass er diesen alten Schäferweg einschlug, manchmal begleitete ich ihn bis hierher und sah, wie er der *cañada* bis zur Biegung folgte und dann zwischen den Steineichen verschwand. Natürlich machten sich alle Sorgen, vor allem meine Großmutter, wenn die Wochen vergingen und wir nichts von ihm hörten. Wir brachten Essen und Tabak hierher und versteckten es hinter losen Steinen an der Kapellenmauer. Wenn wir dann statt der Lebensmittel einen Steineichenzweig dort fanden, wussten wir, dass er lebte. Karla hörte schweigend zu und fühlte sich leer. Nach einer Pause fragte ihre Mutter, hast du dich verliebt? Bleibst du deswegen hier? Und zum zweiten Mal fühlte Karla sich ertappt. Für einen Moment war sie versucht, vom Meermann zu erzählen, stattdessen sagte sie schroff: Wie kommst du denn darauf? Nein, Juan hat mir einen Praktikumsplatz angeboten, und ich habe zugesagt, das ist alles. Ihre Mutter nickte, Karla spürte, dass sie mit sich rang, sich aber zwang, nichts zu sagen. Auch Karla sagte nichts mehr, sie fand sich absurd, sie kannte Nacho ja überhaupt nicht, immerhin hatte sie sich seinen Namen gemerkt, und ja, sie hätte sich verlieben können, wenn sie nicht alles vermasselt hätte … Dass sie Juan helfen wollte, diese Geschichte aufzulösen, stimmte auch, aber sie musste zugeben, dass sie heimlich darauf hoffte, wenn sie länger bliebe, würde der Meermann vielleicht irgendwann vor ihr stehen und ihr gestehen, dass er Tag und Nacht an sie denken müsse. Karla seufzte und dachte: Ja, wie blöd, ich bin verknallt, und ich habe keine Ahnung, was ich damit machen soll … Ihre Mutter legte den Arm um sie, und Karla lehnte sich an. Dann kam Tante Marta aus der Kapelle heraus und sah sich orientierungslos um. Sie blinzelte in der grellen Nachmittagssonne und konnte sie nicht entdecken. Karla löste sich von ihrer Mutter und fasste, während sie auf ihre Tante zuging, zwei Entschlüsse: Sie würde ein Solarladegerät für ihr Handy kaufen und eine Nachricht an den Meermann schicken.

Auf dem Rückweg blieben sie, als hätten sie es abgesprochen, an einer Weggabelung stehen. Karla schlug vor, etwas trinken zu gehen. Sie sagte es ohne große Begeisterung, denn sie war ziemlich sicher, dass Mutter und Tante nicht mitkommen würden, und sie wollte den kostbaren Dreiklang nicht zerstören, aber sie hatte gar keine Lust, nach Hause zu gehen und sich einzuschließen. Sie brauchte jetzt Lärm und Leute um sich herum, Geschichten zum Zuschauen. Außerdem musste sie unbedingt herausfinden, wo sie ein Solarladegerät kaufen konnte. Zu ihrer Überraschung wollten die beiden auch nicht nach Hause, sondern nahmen den Vorschlag an, und sie machten sich zu dritt auf den Weg Richtung Dorfzentrum. Karla führte sie in die Bar, in der sie Nacho kennengelernt hatte, und erwischte sich dabei, nach ihm Ausschau zu halten. Die Bar war brechend voll, aber Karla ergatterte die letzten freien Plätze an einem winzigen Tisch. Ihre Mutter und Tante Marta setzten sich erschöpft und bestellten jede ein kleines Bier. Karla bestellte ein großes kühles Bier. Als sie den ersten Durst gelöscht hatten, erzählte Tante Marta, diese Bar hätte *früher*, und Karla entging nicht, dass sie in dieses Wort eine besondere Bedeutung hineinlegte, dem unehelichen Sohn des Apothekers gehört. Der verstarb vor langer Zeit unter mysteriösen Umständen, und dann stand das Lokal viele Jahre leer, weil man munkelte, der Tote hätte mehrere Menschen auf dem Gewissen gehabt, aber er konnte ja nur einmal mit dem Leben bezahlen, sodass die anderen Rechnungen offen geblieben waren, und niemand traute sich, eine Kneipe mit offenen Rechnungen zu übernehmen. Aber vor zehn Jahren taten sich ein paar Leute zusammen und zogen diese Bar auf. Auf den Tresen stellten sie eine kleine Blechdose mit einem handgeschriebenen Zettel, auf dem stand, alle Trinkgelder würden an den »Verein zur Wiedererlangung des historischen Gedächtnisses« gehen. Als sich das herumsprach, verwandelte sich diese Bar in das Lokal mit den üppigsten Trinkgeldern der ganzen Gegend. Seit einiger Zeit müssen sie einen 5-Liter-Olivenölkanister hinstellen, dessen Inhalt alle paar Monate abgezählt, in kleine Papierröllchen verpackt und feierlich Pilar, der Leiterin des Vereins, überreicht wird. Inzwischen sei die Bar auch außerhalb des Dorfes bekannt, und viele würden extra hier einkehren und großzügige Trinkgelder hinterlassen, weil sie die Arbeit des Vereins unterstützen wollten. Karla konnte es nicht fassen. Hatte ihr Meermann etwa gewusst, wo er sein Bier trank? War es eine bewusste Entscheidung gewesen oder purer Zufall wie bei ihr? Aufgewühlt küsste sie ihre Tante, die vor Rührung sprachlos war, auf beide Wangen. Dann drückte sie ihre Mutter so fest, dass diese laut aufstöhnte und lachend sagte, sie solle ihre Kräfte nicht unnütz verausgaben, sondern lieber noch etwas zu essen bestellen, sonst würden sie alle noch ganz bierselig.

Sie saßen noch lange an ihrem kleinen Dreiertisch, aßen etliche Tapas und tranken noch mehr Bier, und im Laufe des Abends kam Tante Marta immer mehr ins Erzählen. Karla verstand nicht alles, obwohl sie gestenreich erzählte, aber sie spürte, dass Martas Geschichten ihre Mutter mit dem Dorf versöhnten. Sie konnte sich nicht daran erinnern, ihre Mutter jemals so gelöst gesehen zu haben. Dann fielen ihr wieder ihre beiden Entschlüsse ein. Sie fragte ihre Tante, wo sie ein Solarladegerät für ihr Handy kaufen konnte. Tante Marta verwies auf einen Chinesen, der alles, einfach alles verkaufe, was man im Leben bräuchte, und außerdem rund um die Uhr geöffnet habe. Auf dem Weg nach Hause betraten sie einen übervollen kleinen Laden, der Karla mit seinen quietschbunten Plastikblumen, winkenden Katzen, dicken, glücklichen Buddhas und exotischen Elektrogeräten begeisterte. Und tatsächlich, ein freundlich lächelnder Chinese mit tiefen Ringen unter den Augen ließ sich Karlas Handy zeigen und wusste sofort Bescheid. Er zog aus seinem vollgestopften Zubehörregal fünf verschiedene Modelle heraus und fand in drei Minuten das passende Gerät. Dazu bekam sie einen Glückskeks geschenkt.

Unter einem leicht schwankenden, unverschämt leuchtenden Sternenhimmel schlenderte Karla mit Mutter und Tante nach Hause. Dann endlich lag sie ungestört auf ihrem Bett und öffnete den Glückskeks. Auf dem Zettel stand: *Nur wer gegen den Strom schwimmt, findet die Quelle.* Karla packte den Spruch enttäuscht in ihren Geldbeutel und stopfte sich den Keks in den Mund. Sie legte die Beine hoch, die Fersen gegen die Wand gelehnt, und betrachtete ihre travestierte Madonna, die sie milde anlächelte. Wie konnte es sein, dass ihr ein Mann, von dem sie praktisch nichts wusste, nicht aus dem Kopf ging? Ihre Begegnung hatte einen klaren Anfang, aber ein verschwommenes Ende … Karla war verwirrt, vielleicht konnte man Anfang und Ende nicht immer so eindeutig trennen, vielleicht befand sich ihr Meermann an einem ganz anderen Anfangspunkt als sie, obwohl sie sich beide zum selben Zeitpunkt getroffen hatten. Vielleicht hatte aber auch der Anfang der Geschichte ihrer Mutter mit Karlas weiteren Geschichtsanfängen zu tun, vielleicht waren Anfang und Ende keine Punkte, sondern miteinander versponnene Netze mit vielen Anfängen und vielen Enden … Sie kam nicht weiter, aber als die Nachtschwärze nachließ, schrieb sie die SMS an ihren Meermann. Sie begann direkt mit dem Wort Entschuldigung, es folgte eine knappe Info, dass sie länger im Dorf bleiben würde, und zum Abschluss schrieb sie drei merkwürdige Worte: *to be continued …* Nach langem Zögern und mehrmaligem Durchlesen fügte sie noch ein Fragezeichen hinzu und schickte die Nachricht ab.

Juan

Endlich war der Tag gekommen. Juan hatte mit Pilars Hilfe alles genau vorbereitet. Nachdem sie den ersten Schädel und dann den zweiten und schließlich den dritten gefunden hatten und nach und nach die dazugehörigen Knochen und Knöchelchen und sich im Labor herausgestellt hatte, dass der dritte Schädel tatsächlich Onkel Ramón gehörte und der erste Ladislao, während der zweite zwar nicht identifiziert worden war, weil niemand eine DNA-Probe abgegeben hatte, dennoch, aufgrund der glaubwürdigen Zeugenaussage von Esperanza, Federico zugeordnet wurde, hatten Pilar und Juan zwei Wochen lang das Begräbnis geplant. Die üblichen Formalitäten mussten erledigt werden und noch etliche andere, die normalerweise nicht üblich waren. Mögliche Familienangehörige wurden gesucht und kontaktiert, im Falle des zweiten Schädels meldete sich eine Großnichte, die unbedingt zur Beisetzung kommen wollte, aber die Fahrkarte nicht bezahlen konnte. Pilar streckte die Kosten aus eigener Tasche vor und grinste Juan an: Hoffentlich bechern die Leute ordentlich, die nächsten Trinkgelder aus der Olivenölbüchse brauchen wir für die Fahrkarte. Die Presse musste informiert werden, es mussten Genehmigungen eingeholt und Gebühren bezahlt werden. Immerhin führte das Institut für Kriminalistik und forensische Medizin der Universität von Málaga die DNA-Analysen kostenlos durch und erstellte die Gutachten, und während die Landesregierung keinen einzigen Euro lockermachte, setzte sich der Bürgermeister dafür ein, dass der bürokratische Aufwand für die dreifache Beisetzung minimiert wurde, und versprach Pilar, die Bürokosten des Vereins für die restlichen Monate des Jahres zu übernehmen. Juan hatte noch mehr erwartet, aber Pilar fand, dass dies, angesichts der finanziellen Situation der Gemeinde, eine sehr großzügige Geste war. Während der ganzen Zeit hatte Juan seine Tochter bei sich gehabt, die unermüdlich mitgeholfen hatte, immer die Nähe zu Marimar suchend und immer bereit, überall mit anzupacken. Auch Karla hatte geholfen, erst bei den Ausgrabungen, bei denen sie sich ohne allzu großes Murren einen Sonnenbrand und etliche Schwielen an den Händen zugezogen hatte, und dann im Büro, wo sie die Pressearbeit auf Deutsch übernommen hatte. Da Pilar sich – wie erwartet – strikt geweigert hatte, aus dem Vereinstopf eine Praktikumsstelle für eine Familienangehörige zu finanzieren, hatte Juan beschlossen, Karla bis Dezember monatlich achthundert Euro von seinem Erbe zu überweisen. Karla hatte sich sehr gefreut, es waren sogar hundertfünfzig Euro mehr, als sie für Miete und Nebenkosten in Berlin zahlen musste, und so konnte sie sich an dem wöchentlichen Einkauf von Tante Marta beteiligen und sogar ab und an beim Chinesen Nippes und Lacksprühdosen für ihre Installationen kaufen. Sie versprach Juan, ihm eine zu schenken, handsigniert, und witzelte, man könne ja nie wissen, wenn sie mal eine berühmte Künstlerin würde, wäre er der Besitzer eines Kunstwerks, das Millionen wert sein würde... Zum Glück fragte Karla nie genau, aus welchem Topf ihr Praktikum bezahlt wurde, denn Juan hatte Pilar zwar eingeweiht, aber es war ihm klar, dass Pilar auf eine direkte Frage nicht mit einer Lüge antworten würde, und er wollte nicht, dass Karla herausfand, dass das Geld von ihm kam.

Nun war alles organisiert, und Juan musste den Dingen nur noch ihren Lauf lassen. Er stand ein wenig abseits, neben Rose, die sich für den Anlass besonders bunt herausgeputzt hatte und Onkel Ramón zu Ehren ein schwarz-rotes Tuch um den Hals sowie eine schwarze Baskenmütze auf ihrer Koboldmähne trug, die ihr ein anrührend museales Aussehen verlieh.

Links neben Juan stand Marimar, die in einem schlichten Sommerkleid und ihren Ledersandaletten, den nachlässig zu einem schwungvollen Knoten gebunden Haaren und der riesigen Sonnenbrille wie eine Touristin wirkte, die sich zufällig auf den Friedhof verirrt hat. Zu seiner Rechten, ein wenig Abstand haltend, stand Pilar, die immer wieder nervös zum Eingang sah, als ob jeden Moment ein Störenfried auftauchen könnte. Juan war müde und fürchtete sich vor dem Zusammentreffen mit seiner Mutter. Er hatte miserabel geschlafen, Marimar war nicht bei ihm gewesen, und er hatte sich stundenlang hin- und hergewälzt und scheußliche Träume von aufspringenden Steingräbern, durcheinanderpurzelnden Knochen und tanzenden Zähnen gehabt. Am Morgen bügelte er schlecht gelaunt sein einziges schwarzes Hemd und zog eine dunkle Stoffhose an. Er fühlte sich wie ein verkleideter Kinderclown, der ernst genommen werden will. Und dann lachte ihn Marimar auch noch aus, als er sie abholte, kein Mensch, außer ein paar hoffnungslosen Spießern, würde heutzutage auf Beerdigungen noch Schwarz tragen. Juan schaltete auf stur und entgegnete scharf, sein Vater wäre auf jede Beerdigung in schwärzestem Schwarz gegangen, und sein Vater sei alles Mögliche gewesen, aber sicherlich kein Spießer. Daraufhin war Marimar verstummt, und sie hatten den ganzen Weg zum Friedhof kein Wort gesprochen. Auch Rose hatte geschwiegen.

Jetzt stand er also da, seine Tochter neben sich, die alles genau beobachtete, und wartete vor einer Wand mit Steinnischen. Auf dem Boden lag bereits ein Meer aus roten Nelken. Pilar und er hatten sich gefragt, wer schon in aller Frühe so viele Blumen abgelegt haben mochte. Und es wurden immer mehr. Juan musste an Roses Mutter denken, und daran, dass ihr das gefallen würde, wie die Trauergäste – was für ein unpassendes Wort, denn konnte man nach so langer Zeit überhaupt von

Trauergästen sprechen, oder waren es nicht vielmehr Trauererben? – rote Nelken ablegten. Wäre sie hier, würde sie es sicher kommentieren, und Rose würde so lange warum dies, warum jenes fragen, bis ihre Mutter laut und verzweifelt ausrufen würde: Darum larum! Juan lächelte. Als hätte sie seine Gedanken erraten, zog Rose an seiner Hand. Sie wollte ihn auf Karla aufmerksam machen, die soeben mit ihrer Mutter, Tante Marta und einem ihm unbekannten älteren Mann über den Kiesweg kam. Die drei Frauen und der Unbekannte blieben vor einer offenen Grabnische stehen. Es war offensichtlich nicht die richtige, denn einer der Bestatter ging auf sie zu, zeigte auf eine andere Nische, die offen stand, und bedeutete ihnen, dort zu warten. Karla wirkte unruhig, schaute sich um. Als sie ihn sah, nickte sie ihm zu und schien unsicher, was sie machen sollte. Er grüßte mit einer kleinen Handbewegung zurück und beherrschte seinen Impuls, auf sie zuzugehen. Als er den Blick abwandte, sah er die alte Dame, die bei ihm den DNA-Test gemacht hatte. Sorgfältig frisiert und geschminkt und mit einer roten Nelke im Knopfloch, klammerte sie sich an ihren Rollator und wiegte sich hin und her. Tante Marta ging zu ihr, küsste sie, wechselte ein paar Worte mit ihr. Juan war überrascht, er hatte gar nicht gewusst, dass sich die beiden kannten. Aber was wusste er schon … Sein Vater war nun sein Halbbruder, seine tote Mutter lebte, und um das Geheimnis des menschlichen Gehirns in seiner faszinierenden Komplexität zu enträtseln, würden nicht einmal tausend Leben ausreichen. Er schielte auf seine Füße. Sie standen mittig und unübersehbar auf einer breiten Rille, die sich zwischen dem Kiesweg und den Randplatten gebildet hatte. Er atmete tief durch, zwang sich hinzusehen, er hatte sein Versprechen Alfonso gegenüber eingelöst, das musste für den Moment genügen. Als er wieder aufschaute und seine Füße in die Freiheit entließ, wurden drei Särge feierlich zu ihren jeweiligen Nischen getragen. Juan befahl sich, einen Fuß vor den anderen zu setzen, bis er direkt vor der Nische seines Großonkels stand, zog einen Zettel aus seiner Hosentasche und begann, ein Gedicht vorzulesen. Seine eigene Stimme kam ihm fremd vor, als er Alfonsos kurze Verse vortrug.

Erinnern ist kein Starren auf Fotos,
kein Zudröhnen mit Zitaten ...
Erinnern ist erfinden und beharren,
bewahren und verstehen,
beschwören und verändern.
Erinnern, süß und bitter,
ist kein Starren auf Fotos,
kein Zudröhnen mit Zitaten.
Aber die Bilder helfen uns,
die Worte stützen uns,
wenn wir der Lügen müde werden.

Juan verharrte kurz, dann ging er wieder nach hinten zu Rose und Marimar. Aus den Augenwinkeln sah er, wie Karla ihrer Mutter etwas ins Ohr flüsterte, wie Esperanza zögerte und sich ihre Gesichtszüge anspannten. Verstimmt wendete er den Blick von ihr ab. Als der Sarg mit den Überresten von Onkel Ramón in die Nische geschoben wurde, passierten mehrere Dinge gleichzeitig, die ihn vollkommen überwältigten: Eine kleine Musikkapelle mit Bläsern kam durch das Friedhofstor und begann einen Trauermarsch zu spielen. Marimar hob entschlossen die geballte Faust und stand, solange der Trauermarsch spielte, mit erhobener Faust da. Einige der Umstehenden ließen sich anstecken und erhoben ebenfalls die geballte Faust, viele hatten Tränen in den Augen. Und dann, mitten im Solo der Trompete, die ein beleibter alter Herr in einer schlecht sitzenden Flanellhose mit viel Leidenschaft spielte, kam eine wildentschlossene Karla geradewegs auf ihn zu. Bevor er Zeit hatte zu begreifen, was vor sich ging, hatte sie sich bereits demonstrativ bei ihm untergehakt. Einer der Fotografen erfasste intuitiv die Bedeutsamkeit der Situation und knipste Juan und Karla ein paarmal, bis Pilar ihn verscheuchte. Juan war bewusst, dass Karla ein Stillschweigen gebrochen hatte. Die anwesenden Dorfbewohner spürten es ebenfalls, alle beäugten sie. Esperanza schaute von Karla zu Juan, von Juan zu Rose und von Rose zu Karla, dann gab sie sich einen steifen abgehackten Ruck, den Juan wie in Zeitlupe wahrnahm, und kam leicht hinkend auf ihn zu. Juan sah, wie sie immer größer wurde, bis sie direkt vor ihm stand. Sie war blass, hatte dunkelviolette Ringe unter den Augen und flüsterte etwas, das er nicht verstand. Ohne Juans Zutun hoben sich seine Arme und umfassten Esperanza. Sie ließ es geschehen. Verwirrt, weil er Widerstand erwartet hatte, drückte er seine Mutter noch fester, dabei strauchelte er, verlor das Gleichgewicht und riss sie beinahe um. Juan entschuldigte sich bei seiner Mutter, die ihm zum ersten Mal ein Lächeln schenkte, ein trauriges zwar, aber ein richtiges, schönes Lächeln, und sagte: Nein, ich muss mich bei dir entschuldigen, ich weiß gar nicht, wo ich anfangen soll... Die Musikkapelle spielte inbrünstig weiter, und Juan konnte nicht mehr an sich halten. Seine Augen flossen über, während er die grelle Sonne verfluchte und sich wünschte, sie wäre ihm gnädig gewesen und hätte sich hinter schwarzen Wolken versteckt und einem Sommergewitter Platz gemacht, sodass ein dichter Regenvorhang heruntergeprasselt wäre, der seine Tränen, seine Unbeholfenheit, den Friedhof und alles, was um ihn herum war, fortgeschwemmt hätte. Das wäre ein passendes Ende für dieses Begräbnis gewesen, das so lange hatte warten müssen. Eine Szene, die seinem Vater Alfonso gefallen hätte. Stattdessen stand er im gnadenlosen Scheinwerferlicht der Mittagssonne, die keineswegs daran dachte, Juan oder irgendwen zu schonen. Seine Tochter und Marimar hielten ihn fest. Gut möglich, dass er sonst der Länge nach auf den Boden aufgeschlagen wäre. Die Sonne blendete ihn, und die intensiven Augen seiner Mutter waren schwer erträglich. Er drehte sich um, löste sich von Marimar und entfernte sich mit Rose an der Hand ein paar Schritte. Marimar folgte ihnen unschlüssig, setzte sich auf einen Stein in der Nähe und wartete.

Esperanza

Die Plaza war belebt, Menschen kamen und gingen, geschäftig, mürrisch, lärmend. Frauen zogen Kinder oder Einkaufstrolleys hinter sich her; alte Ehepaare schlenderten Arm in Arm zur Apotheke; Geschäftsleute, Männer wie Frauen, eilten, atemlos ins Handy sprechend, vorbei. Der Reisebus stand schon bereit. Ihr Koffer war verstaut, und ihre Tochter und ihre Schwester betrachteten sie mit einer ernsten Abschiedsmiene, die Esperanza fast belustigte. Ihr war, als ob sie eine hundertjährige Zeitreise hinter sich gebracht hätte. Nun schaute sie auf dieses Dorf mit anderen Augen und fand, dass es nichts Furchteinflößendes hatte, nichts Dramatisches, sondern eine banale Alltäglichkeit ausstrahlte. War es das, was ihre Einsamkeit so groß hatte werden lassen? Dass ihre schmerzlichsten Erlebnisse fernab der allgemeinen Geschäftigkeit stattgefunden hatten, dass sie nur ihr gehörten und sie sie mit niemandem hatte teilen können? Nicht einmal mit Alfonso, der alles wusste, der seinen Vater in der Hand hatte und ihn dennoch nie angriff. Wie auch, trotz allem war er sein Sohn gewesen. Alfonso hatte nicht den öffentlichen Raum gesucht. Er hatte sich für den inneren Rückzug entschieden, den er konsequent durchhielt, hatte seinen Vater aus seinem Herzen und seinem Leben verbannt, sich ihm entzogen und nie wieder Kontakt zu ihm aufgenommen, auch nicht, als dieser ihm kurz vor seinem Tod drohende, bittende, flehende Briefe nach London schickte. Dies alles hatte ihr Marta, die es wiederum von Juan erfahren hatte, am Abend vor der Beisetzung erzählt. Alfonso hatte die Briefe nie beantwortet und das Erbe, das sein Vater in diesen Briefen an eine Antwort seines Sohnes knüpfte, verächtlich ausgeschlagen. Zum ersten Mal verstand Esperanza, dass auch er, auf seine Weise, einen Krieg verloren und das Exil gewählt hatte. Als dann schließlich das Testament kam, war Alfonso sprachlos. Sein Vater hatte ihn doch nicht enterbt, hatte mit großspuriger Rührung seiner lieben verstorbenen Ehefrau gedacht, in ihrem Geiste seinem Sohn alles verziehen und ihn als Alleinerben eingesetzt. Alfonso war zutiefst angewidert – was maßte sein Vater sich an zu verzeihen, wo er selbst um Verzeihung hätte betteln müssen – und vermachte wiederum alles Juan. Esperanza fragte sich, ob er dabei so etwas wie Rache oder zumindest Genugtuung empfunden hatte. Nun war der Bastard Herr über den Gutshof, eine absurde Vorstellung. Sie konnte ihn immer noch nicht als ihren Sohn betrachten, sie hatte auch bei der Geburt, die schwer und langwierig gewesen war, nichts mit dem Geburtsvorgang zu tun haben wollen. Und als die Krankenhausnonnen sie anherrschten, sie solle endlich pressen, sonst würde nicht nur das Baby, sondern auch sie sterben, dachte Esperanza, das wäre die ideale Lösung, und tat nichts mehr. Doch sie war jung, robust und gesund, und die Nonnen waren nicht davon abzuhalten, das Kind zur Welt zu bringen, um es einer rechtschaffenen katholischen Familie zuzuführen und seine Seele zu retten. Eine Nonne schwang sich rittlings auf ihren Oberbauch und drückte mit beiden Händen nach unten, eine zweite zog am Baby, und eine dritte holte mit wehenden Röcken den Arzt, der Esperanza eine Spritze setzte, die sie alles von einer anderen Warte betrachten ließ, ähnlich dem Zustand, in dem sie sich befunden hatte, wenn der Gutsherr sie in sein Zimmer rief und der Plattenspieler Cha-Cha-Cha spielte, die Platte sich drehte, während Esperanza auf die linke obere Ecke der Decke starrte und in Atem gehalten wurde vom faszinierend planvollen, sorgfältigen Vorgehen der Spinne, wenn sich eine Mücke in ihrem Netz verfangen hatte.

Und dennoch… Auch wenn sie die Augen davor verschloss, Juans Ähnlichkeit mit Onkel Ramón war verblüffend. Nachdem sie ihm auf dem Friedhof direkt in die Augen geschaut hatte, hatte sie sich gefragt, welche Farbe Juans Herz haben mochte, und für einen kurzen Moment hatte sie sich wahnhaft eingebildet, Onkel Ramón wäre nun der rechtmäßige Herr des Gutshofs, und endlich wäre die Gerechtigkeit wiederhergestellt worden. Beim Leichenschmaus war sie durcheinander gewesen und hatte ständig die Namen Ramón und Juan verwechselt. Ja, sie hatten tatsächlich noch einen Leichenschmaus veranstaltet, besser gesagt ein Leichentapeo im hinteren Raum der Bar mit der Spendendose. Sie hatten reichlich Tapas gegessen, reichlich Wermut getrunken, und alle hatten beim Zahlen großzügig den Olivenölkanister bedacht. Karl-Otto, ihr Carlotto, war nicht von ihrer Seite gewichen. Vor zwei Wochen hatte er am Telefon beiläufig erwähnt, er würde sich freinehmen, um sie abzuholen. Und vier Tage vor der Beisetzung kam er tatsächlich. Esperanza war überglücklich. Seitdem sie wusste, dass Karla noch eine Weile im Dorf bleiben würde, hatte ihr vor der einsamen Rückfahrt nach Berlin gegraut. Und nun war er da, legte seine warme Hand auf ihren Rücken und umsorgte sie. Er ließ sich von Esperanza, Karla und Marta alles zeigen, alles erzählen, er besuchte Karla im Büro, befragte Pilar nach der Vereinsarbeit und den Stand der Ausgrabungen, ging mit Marta Besorgungen machen und mit Esperanza spazieren. Einzig dem Thema Juan wich er aus, doch das fand Esperanza nur verständlich. Die Abende verbrachten sie im Patio ihrer Schwester. Marta kochte, was Karl-Otto mit großer Begeisterung anschleppte, und wenn Karla nach Hause kam und Esperanza und Karl-Otto von ihren Spaziergängen zurückkehrten, genossen sie die milde Luft, die Ruhe, den trockenen Duft des Orangenbaumes und fielen über Martas Essen her. Sie sprachen nicht viel, und wenn, in einer Art Tiki-Taka-Spiel auf Spanisch und Deutsch, das Esperanza ermüdete, weil sie für Marta und Karl-Otto alles übersetzen musste; doch sie konnte sich nicht daran erinnern, wann sie sich das letzte Mal so aufgehoben gefühlt hatte.

Als Esperanza während der Beisetzung wie gelähmt war, weil sie sich vorgenommen hatte, mit Juan zu sprechen, aber nichts Sinnvolles zu sagen fand, war Carlotto auf Juan zugegangen. Esperanza hatte gesehen, wie er ihm die Hand hingehalten und sich vorgestellt hatte und wie Juan mit einem leichten Kopfnicken die Hand ergriffen hatte. Sie hätte gerne gewusst, worüber die beiden Männer gesprochen hatten, doch sie hatte sich weggedreht und der Steinnische zugewandt, denn sie wollte den Augenblick nicht verpassen, Onkel Ramón Lebewohl zu sagen. Als die Nische verschlossen wurde, rief sie ihm zu, für alle Anwesenden hörbar, Onkel, geliebter Onkel, dein Herz klang blau, das werde ich nie vergessen! Tante Marta begann zu weinen. Esperanza nahm ihre Schwester fest in den Arm, dann sagte sie ihrer Großmutter, aber das sagte sie im Stillen, nur für sie, jetzt kannst du endlich in Frieden ruhen, wir haben es doch noch geschafft. Ohne Alfonso und auch ohne ihn – und sie meinte Juan, aber sie konnte seinen Namen nicht denken – hätten wir es nicht geschafft, ohne die vielen Helfer auch nicht, und ohne Marta und ohne meine Karla hätte ich nicht durchgehalten, und alles wäre unendlich qualvoll gewesen… Sie verspürte eine große Erleichterung, aber auch Bitterkeit, dass so viel Zeit vergangen war und dass sie nun, da sie ihr Versprechen eingelöst hatte, nicht mehr jung war. Als Carlotto sich wieder neben sie stellte, war er nachdenklich. Sie fragte nicht, sie war einfach nur froh, dass er da war.

Esperanza und Karl-Otto verabschiedeten sich von Marta und Karla. Der Bus wartete mit laufendem Motor auf dem Rathausplatz, alle Koffer waren verstaut, die meisten Reisenden saßen schon auf ihren Plätzen. Esperanza wollte keinen rührseligen Abschied, ließ sich bereitwillig von Carlotto in Richtung Bus lenken. Sie nahmen ihre Plätze ein, Esperanza setzte sich ans Fenster und schaute zu Marta und Karla hinaus.

Am Abend nach der Beisetzung hatte Carlotto versucht, Esperanza davon zu überzeugen, auch Juan zum Leichentapeo einzuladen, aber Esperanza hatte es nicht über sich gebracht. Sie wollte im engen Kreis ihrer Familie bleiben, obwohl Carlotto sie gebeten hatte, es wenigstens für ihre Enkelin zu tun. Es hatte Esperanza wütend gemacht, dass er dieses Mädchen als ihre Enkelin bezeichnete, was Carlotto wiederum nicht verstehen konnte. Sie sieht original aus wie du auf deinem alten Schulfoto, nur mit anderen Haaren, sagte er und beendete damit das Gespräch. Abends in der Bar gaben sie sich beide Mühe, das Thema nicht wieder anzuschneiden. Es wurde ein schöner Abend, trotz allem. Die Schwestern erzählten von Onkel Ramón, von ihren Eltern, von ihrem frechen kleinen Bruder, der keine fünf Jahre alt geworden war, Karla stellte viele Fragen, und Carlotto hörte aufmerksam zu und legte immer wieder den Arm um Esperanza, wie um sich zu vergewissern, dass sie wirklich da war. Irgendwann meldete sich Karlas Handy, sie las eine Nachricht und bekam einen seltsamen Gesichtsausdruck. Esperanza war sicher, dass sie sich das nicht eingebildet hatte, denn Carlotto fragte neugierig, was denn los wäre. Karla zögerte, schaute ihre Eltern und ihre Tante abwechselnd an und sagte dann grinsend, also gut, Mama hatte Recht, sie hat es ja schon geahnt, ich bin total verknallt, der Typ hat mir soeben eine SMS geschickt, ob wir uns nächste Woche in Cáceres treffen wollen, aber ich habe keine Ahnung, was daraus wird, okay? Und, betonte sie, ich möchte jetzt keine peinliche Befragung. Aber dann hatte sie doch verraten, dass er Nacho hieß, dass sie ihn hier in dieser Kneipe kennengelernt hatte und dass sie so gut wie nichts über ihn wusste. Carlotto seufzte besorgt. Doch Marta beruhigte ihn, sie würde schon auf ihre »kleine« Nichte aufpassen, er müsse sich keine Sorgen machen. Sie fand das alles großartig und sprach gleich davon, bald erneut Großtante zu werden, worauf Karla entsetzt ausrief: Tantchen, mach mal halblang! Esperanza musste lachen. Sie hatte, warum auch immer, ein gutes Gefühl und sagte zu Karla: Achte darauf, dass sein Herz nicht schwarz klingt, das ist das Wichtigste.

Der Bus fuhr langsam ab. Marta und Karla winkten ihm nach. Esperanza und Carlotto winkten zurück. Kurz bevor der Bus die andere Seite des Platzes erreichte, kam Juan mit seiner Tochter auf die Plaza, stellte sich zu Marta und Karla und zeigte auf den abfahrenden Bus. Rose sah in ihre Richtung, entdeckte sie. Esperanza schluckte. Beim letzten Blick zurück schaute sie direkt in Roses Augen, und für einen kurzen Moment sah sie sich selbst als kleines Mädchen an der Hand ihres Onkels, wie sie in der schützenden Dunkelheit auf das erleuchtete Fenster ihres Elternhauses zuging. Esperanzas Gesicht spiegelte sich im Busfenster, und Rose schaute geradewegs in ihr grünes Herz. Sie lächelte ihrer Enkelin zu. Der Bus bog in eine schattige Gasse.

Wenn Sie mehr über den Verlag oder seine Bücher wissen möchten, schreiben Sie uns eine Postkarte oder E-Mail (mit Anschrift und E-Mail-Adresse). Wir verschicken immer im Herbst die *Zwiebel,* in der wir Ihnen unsere neuen Bücher vorstellen. *Kostenlos!*

Der Roman »Alice im Wunderland« von Lewis Caroll wird zitiert nach der Übersetzung von Harald Raykowski. München 1987.

www.wagenbach.de

Umschlaggestaltung Julie August unter Verwendung einer Fotografie von Jerónimo Alba / Age / F1online. Gesetzt aus der Georgia. Einband- und Vorsatzmaterial von peyer graphic, Leonberg. Gedruckt und gebunden bei Pustet, Regensburg. Printed in Germany.

ISBN: 978 3 8031 3275 8